中國學術思想 研究輯刊

四 編
林 慶 彰 主編

第 11 冊

鄭玄王肅《詩經》學比較研究

鄒 純 敏 著

花木蘭文化出版社

國家圖書館出版品預行編目資料

鄭玄王肅《詩經》學比較研究／鄒純敏 著 — 初版 — 台北縣永
和市：花木蘭文化出版社，2009〔民 98〕

目 4+164 面；19×26 公分

（中國學術思想研究輯刊 四編；第 11 冊）

ISBN：978-986-6449-10-9（精裝）

1. 詩經   2. 研究考訂   3. 比較研究

831.18   98001850

ISBN - 978-986-6449-10-9

中國學術思想研究輯刊
四 編 第十一冊   ISBN：978-986-6449-10-9

鄭玄王肅《詩經》學比較研究

作   者 鄒純敏
主   編 林慶彰
總 編 輯 杜潔祥
出   版 花木蘭文化出版社
發 行 所 花木蘭文化出版社
發 行 人 高小娟
聯絡地址 台北縣永和市中正路五九五號七樓之三
         電話：02-2923-1455／傳眞：02-2923-1452
網   址 http://www.huamulan.tw 信箱 sut81518@ms59.hinet.net
印   刷 普羅文化出版廣告事業
封面設計 劉開工作室
初   版 2009 年 3 月
定   價 四編 28 冊（精裝）新台幣 46,000 元

鄭玄王肅《詩經》學比較研究

鄒純敏　著

作者簡介

鄒純敏，國立臺灣大學中國文學研究所碩士，現任台北海洋技術學院專任講師。

提　　要

　　本書旨在考論鄭玄、王肅二家《詩經》學之異同及其所以異同之故。主要重點有三：一、考二家《詩》學之共相。二、考二家解《詩》不同處，及其所以異解之因素。三、考二家所引發之《詩》學爭論及對孔穎達等疏《詩》時之影響。

　　首章「緒論」，說明研究動機與目的，並對前人相關研究略作述評。第二章「鄭玄、王肅《詩經》學興起之背景」，一則自今古文經學勢力之消長及其自身之發展，論鄭玄所以箋注《毛詩》實乃經學發展之自然趨向，並探鄭玄箋《詩》之特點；再則探討王肅非難鄭玄之原因。第三章「鄭玄、王肅《詩經》學之共相」，採歸納比較法，自「訓詁內容」、「《詩》學觀念」、「思想表現」三方面論之。第四章「鄭玄、王肅《詩經》學考異」，採歸納比較方式，自「訓詁」、「思想表現」二方面考其異。第五章「鄭《箋》、王《注》思想之主要區別」，二家《詩》學之異，讖緯認同與否最為大端，本章自東漢經學家對待讖緯之不同態度論鄭玄主讖、王肅反讖實各有承襲。第六章「鄭、王《詩經》學之流衍（一）——二派之爭較」，自「王基難王肅」、「馬昭、孔晁互詰與張融平議」、「孫毓與陳統交辯」三方面略論二派交辯情形。第七章「鄭、王《詩經》學之流衍（二）——二派《詩》學對《毛詩正義》之影響」，述《毛詩正義》對鄭《箋》、王《注》之運用，及考察其疏《傳》時對鄭、王二家《詩》說之取捨。第八章「結論」，總結前述論點。

　　本書之結論，厥有以下數端：

一、鄭、王皆以復孔門聖學為目的。以為《毛傳》所解較得《經》旨，故於研究方法上，皆採《毛詩》為主，三家為輔之方式以探聖人元意。

二、鄭、王二家皆以為《詩》有美、刺功用；《詩序》為孔學正統；《毛傳》之「興」係藉物象特徵以明隱喻之理之表現手法；又皆承繼儒家重禮、親親以及遠、任賢使能之思想。

三、鄭、王二家思想觀點之異，若「史實認知」、「禮俗認知」、「對待三家《詩》態度」、「對待讖緯態度」為尤其顯明者。

四、鄭、王二家根源性之差異在所體會之孔門聖學不同。鄭玄以為讖緯乃孔子陰書以教後王，故取用之；王肅則以之為妖妄之說，故不取用。此一差別實因二人各延續不同學派所致。

五、二派《詩》學之爭，至西晉雖猶激烈，然孫毓已有調合二派之主張。《毛詩正義》多據鄭《箋》闡伸《傳》旨，然鄭《箋》亦有不合《傳》旨者；而王學雖被視為鄭學之對立學派，惟亦據《毛傳》作注，故《毛詩正義》間亦引以申《傳》。《正義》實以是否符合《傳》旨為取捨二家之標準，非妄取也。

目
次

第一章 緒 論

第一節 研究動機與目的

　　本文主要討論之課題，爲東漢末年興起之鄭玄學派與三國初葉崛起之王肅學派說《詩》之異同。鄭玄雜揉今古文經，漢朝今古文相爭激烈之局面由是結束。玄兼通四家《詩》學，箋《詩》以《毛詩》爲主。〔註1〕書成，隨即風行，三家《詩》因而漸次衰微，終至毛鄭獨行，〔註2〕統領《詩經》學界數十年，方有王肅《注》出，乃形成鄭、王兩家爭勝之局面。

　　王肅力倡古文，史載其學實起於對鄭學之不滿，《詩經》諸作亦然。《經典釋文·序錄》曰：

> 鄭玄作《毛詩箋》，申明毛義，難三家，於是三家遂廢矣。魏太常王
> 肅，更述毛非鄭。

〔註 1〕 鄭玄精通《毛詩》體現於《毛詩箋》一書。《後漢書》鄭玄〈本傳〉稱其嘗從東郡張恭祖受《韓詩》，此其通《韓詩》之證。鄭玄《六藝論》嘗引《春秋緯演孔圖》云：「詩含五際六情」（《毛詩正義》卷一之一引），此爲其通《齊詩》之直接證據。鄭玄與《魯詩》之淵源，無法自史傳推得，然其《毛詩箋》不乏據以解經例，如：〈唐風·揚之水〉「素衣朱襮」以「繡黻」爲「綃黻」；〈十月之交〉爲屬王《詩》；〈皇矣〉侵阮、徂、共爲三國名；皆從《魯詩》（詳見陳啓源《毛詩稽古編》），此其通《魯詩》之證。鄭玄《六藝論》云：「注《詩》宗毛爲主。」

〔註 2〕 不僅三家《詩》衰微，如《毛詩》學大家馬融等之《毛詩注》亦同。《釋文·序錄》云：「《齊詩》久亡；《魯詩》不過江東；《韓詩》雖在，人無傳者」，又王肅獨與鄭玄爭勝，皆可說明鄭《箋》行而三家微。

《四庫全書總目》曰：

> 自鄭《箋》既行，齊魯韓三家遂廢。然《箋》與《傳》義亦時有異
> 同。魏王肅作《毛詩注》、《毛詩義駁》、《毛詩奏事》、《毛詩問難》
> 諸書，以申毛難鄭。（〈經部・詩類一・毛詩正義〉卷十五之六，頁
> 332，臺北藝文印書館）

據二文所示，顯然王肅以鄭《箋》之述毛尚有未得其旨者，故有諸書之撰。
觀《四庫全書總目》，王所以難鄭，似針對《箋》與《傳》異義之部份，則王
肅當以闡發毛《傳》為職志，實則不盡然也。侯康《補三國藝文志》即稱「肅
雖述毛，然亦有不得毛旨者。」，〔註3〕皮錫瑞《經學歷史》曰：

> 漢學重在顓門，鄭君雜揉今古，近人議其敗壞家法；肅欲攻鄭，正
> 宜分別家法，各還其舊，而辨鄭之非；則漢學復明，鄭學自廢矣。（〈經
> 學中衰時代〉頁150，周予同注本，臺北鳴宇出版社）

周予同於〈經今古文學〉一文曰：

> 王肅如果當時反對鄭學，以他的混亂今古文家法為焦點，或者可以
> 得到勝利，而且還能使今古文的家法復活。不料，王肅和鄭玄陷於
> 同一毛病，不僅今古文家法無復活希望，而且混亂愈甚。（《周予同
> 經學史論著選集》，上海人民出版社）

劉兆祐〈歷代詩經學概說〉亦曰：

> 王肅如果想要超越鄭康成，以今天眼光，客觀的說，應該把今古文
> 予以詳細分開，……而王肅仍然走的是今古文合一的路線，永遠勝
> 不過鄭康成。（林慶彰編《詩經學研究論集》冊一，學生書局出版）

周、劉二說脫胎於皮氏，四人之言，又有層次之不同。侯氏所謂「不得毛旨」
者，實以《毛詩正義》之言為依歸（參註3）。觀所舉例，王肅皆遵從《毛傳》
訓詁以衍申《詩》義，《正義》猶以為「非毛旨」，則其評出於《正義》主觀
之認定，頗有商榷之餘地。皮、周、劉三氏之言，旨在說明王肅反鄭失敗之
緣由，率皆以為始於東漢末年混亂今古文之風不可長，然王肅繼之，此其欲
取代鄭玄經學宗師地位無法遂願之因也。事實真相是否如此？本文因主旨不
同，暫不擬深入探究。然卻從而得到啟發，產生撰寫此文之動機。

此文之撰，欲達下列三項目標：

〔註3〕此侯康評論《釋文・序錄》：「魏太常王肅述毛非鄭」所下之按語，並舉例云：
「如《正義》摘出〈召南・采蘋〉、〈邶風・擊鼓〉諸條。」

一、分類比較鄭玄、王肅說《詩》之異同。

　　鄭、王注《詩》，於三家皆有所取捨，則其主要差別何在？又作爲對立之學派，是否即無共相可尋？欲解此疑，除以鄭《箋》與王《注》殘文相互比對外，別無他徑。

二、探究歧異產生之內外因素

　　王肅難鄭玄，民國以前議論者實多，往往歸咎於王氏意氣之爭；偶有爲之平反者，亦但掇取數條以言其優於鄭說，〔註4〕鮮有能摒棄衡量優劣之觀點，從其基本上深入研究二家之學者。考鄭、王箋注《毛詩》，其思想觀念實已蘊含其中，凡人思想觀念之形成，絕非偶發，必受所處時代之影響，鄭、王二氏，自不例外。是以體察當代學風，必可尋繹互通之脈絡痕跡，當其思想發展成爲一學派之共識後，則此學派勢必又將影響於當代或者以後之世代。上述分類比較工作既成，初步基礎已具，本文即擬在此一基礎上試圖探討二人思想觀念以及訓詁上之差異，並略論當代學風與二家學說互爲影響之情況。

三、探討二派《詩》學之流衍

　　鄭、王說《詩》意見之分歧並未止於其身，乃擴大爲學派間之爭辯，成爲曹魏及西晉初期《詩》學發展上之主脈。本文既論鄭、王說《詩》之異同，若不及於其黨後續之意見，則二派交辯之情形將不得而明，而曹魏及西晉之主要《詩》學概況亦將隱而不顯，故本文第三步即擬探討二派《詩》學之流衍。

　　又自《經典釋文‧序錄》將孫毓劃歸爲王肅之徒以來，後世學者踵繼其

〔註4〕如歐陽修《詩本義》引王肅釋〈邶風‧擊鼓〉五章曰：「〈擊鼓〉五章，自『爰居』而下三章，王肅以爲從軍者與其室家訣別之辭，而毛氏無說。鄭氏以爲軍士伍相約誓之言。今以義考之，當以王肅之說爲是。則鄭於此一詩篇之失大半矣。州吁以魯隱四年二月弒桓公而自立，至九月，如陳見殺，中間惟從陳蔡伐鄭，是其用兵之事。而謂其阻兵安忍，眾叛親離者，蓋衛人以其有弒君之大惡，不務以德和民，而以用兵自結於諸侯，言其勢必有禍敗之事爾。其曰眾叛親離者，第言人心不附爾。而鄭氏執其文，遂以爲伐鄭之兵，軍士離散。案《春秋左傳》言伐鄭之師，圍其東門，五日而還，兵出既不久，又未嘗敗，不得有卒伍離散一事也。且衛人暫出從軍，以有怨刺之言，其卒伍豈宜相曰偕老於軍中？此又非人情也。由是言之，王氏之說爲得其義。」此就局部言王《注》優於鄭《箋》例。

說，並無異義。唯現代學者簡博賢提出不同意見，能發前人所未發，然仍未定論。本文乃欲嘗試就王《注》所表現之思想檢視現存孫毓《毛詩異同評》資料，希望能解決此一問題。

又《毛詩正義》結束自王肅以來鄭、王二家爭勝之局面，猶如鄭玄結束經今古文之爭，復使經說再趨統一。該書成於初唐，實爲魏晉南北朝《詩》說之總結。彼以劉焯《毛詩義疏》、劉炫《毛詩述義》爲稿本，專釋《毛傳》、鄭《箋》，鄭《箋》之地位因得確立，鄭《箋》於此書所起之作用自不可等閒視之；又王肅《詩注》爲魏晉時期之重要著作，二劉皆嘗研習，《正義》既祖二劉，復於王肅《詩注》亦有所引用，則向被視爲持反鄭立場之王肅，其《詩》說在《正義》中自有一定之作用。自《正義》而後，王肅《詩》學幾不再傳，終乃亡於宋朝（詳下文），《正義》爲其說之最末引用者，追究鄭、王《詩》學之流衍，述及《正義》似亦有其必要性。故亦納入討論。

第二節　前人研究述評

王肅《詩》學向被視爲鄭學之反動，論及鄭、王之《詩》學者，莫不將其難鄭義列爲焦點之一。目前相關研究中，成果較豐碩者，有：

一、康義勇《王肅詩經學》〔註5〕
二、李振興《王肅之經學》第三章〈王肅之詩經學〉〔註6〕
三、汪惠敏《三國時代之經學研究》第三章第三節〈三國時代詩學之流變〉、附論一〈王肅學述〉〔註7〕
四、簡博賢《今存三國兩晉經學遺籍考》第二章第二節〈詩王氏學派——鄭學之反動〉〔註8〕

由於四書著述性質與目的不同，比較鄭、王說《詩》之際，自難免詳略之異，然皆頗有可觀處。今即據其成書之先後分別述評之。

一、康義勇《王肅之詩經學》

此書主要貢獻有二：

〔註5〕見《師範大學國文研究所集刊》第十八號，民國63年。
〔註6〕嘉新文化基金會排印，民國69年。
〔註7〕漢京文化有限公司，民國70年。
〔註8〕三民書局，民國75年。

（一）編定王肅年譜

馬宗霍《中國經學史》嘗曰：

> 王肅以託姻司馬氏之故，所爲《尚書》、《詩》、《論語》、《左氏》解，
> 及撰定父朗所作《易傳》，魏時皆列於學官。（第七篇，頁 62～63，
> 臺灣商務印書館）

皮錫瑞《經學歷史》亦稱：

> 肅以晉武帝爲其外孫，其學行於晉初。《尚書》、《詩》、《論語》、《三
> 禮》、《左氏》解，及撰定父朗所作《易傳》，皆立於學官。（頁 154
> ～155）

馬、皮二氏大有將王學所以立於學官歸於肅之身世背景之意，於其學力顯有
輕貶之嫌。換言之，鄭、王學之優劣，於立學官一事已昭然若揭。然此說之
不實，於史可稽考之。康氏辯云：

> 《魏書・齊王紀》云：「正始六年十二月辛亥（西元二四六年一月五
> 日），詔故司徒王朗所作《易傳》，令學者得以課試。」則肅撰定父
> 朗《易傳》於魏正始六年即列於學官，時曹爽執政，五年之後（齊
> 王嘉平元年，西元二四九年），方有司馬懿殺曹爽而專權之事。（《王
> 肅之詩經學・敍例》）

王學早在魏正始之間，即已立於學官，時司馬氏尙未專權，此說於王肅之行
事實有廓清之功。康氏因有感於「讀其書必先知其人」，遂有年譜之編定，殆
爲致力王肅年譜編定之第一人。有此一譜，王氏生平，歷歷在目，無稽之談
亦得以寢息，是甚有功於王學也。

（二）增補佚文、重視證據

自馬國翰《玉函山房輯佚書》輯錄王氏《詩》說殘文以來，輯佚者漸多，
康氏率先之逐條與鄭《箋》比對。然感於所有輯本「踳駮非一，疏漏難免」，
是以康氏亦戮力於輯佚工作。尋索對象包括舊疏及《孔子家語注》。《家語》
引《詩》，而王肅注之，此亦屬王肅《詩經》學範圍，前此輯佚者僅《黃氏逸
書考》收錄一條，餘皆未及，康氏因蓄意輯之，頗有增補之功。又康氏之考
辨態度亦能力求客觀，〔註9〕有所考，然後知異同，卒臚舉鄭、王《詩》學差
異之要旨三事：

〔註9〕康義勇自述考辨態度曰：「茲編於鄭《箋》、王《注》之異同，分析特詳，苟
　　　義可兩通，則並存之，不強別其高下也。」

1. 《毛傳》無破字之理，鄭《箋》有改字之例，王肅述毛駁之。
2. 鄭信讖緯，王肅不信，故駁之。
3. 鄭氏深於《三禮》，故常以制度言《詩》，王氏經解平易近人，故以人情說《詩》，其說往往互異。

所舉雖未完足，然開創之功、啟發之效，亦不可沒。

又康氏所考證，如云：「《傳》《箋》並不釋之者三條。《箋》無訓而王肅注之者亦三條。王肅《注》與鄭《箋》義同者十一條，與《毛傳》異者兩條。」因以為王肅非必從毛，亦非必非鄭，然後乃知肅「雖不好鄭氏，亦非苟駁前師，蓋時移世易，經義常新，有不得不然者也。」此一結論，純從證據得來，足袪世人之疑。而其方法與態度，尤可稱道。又個人之學術風格，難以脫離時代學術環境而獨存。康氏既云「時移世易」，則已將學術環境之變遷納入考量，顯現其深思之一面，此亦為其優點。惜所涉面不廣，對於二人之學術取向未有脈絡上之交代，則有待後人增補之空間尚大。

二、李振興《王肅之詩經學》

（一）探索王學之淵源

欲窮究一人之學，必先知其學之所從出。李書首探王肅《詩》學之所自。謂其源大抵有四：

1. 源於三家者
2. 源於毛氏者
3. 源於馬融者
4. 源於揚雄者

顯示王肅《詩注》之淵源不一，是李書貢獻之一。

（二）考釋佚文之是非

李書除探源外，更採鄭、王比較方式為佚文考釋。其與康氏俱側重逐條比對之法。此一方式之優點在：

1. 易於展現學者之功力。蓋論其是非，知所取捨，皆須有明確之洞察力方足以為之，否則窘態立顯。此法可去濫竽充數，依違浮率之病。
2. 由於網羅遺佚，逐條考辨，有心致力於此類研究者，將得求索之便。

李氏致力於此，頗有所得。然此畢竟屬於基礎之學，理應有拓展之空間，於

此一基礎上，另有建構，袤聚磚瓦，以成廣廈，如此，鄭、王《詩》學之差異始能從小以見大。惜乎李氏未嘗著力於此，康氏即或有之，亦有所局限，譬如為山，始覆一簣，則此項研究之發揚，當有待於繼起者。

（三）究明王學之主旨

李氏於是書之結論特標：「王肅注經，亦今古文兼採，然其用意，似在難鄭」一目，曰：

> 其以今文說駁鄭氏古文說者，如《詩・小雅・車牽》篇：「以慰我心」……鄭《箋》衍《毛詩》之古文說，……然王肅從《韓詩》之今文說。……又王肅以古文說，駁鄭之今文說，如《詩・大雅・生民》篇……鄭氏取三家《詩》之今文說，以為后稷無父感天而生，……然王氏從《毛詩》之古文說，以后稷為帝嚳之子，而反對感生說。（《王肅之經學》頁778～779）

此一標目之提出，已觸及王肅何以亦兼採今古文之問題。由於上述二例適展現以今駁古、以古駁今之現象，李氏遂將此問題歸結於或為難鄭之需要。苟其推斷可信，則王肅於古文外兼用今文，非為服膺其說故也。今文說之於王肅，充其量不過是用以打擊鄭學之工具。其真相是否如此？或者有重新探究之必要。蓋注書態度足以影響注書價值之評估，故此一問題未可輕易帶過。

三、汪惠敏《三國時代之經學研究・三國時代詩經學之流變》

（一）明示王氏注《詩》之條例

是書歸納王氏注《詩》之條例為五：

1. 有述全章之旨者。
2. 有論述禮儀者。
3. 有辯說名物者。
4. 有詮解字義者。
5. 有注解字音者

雖層次不甚明確，如1、4、5等項偏重形式，2、3兩項偏重內容；而類別亦嫌粗疏，卻有淺明簡易之效。

（二）提示差異形成之可能方向

　　汪氏標列鄭、王解《詩》之差異，大抵不出康義勇之範圍。〔註10〕此外，汪氏亦自思想潮流之丕變說明王肅立異於鄭玄非由意氣之爭，而提示差異形成之可能方向，所言：

> 以今觀之，肅之異於鄭玄者，實非意氣之爭，乃經學思想潮流之演變而已。

論點頗近於康氏。至於三國思想潮流如何有別於鄭玄時代，彼亦有所說明：

> 經書之說解，自繁瑣之字句詁訓，進而爲簡明之義理闡述；自迷信之陰陽、讖緯、神怪，進而平易、合乎人情之事實，乃爲漢末三國以來學術思想變遷之趨勢。劉表、宋衷首開先例，提倡所謂之經說簡化運動，〔註11〕王肅子雍繼之於後，復遍注群經，推波助瀾。(《三國時代之經學研究》頁239～240)

以爲當時經學已揚棄煩瑣之字句訓詁，並走出讖緯之陰影，而爲簡易之義理闡述，王學之風格亦然。然經學發展之大方向如此，是否人人皆然，尤其王肅之師承猶不脫陰陽、讖緯之傳統（詳下文），則王肅注經縱身於反讖之行列，或另有目的，亦未可知，此又或者爲一可再加以試探之課題。

四、簡博賢《今存三國兩晉經學遺籍考・詩王（肅）氏學派 ── 鄭學之反動》

　　此一部分主要論及以下三方面：

1. 鄭、王說《詩》態度異同。
2. 王肅難鄭大義。
3. 評論鄭、王之徒孫毓、陳統、王基之學。

其優點爲於前人評論之資料搜羅繁富。然有二點或者可以再商榷：

〔註10〕汪惠敏比較鄭《箋》、王《注》，所得結論有四：
　　1. 肅多依毛《傳》，而鄭《箋》往往擅改其字。
　　2. 鄭信讖緯說，王肅則否，故二人釋經諸多異處。
　　3. 鄭玄深究三《禮》，故常以制度言《詩》，王肅則以人情言《詩》。
　　4. 王肅有優於鄭《箋》者。
　　1、2、3與康義勇之論略同。

〔註11〕余英時則將經學簡化上溯至鄭玄，云：「鄭學雖以繁見譏，然其根本精神實在『刪裁繁蕪』，與荊州學風之『刪浮辭，除煩重』者，又無以異也。」見〈漢晉之際新自覺與新思潮〉，收於《中國知識階層史論》一書。

（一）簡氏於鄭、王說《詩》態度異同，有「鄭泥禮制，而王通人情」〔註12〕之說

《詩》《禮》互爲表裡，此鄭《箋》之長也。然《詩》教溫柔敦厚，在情不在跡；是以泥跡尋情，輒見拘失。……王肅因情推說，多得詩人本旨。（《今存三國兩晉經學遺籍考》頁223）

康成囊括大典，博通今古，世稱一人也。然以禮入《詩》，而假物興辭之意失；所以待子雍王氏之操戈也。論鄭氏箋《詩》之失，此其大端也。（同上，頁225）

孟子曰：「故說《詩》者，不以文害辭，不以辭害志；以意逆志，是爲得之。」（萬章上）故云《詩》者志也。鄭氏箋《詩》，委曲欲詳，或遠於性情；此其失也。若子雍王氏，得孟子說《詩》旨要矣。（同上，頁227）

此論旨於揚王抑鄭，要點有二：

1. 《詩三百》多在託物寄情，以禮入《詩》，則情已失，此鄭《箋》一大偏失。

2. 王《注》不泥於禮，說《詩》得孟子「以意逆志」之旨要，多得詩人本義。

《詩》主託物寄情，注解者當如何闡述，方可謂盡發《詩》情？簡氏稱鄭玄以禮注《詩》之態度使情爲禮所限，而《詩》「假物興辭之意失」。依其準則，王《注》則盡得《詩》旨，然子雍雖由《傳》知經，所述恐未必即可謂爲得詩人本意。又《毛傳》亦以禮說《詩》，簡氏謂「然六詩之制，毛氏獨標興體。傳《詩》陳禮，所以假物興辭，無妨《詩》旨也。」對之採寬容態度，甚且以之爲標準，而獨貶鄭《箋》，此種評斷態度，豈可謂客觀？《詩》作爲教化之工具，春秋早期已有資料可以爲證，〔註13〕至孔子而益加重視以

〔註12〕鄭《箋》「泥跡尋情」，前人迭有此評。如王應麟《困學紀聞》卷三曰：「鄭學長於《禮》，以《禮》訓《詩》，是案跡而議情性也。」、章俊卿《群書考索》載李清臣《詩論》曰：「鄭氏之學長於《禮》，而深於經制。夫《詩》，性情也；《禮》，行跡也。彼以《禮》訓《詩》，是案跡以求性情也，此其所以繁塞而多失與？」（別集經籍門）

〔註13〕《國語・楚語上》申叔時對楚王問傅太子：「教之《春秋》，而爲之聳善而抑惡焉，以勸戒其心。……教之《詩》，而爲之導廣顯德，以耀明其志。教之《禮》，使知上下之則……」。

發揚之，此一方向至漢朝，仍爲《詩經》學者努力之目標，齊、魯、韓、毛無不循此途徑發展，千年不易，可謂源遠流長，根深蒂固。鄭玄喻禮於《詩》，直可視爲「詩教」範圍之拓展，如從此一角度觀之，實無需多所責難。

（二）簡氏稱王學起而鄭學衰

簡氏此語凡二見：

> 爰自康成箋《詩》，而三家式微；然申毛而違毛，亦多躓駁。子雍繼起，述毛難鄭；而鄭學亦衰。（同上，頁220）

> 王肅述毛，故云：「執事已整齊，已亟疾，已誠正，已愼固也。」（按：此〈楚茨〉「既齊既稷，既匡既勅」王《注》）平實曉暢，通情達理；以視鄭之泥跡遺情，固迴乎其上矣。宜乎子雍出，而鄭學遂微。（同上，頁225）

王肅《毛詩注》出而鄭學寖微，猶之於鄭玄《毛詩箋》出而三家《詩》式微；王《注》所以得以取代鄭《箋》，實事出有因，蓋鄭《箋》本身躓駁不一，尤其以「泥跡遺情」事違毛爲甚，無怪乎王《注》出而鄭學衰。鄭《箋》成書時，三家《詩》已弊病叢生，此其時學者所公認之現象，若將王《注》、鄭《箋》之興替，比況鄭《箋》、三家之顯微，則必須有類似所以盛衰之原因。然則，「申毛而違毛，亦多躓駁」、「泥跡遺情」豈即當世學者之批駁？若此評出於後世，且王《注》雖出，鄭學猶廣受學者樂道遵從，可否謂「子雍出而鄭學遂微」？諸如此類之相關問題，或者可以進一步稽考。

考前述四家之研究，未嘗論及或僅約略一提者，厥有以下數端：

1. 鄭、王身處何種學術環境？
2. 王肅反讖之原因爲何？
3. 王《注》兼探今古文由於難鄭之需要。
4. 鄭說拘泥以禮說《詩》，王《注》則合於詩人本義。

未嘗論及者，本文將試澄清；僅約略一提者，如以爲可採，則加以推衍；如不能苟同，則提出一己淺見，試作商榷。

第三節　研究材料說明

本文自「鄭玄、王肅說《詩》異同」展開，故首當界定比較二人說《詩》異同之材料範圍。

　　鄭《箋》出，王氏《詩》說因之而起，鄭玄經注，今唯存《毛詩箋》、《三禮注》，餘皆散佚。《三禮》經文引《詩》，鄭玄多有解釋；《三禮注》亦屢引《詩經》經傳以發明經旨，是故鄭氏《詩》學非但體現於《毛詩箋》，尚表現於《三禮注》。《三禮注》釋《禮》之引《詩》或引用《詩經》解《禮》，其範圍兼括四家，而尤重齊、魯、韓說，〔註14〕與箋《詩》態度大相逕庭。由注《禮》至箋《詩》，鄭玄《詩》學呈現錯綜複雜之現象，述其《詩》學理應全面觀照。唯王肅但針對《毛詩》鄭《箋》而發，故本文於論二人異同部分，不取鄭玄《三禮注》。

　　王肅諸多注解，多半亡佚，《孔子家語注》為今存較完整者，唯亦亡失泰半，〔註15〕其中所引《詩》說約二、三十條，為王氏《詩注》以外最能表現其《詩》學者。余粗作檢校，除訓〈始誅〉篇引《詩》「天子是毗」之「毗」為「輔」與鄭《箋》同外，餘不脫《毛傳》範圍。十卷《家語注》及王氏《詩注》殘文體現其治《詩》一貫以《毛詩》為主之原則，然論鄭、王說《詩》異同部分，《家語注》似應一如鄭玄《三禮注》，以不列入考量為當。蓋王肅縱使以述毛為志，亦不免參考他家；上述「天子是毗」條提供了若併合《家語注》討論當謹慎為之之省思。「毗」字，《家語注》訓為「輔」，說同鄭《箋》；《毛詩注》則訓作「厚」，說同《毛傳》，是一人而異說，反映王氏說《詩》亦難免有所轉變。《家語注》主《毛詩》說諸條，由於其《詩注》亡佚不全，難以知《詩注》之必持毛說，故亦不可以《家語注》輕代《詩注》以與鄭《箋》作比較。是以本文論鄭、王說《詩》異同部份亦不取《家語注》，以求其純。

　　然鄭玄《三禮注》與王肅《家語注》亦有其作用，二者可各自與鄭玄《詩箋》、王肅《詩注》相比較，以見二家對《詩經》態度之演變。本文雖於三、四章論鄭、王《詩》說異同部分不予取用，唯於他章若有必要，亦加以引述。

　　《毛詩》《傳》、《箋》及孔《疏》為本文運用之重要材料，行文所據者，

〔註14〕鄭玄《三禮注》、《毛詩傳箋》說《詩》多有矛盾，自孔穎達《禮記・孔子居間・疏》解曰：「注《禮》在先，未得《毛詩傳》以來，此說幾為學者共認為所以產生矛盾之因。唯查東漢末年今古《詩》學消長及《三禮注》引《詩》之歷史事實，鄭玄注《禮》時已用《毛詩傳》之證據歷歷在目。詳參楊天宇〈鄭玄注箋中詩說矛盾原因考析〉一文（河南大學學報・社科版，1985年第四期），故本文謂鄭玄《三禮注》之《詩》說四家兼採而偏重三家。

〔註15〕《漢書・藝文志》著錄《孔子家語》二十七卷，顏師古《注》已云：「非今所有《家語》」，《隋書・經籍志》則稱《家語》二十一卷，王肅注。迄宋止存十卷，今本卷數同宋，較之於〈漢志〉、〈隋志〉顯已亡佚太半。

爲藝文印書館影印阮刻《毛詩注疏》本。王肅《毛詩注》殘文部分散見於《毛詩正義》，馬國翰、黃奭雖嘗輯佚，然於引文之起迄間有出入；摘錄文字亦或偶異於阮刻本，故本文於馬、黃二氏所輯，皆復核阮本。至若《釋文》所引王《注》，亦據馬、黃輯佚，並以上海古籍出版社影印之宋刻宋元遞修本《經典釋文》查核一過，若有異文，概以宋元遞修本爲主。

第二章　鄭玄、王肅《詩經》學興起之背景

第一節　鄭玄《詩》學之產生

　　任一學派之興起，皆有其時代因素。故探討一學派所以興起，首當重視其與時代之關係。既云學術派別，則其生成發展尤與當時之學術環境密不可分。因之，欲明何以東漢末期鄭玄《詩》學能夠興起，且久傳不衰，首須知曉東漢《詩》學之概況，而其時《詩》學又與經今古文之勢力消長、自身發展息息相關。

一、今古文經勢力消長述要

（一）劉歆首倡立《毛詩》於學官

　　齊、魯、韓三家《詩》已於西漢文、景朝敕置博士，治斯學者不僅一身榮顯，其學亦隨之流布廣遠，各行於一方，〔註1〕當時尚未有今古文之顯異。直至西漢成、哀之際，劉歆倡議立《左氏春秋》、《毛詩》、逸《禮》、古文《尚書》於學官，方為今古文之爭揭開序幕。〔註2〕此乃自武帝時河間獻王重賜金

〔註1〕《漢書‧儒林傳》稱韓嬰、轅固生分別於孝文、孝景時為博士。再稱「武帝初即位，……綰臧請立明堂以朝諸侯，不能就其事，乃言師申公。於是上使使束帛加璧，安車以蒲裹輪，駕駟迎申公。」申公所受之榮寵由此可見。又稱「諸齊以《詩》顯貴，皆固之弟子」、「嬰推詩人之意，而作內外傳數萬言，其語頗與齊、魯間殊，然歸一也。淮南賁生受之。燕趙間言《詩》者由韓生。」則三家流布甚廣，各有其勢力範圍。

〔註2〕參《漢書‧楚元王傳》附〈劉歆傳〉。

帛廣蒐天下善書，大毛公懷書往獻於王，嗣後，獻王以小毛公為博士，〔註3〕號之曰毛《詩》以來，〔註4〕學者始致力舉此私學以立於學官。

然當時今文博士「抱殘守缺，挾恐見破之私意，而無從善服義之公心」、又有「杜塞餘道，絕滅微學」、以及「專己守殘，黨同門，妒道眞」〔註5〕之私心，遂使包括《毛詩》在內之四種古文經學即在此種龐大勢力及私心作崇之壓抑下橫遭貶抑之命運。此次爭論雖則失敗，〔註6〕然東漢今古文之爭實肇基於此。

（二）賈逵促成《毛詩》地位之提升

西漢宣帝時嘗召開石渠閣會議，平議今文學各派異同。劉歆依循故事，不惜廷爭為古文經爭取學術地位，以求立於學官。東漢諸儒，受此啓發，乃出現多次運用辯論方式爭立古文經事。參與成員不乏《詩經》學者，如賈逵、鄭玄等。然主要議題，皆側重《公羊傳》與《左傳》之爭，《詩》學今古文問題似未引起太大興趣。〔註7〕然因《左傳》漸佔上風，同屬古文性質之《毛詩》，亦得以日趨重要。是《毛詩》地位之攀升，實與《公》、《左》地位之消長關係密切，而欲知《公》、《左》之消長，則又不能不知賈逵對《左傳》之貢獻。

章帝時，賈逵與班固共校祕書，曾為章帝解說《左傳》之政治效用，謂《左傳》所論「斯皆君臣之正義，父子之綱紀」、更謂《左氏》「崇君父、卑臣子，彊幹弱枝，勸善戒惡，至明至切，至直至順」，夫君主所關切者，首在「安上理民」，《左傳》非特提供適宜之措施，也提供權威不可移易之理據。賈逵又云：《左氏》義深於君父，《公羊》多任於權變，〔註8〕可見二派學者間之激辯，在學術爭執之外，更摻雜派系之政治利益衝突。以勸諫為用之《詩經》，既無法引起君

〔註3〕 鄭玄《詩譜》曰：「魯人大毛公為詁訓傳於其家，河間獻王得而獻之，以小毛公為博士。」（《毛詩正義》卷一之一，頁2引）

〔註4〕 鄭玄《六藝論》曰：「河間獻王好學，其博士毛公善說《詩》，獻王號之曰『毛詩』。」（《毛詩正義》卷一之一，頁2引）

〔註5〕 參《漢書・楚元王傳》附〈劉歆傳〉「移讓太常博士書」。

〔註6〕 《漢書・劉歆傳》：「儒者師丹為大司空，亦大怒，奏歆改亂舊章，非毀先王所立。」師丹扣以「改亂舊章」之罪名，劉歆成為眾矢之的，為自保，遂求出，本傳曰：「歆由是忤執政大臣，為眾儒所訕，懼誅，求出補吏，為河內太守。」則此次爭論終告失敗。

〔註7〕 後漢光武建武年間爭立之對象為《費氏易》、《左氏春秋》；後漢章帝建元初年至四年、桓帝至靈帝光和五年則皆以《左氏春秋》與《公羊傳》之爭論為主。

〔註8〕 賈逵之論俱見《後漢書・賈逵傳》。

主之興趣，〔註9〕故其辯爭不若二《傳》之激烈，不難理解。

賈逵猶如西漢之劉歆，皆自遊說帝王著手，欲憑藉帝王之力提升古文學之地位，實爲東漢古文學之功臣。《後漢書・賈逵傳》：

> 令逵自選《公羊》嚴、顏諸生高才者二十人，教以《左氏》，與簡紙經傳各一通。……逵數爲帝言古文《尚書》與經傳《爾雅》詁訓相應，詔令撰歐陽、大小夏侯《尚書》古文同異，逵集爲三卷，帝善之。復令撰齊魯韓《詩》與毛氏異同。并作《周官解故》。

賈逵既得帝心，奉詔撰今古文《尚書》異同。此種比較方式，顯然引發章帝興趣，乃有下詔令更撰齊、魯、韓三家《詩》與《毛詩》之異同事，於此，遂開創研治《詩》學之新途徑。

建初八年，章帝特下詔令群儒增選高材生，從受古學，除《左氏》外，古文《尚書》、《毛詩》亦在選生受業之列。《後漢書・章帝紀》曰：

> 建初八年詔曰：「五經剖判，去聖彌遠，章句遺辭，乖疑難正，恐先師微言將遂廢絕，非所以重稽古，求道眞也。其令群儒選高才生，受學《左氏》、《穀梁春秋》、古文《尚書》、《毛詩》，以扶微學，廣異義焉。」

章帝措意古文經學意在存微學，重稽古，求道眞。雖仍未敕立於學官，無疑大大提升《毛詩》之地位。

至安帝、靈帝時，《毛詩》地位再往上攀升，治《毛詩》者，得委以官職。安帝延光二年（西元 123 年）詔選「吏人能通古文《尚書》、《毛詩》、《穀梁春秋》各一人」（《後漢書・安帝紀》）、靈帝光和三年六月（西元 180 年）詔「公卿舉能通古文《尚書》、《毛詩》、《左氏》、《穀梁春秋》各一人，悉除議郎」（同上，〈靈帝紀〉），雖仍未立博士，然可爲官食祿，與博士弟子員等。此項結果，可說全導源於賈逵，其對《毛詩》諸學地位提昇之功，於焉可見。

（三）民間私學爭議今古文經之意義

劉歆爭立古文經，是今古文第一次論爭。第二次爭議爲東漢光武帝建武

〔註9〕《漢書・儒林傳》：「王式，字翁思。……式爲昌邑王師。昭帝崩，昌邑王嗣立，以行淫亂廢，昌邑群臣皆下獄誅……式繫獄當死，治事使者責問曰：『師何以亡諫書？』式對曰：『臣以《詩》三百五篇朝夕授王，至於忠臣孝子之篇，未嘗不爲王反復誦之也；至於危亡失道之君，未嘗不流涕爲王深陳之也。臣以三百五篇諫，是以無諫書。』」據此，知漢人以《詩經》爲具有勸諫功能之諫書。

年間，尚書令韓歆上疏欲爲《費氏易》、《左氏春秋》立博士，今文學者范升起而與韓歆、陳元、許淑、李封等辯難，《左氏春秋》得以立於學官，然不久復遭廢置。〔註10〕第三次爭論爲李育、賈逵《公》、《左》之辯。多次爭論均由朝廷主導，除第一次外，未聞有爲《毛詩》請命立學官者。

第四次爭議則起自民間，先是許愼著《五經異義》，鄭玄則撰《駁五經異義》以難之；更有何休與鄭玄、服虔爭《春秋》之義。〔註11〕許愼《五經異義》成於漢安帝延光元年，開啓民間私學爭議今古文之先例。此種現象，實暗示今文經學地位已漸動搖，無力運用政治勢力箝制古文經之發展。故於經學有異義者，得以暢所欲言，自是經學之一大轉變。許氏之書形式上採用今、古文分列，而章末斷以己意之方式，所采取者，古文說多於今文說。〔註12〕按許愼博通今古，〔註13〕其《五經異義》，並未專主古文，則此書之撰述，許愼或未嘗自我設限，門戶派別之色彩比較淡薄。其擇取、評斷，所呈現之今古文優劣面貌或不盡愜人意，然其不專主一家之治學態度則頗有可取。且其多取古文說一事，雖或受其師賈逵之影響，亦可證明古文學漸受當時學者肯定。

許書既涵蓋今古文說。其中有關《詩經》部分，許氏多引他經以作比較，如：

感生——今文：《詩》齊、魯、韓、《春秋公羊》說：聖人皆無父感天而生。

古文：《左氏》說：聖人皆有父。

謹按：〈堯典〉「以親九族」，即堯母慶都感赤龍而生堯，堯安得九族而親之。《禮讖》云：唐五廟。知不感天而生。（許氏案語，見陳壽祺《五經異義疏證》，《皇清經解》卷一二五〇，頁 12）

而專辯《詩經》今古文優劣之資料，今唯一見：

騶虞——今文：《韓詩》、魯說：騶虞，天子掌鳥獸官。

〔註10〕《後漢書・陳元傳》：「時欲立《左氏傳》博士，范升奏以爲《左氏》淺末，不宜立。元聞之，乃詣闕上疏曰……書奏，下其議，范升復與元相辯難，凡十餘上。帝卒立《左氏》學，太常選博士四人，元爲第一。帝以元新忿爭，乃用其次司隸從事李封，於是諸儒以《左氏》之立，論議讙譁，自公卿以下，數廷爭之。會封病卒，《左氏》復廢。」

〔註11〕詳參《後漢書・儒林傳》。

〔註12〕參黃永武《許愼之經學》，又參胡玉縉《許廎學林》。

〔註13〕從《後漢書》〈許愼傳〉、〈夜郎傳〉，及〈說文解字序〉、許沖〈上說文解字表〉知許愼博通今古文。

古文：《毛詩》說：騶虞，義獸。白虎黑文，食自死之肉，不食
生物，人君有至信之德則應之。周南終〈麟趾〉、召南終〈騶虞〉，
俱稱嗟嘆之，是麟與騶虞皆獸名。

謹按：古《山海經》、鄒子書云：騶虞，獸。說與《毛詩》同。（同上，
頁 58）

前此，今古文經義之爭，皆未及於《詩》，至此始加入辯論中。

以上所述，雖重古文而輕今文，然作爲對立學派，古文之長，適見今文
之消，則今文勢力略有削弱，殆可想見。此即鄭玄未出前之《詩》學環境。
至鄭玄時，今古文消長之勢已成，今文漸弱，古文漸趨於盛。

二、東漢今古文經自身之發展述要

（一）今文經學日趨煩瑣空疏

西漢爲今文經學全盛時代，自武帝採用董仲舒議：「推明孔氏、抑黜百家。
立學校之官，州郡舉茂材孝廉」（《漢書‧董仲舒傳》），經學於是獨爲官學而
與政治之關係更加密切。學者治學之目的，不復僅爲「通經識古」，而重在「通
經致用」，〔註 14〕爲求當局倚重，往往競說經義。《詩》學之發展亦日益蓬勃。
魯、韓二家於文帝朝首立於學官，申培公、韓嬰分別爲博士，前者衍生韋、
張、唐、褚、許之學；後者則有王、食、長孫之學。《齊詩》轅固生則在景帝
朝立爲博士，後分翼、匡、師、伏之學。〔註 15〕發展所以如此興盛，投君主
所好，固爲一大原因；然通經是儒者通向利祿之重要途徑，方爲主因，兩漢
即有不少通經足以得祿位之實例。〔註 16〕

不僅西漢今文學者爲此而相爭激烈；幾次官方之今古文爭辯，今文學家
拋開門戶之見，一致對抗古文學家，兩派固爲解說之歧異而爭辯，高官厚祿

〔註 14〕顧頡剛《古史辯》第五冊自〈序〉：「我門只要看《韓詩外傳》的著作方法，
王式對昌邑王的教授方法，便可知道他們（按：指今文經學者）是發議論和
講故事的成分多，推求經義和解釋經學的成分很少，因爲他們原是要『通經
致用』，而不是要『通經識古』的。」（頁 4，明倫出版社，民國 59 年臺初版，
據北平樸社初版重印。）式以三百篇爲諫書以教授昌邑王，詳註 9。

〔註 15〕三家《詩》學之流衍可參《經典釋文‧序錄》。

〔註 16〕如《漢書‧夏侯勝傳》曰：「勝每講授，常謂諸生曰：『士病不明經術；經術
苟明，其取青紫如俛拾地介耳。學經不明，不如歸耕。』」《後漢書‧桓容傳》
曰：「以榮爲少傅，賜以輜車、乘馬。榮大會諸生，陳其車馬、印綬，曰：『今
日所蒙，稽古之力也，可不勉哉。』」皆可爲證。

之誘人，恐亦是造成激辯之重要原因。試比較今古文經注解傳述人之情形，最能反應學者此種治學實有所求之心態，以《詩經》為例，三家《詩》立於學官，治者趨之若鶩，因此著述繁富；〔註 17〕《毛詩》則自河間獻王立之於私學博士以至漢末，注解傳述人唯馬融、鄭玄二人。有利可圖，則競相治之；無利可圖，則治者寥寥，僅此一端，已可呈現利祿影響之面目。因此，論及今古相爭之因，「利祿」之因素實是不可或缺之考量。

今文博士分出家法，始於石渠閣會議後，〔註 18〕此為競爭激烈之表徵。此後，競爭愈演愈烈，使得章句之學更為空疏與煩瑣。劉歆〈移太常博士書〉加以責難：

> 往者綴學之士，不思廢絕之闕，苟因陋就寡，分析文字，煩言碎辭。
> 學者罷老且不能究其一藝，信口說而背傳記，是末師而非往古，至
> 於國家將有大事，若立辟雍封禪巡狩之儀，則幽冥而莫知其原。

《漢書‧藝文志》亦云：

> 古之學者耕且養，三年而通一藝，存其大體，玩經文而已。……後
> 世經傳既已乖離，博學者又不知多聞闕疑之義，而務碎義逃難，便
> 辭巧說，破壞形體，說五字之文至于二三萬言。後進彌以馳逐，故
> 幼童而守一義，白首而後能言；安其所習，毀所不見，終以自蔽。
> 此學者之大患也。

劉歆與班固皆揭露今文經學之流弊。時至東漢，積習依然不改，諸家說經分歧之狀，較西漢猶有過之。

白虎觀之議原在於「正經義」，〔註 19〕欲使紛雜之經說復歸一統。然紛雜

〔註 17〕詳參朱彝尊《經義考》卷一百、一百一「漢儒說《詩》」之書目。

〔註 18〕《漢書‧藝文志贊》曰：「初，《書》唯有歐陽，《禮》后，《易》楊，《春秋》公羊而已。至孝宣世，復立大小夏侯《尚書》，大小戴《禮》，施、孟、梁丘《易》，《穀梁春秋》。」《書》傳於伏生，伏生傳歐陽；二夏侯出於張生，張生亦出於伏生，則歐陽、大小侯同源伏生也。后蒼傳《禮》與戴德、戴勝，則大、小戴，后蒼所分出之家法也。田何授丁寬，寬授田王孫，王孫授施讎、孟喜、梁丘賀，則施、孟、梁，田王孫所分出之家法，是知今文博士分出家法始於孝宣帝石渠閣會議後。

〔註 19〕《後漢書‧章帝紀》：「詔曰：『……中元元年詔書，《五經》章句煩多，議欲簡省。至永平元年，長水校尉儵奏言，先帝大業，當以時施行。欲使諸儒共正經義，頗令學者得以自助。』……於是下太常，將、大夫、博士、議郎、郎官及諸生、諸儒會白虎觀，講議《五經》異同，……如孝宣甘露石渠故事，作《白虎奏議》。」

之勢已成，終難振衰起弊，遂至積重難返而毫無生氣。《後漢書・徐防傳》云：

> 防以五經久遠，聖意難明，宜爲章句，以悟後學。上疏曰：「……伏
> 見太學試博士弟子，皆以意說，不修家法，私相容隱，開生姦路。……
> 今不依章句，妄生穿鑿，以遵師爲非義，意說爲得禮，輕侮道術，
> 寖以成俗。

徐防係和帝朝人。其時家法之不守，道術之不尊，而至妄生穿鑿已漸成風俗
流尚。風俗既成，振衰起弊甚難。至順帝朝，今文衰落之局面大致底定。《後
漢書・儒林傳》云：

> 自安帝覽政，薄于藝文，博士倚席不講，朋徒相視怠散，……順帝
> 感翟酺之言，乃更修黌宇，……自是游學增盛，至三萬餘生。然章
> 句漸疏，而多以浮華相尚，儒者之風蓋衰矣。

安帝時期，博士怠忽職守，不施講授；順帝欲有所作爲，然即便擴增黌宇，
廣收太學生，亦徒具形式。學者務浮華而輕篤實，不守章句，不遵家法。此
古文學者如王充、馬融等人動輒詆譏今文學者爲俗儒之故也。〔註20〕

（二）古文經學漸趨義據通深

今文經學家排斥古文，反對古文立於學官，至東漢更加不遺餘力。范升
爲駁韓歆請爲費氏《易》、《左氏春秋》立博士之議，曾上奏光武帝力陳廣立
博士之弊，云：

> 京氏既立，費氏怨望，《左氏春秋》復以比類，亦希置立。京、費已
> 行，次復高氏，《春秋》之家，又有騶、夾。如令左氏、費氏得置博
> 士，高氏、騶、夾，《五經》奇異，並復求立，各有所執，乖戾分爭。
> 從之則失道，不從則失人。（《後漢書・范升傳》）

所謂若開新立博士之例，則乖戾紛爭將接踵而至，恐只是藉口，排斥古文經
之目的，實爲鞏固今文經之地位而已。此一資料已顯示今文學者可能已無法
就經說內容良窳駁斥古文經，唯有藉他故以非難，實已自暴其短。

此一事例，亦可視爲今文學者反古之縮影。今文學者說經務煩瑣以求異
於他家，甚或曲解附會而得利祿，積弊已深，故無法於義理上爭勝。反觀古

〔註20〕王充《論衡・正說》曰：「或說曰孔子更選二十九篇，二十九篇獨有法也，蓋
俗儒之說也。」《尚書・酒誥》「王若曰」《釋文》引馬融云：「俗儒以爲成王
骨節始成，故曰成王。」《正義》曰：「三家云：『王年長，骨節成立。』」則
俗儒，今文學者之謂也。

文學者，則藉諸次辯論，將古文義理作詳盡之發揮。《後漢書・鄭玄傳》云：

> 中興之後，范升、陳元、李育、賈逵之徒爭論古今學，後馬融〈答
> 北地太守劉瓌〉及玄〈答何休〉，義據通深，由是古學遂明。

古文學派之所以能取勝者，關鍵正在「義據深通」四字上。

三、鄭玄箋注《毛詩》原因試探

（一）鄭玄博通今古，有統一經學使其合於「先聖元意」之志

如上所述，鄭玄固身處今文經已失獨尊地位而古文經正蓬勃發展之時代。從《後漢書・鄭玄傳》亦可看出其為學之歷程，《鄭玄傳》云：

> 師事京兆第五元先，始通《京氏易》、《公羊春秋》、《三統曆》、《九
> 章筭數》。又從東郡張恭祖受《周官》、《禮記》、《左氏春秋》、《韓
> 詩》、《古文尚書》。以山東無足問者，乃西入關，因涿郡盧植，事扶
> 風馬融。

《京氏易》、《公羊春秋》、《禮記》、《韓詩》為今文學，《周官》、《左氏春秋》、《古文尚書》則為古文學，而馬融更為當時古文學大師，康成博通今古，復從名師，是以學成之日，馬融喟然謂門人曰：「鄭生今去，吾道東矣」；今文學大家何休曾歎曰：「康成入吾室，操吾矛，以伐我乎！」〔註21〕可見鄭玄在學術上所受之重視，從而可知此實因其學力通博深厚有以致之也。

然學者兼通今古之風尚又非始於鄭玄，蓋今古二派勢力愈趨平衡，則兼治者愈盛。前漢除末期劉歆與博士爭議外，幾無所謂今古文之爭，故其時學者多專一經，罕有兼通數經者；東漢因今古文競爭激烈，各家爭勝，故碩儒多兼通今古。以《詩經》為例，何休治《公羊》，專以今學名家，然馬宗霍《中國經學史》曰：「休之《公羊解詁》，亦多本《毛詩》，兼引佚《禮》」，此今文學者兼治《毛詩》之例；賈逵，古文家，撰有《齊魯韓毛詩異同》，開創比較《詩》學之體例，自非精通三家《詩》不可；許慎為賈逵高第，著《說文解字》雖以古文為主，然亦時引魯、韓《詩》說，以廣異義，所著《五經異義》更屢引四家《詩》，或自相比較、或與它經比較。馬勇《漢代春秋學研究》曰：

> 其實，自古文經學出現……今文經學不論在思想上還是在形式上都
> 處於相互影響、相互滲透之中。於是，就有人勇敢地站出來打破家

〔註21〕何休好《公羊》學，著有《公羊墨守》、《左氏膏肓》、《穀梁廢疾》，鄭玄因而《發墨守》、《鍼膏肓》、《起廢疾》。何休遂出此語。

法、師法的藩籬和學派的分野，從而出現了賈逵、鄭玄等既是古文
經學的大師，又是今文經學的名家這樣一身而二任的學者。所以鄭
玄學的出現不是偶然的，而是兩漢學術發展的必然趨勢。（頁 72，
四川人民出版社）

凡此，皆足以說明鄭玄兼習今古文經，實是當時學風流尚使然。

　　由於時風如此，康成思有所作爲，故其治學注經採兼容今古之方式，嘗
於〈戒子益恩書〉言：

但念述先聖之元意，思整百家之不齊，亦庶幾以竭吾才。（《後漢書‧
鄭玄傳》）

知鄭玄實欲統一經說，使百家齊於「先聖之元意」。所謂「百家」，兼括今古
文言之也。是其「括囊大典，網羅眾家，刪裁繁誣，刊改漏失」（《後漢書‧
鄭玄傳‧論》），亦不僅局限於刊定今文，而是雜揉今、古，乃能結束東漢經
學之紛爭，將經學導入另一發展領域。

（二）《毛詩》特重美刺，能符合政教之需

　　鄭玄之雜揉今古，並非無所依歸，其於《詩》學，即以《毛詩》爲主，
三家爲從，撰成《毛詩箋》，或問康成何以有此主從之別？此一問題絕非由單
純之古文漸興，今文不再獨尊之經學表象即可解答，必須自鄭玄自身之立論
及經學內部求索，始能見其眞象。

　　鄭玄以述先聖之元意爲職志，嘗云：「《詩三百》足作後王之鑒」，則所謂
「先聖元意」即教化也。「通經致用」乃兩漢學者治經之共同目標，附會經說
不過爲「通經致用」之手段，今古文學者皆不能免於此。因之，附會之道愈
有利於政教，則愈佔優勢。事實證明，今文學者競相附會導致說經煩瑣、空
疏，乃與政教關係日益疏離；古文經學屢經鍛鍊，反能愈與政教效用緊密扣
合。試以《毛詩序》爲例，《詩序》作者爲何人，至今猶爲一懸而未決之問題，
〔註22〕然由序《詩》特重美刺，而美刺則爲漢代《詩》教下之產物觀之，則
此《序》或成於漢人之手；又由其內容觀之，前後文牽強矛盾處不鮮見，因

〔註22〕關於《詩序》之作者，自來眾說紛紜，究屬何人作，尚無定論，至少有十七
　　　　種說法：孔子所作、子夏所作、衛宏所作、子夏毛公衛宏合作、子夏毛公合
　　　　作、漢之學者所作、詩人自作、國史孔子所作、孔子弟子毛公衛宏作、孔子
　　　　毛公作、村野妄人作、山東學究作、毛公門人記詩說者、秦漢經師作、經師
　　　　所傳，弟子所附者、劉歆衛宏所作、孟子所作。詳參魏佩蘭〈毛詩序傳違異
　　　　考〉（《大陸雜誌》三十三卷第八期）

知非成於一人。然上下文雖或有矛盾，而下文之詮解前文，往往更具體關聯政治之傾向則相同。如〈鄘風・蝃蝀・序〉「止奔也」下續云：「衛文公能以道化其民，淫奔之恥，國人不恥也」、〈邶風・凱風・序〉「美孝子」下曰：「衛之淫風流行，雖有七子之母，猶不能安其室，故美七子能盡其孝道，以慰母心，而成其志爾。」等等，此或三家所不及者也。〔註23〕則古文「義據通深」之謂，非但就發明經文之義而言，實亦著眼於政教效用之考量也。

此外，《毛傳》於諸《詩》次序之安排及義理之闡發較三家尤能符合漢代經學教化之目的，胡念貽於〈論漢代和宋代的詩經研究及其在清代的繼承和發展〉一文嘗比較《毛詩》與三家《詩》曰：

> 《詩序》嚴格按照時代次序，論《詩》注重講「興義」；這是《毛詩》的兩大特點，這兩大特點對於使《詩經》的具有經書性質，是起過不可估量的作用的。試想，在儒者的心目中，作為一部經書，如果篇目排列時代顛倒，沒有規則可尋，這豈不凌亂！一些普通民歌式的愛情《詩》、抒情《詩》，如果《詩》中不通過「興義」來表達出「厚人倫、美教化、移風俗」的深意，這豈不是無意義！三家《詩》對前者似乎考慮較少；對於後者雖然很注意，但他們主要只知道用歷史故事來牽強附會。《毛傳》卻除了用歷史故事牽強附會外，還把起興句說成都有喻意，以多一層牽強附會，道理顯得更深。（《古代文學研究集》，1985 年二月，中國文聯出版公司）

《毛詩序》將《詩三百》按照先後世次串連，更標明興義以解《詩》，使《詩》學發揮更大之政治效用，此二者皆為鄭玄所認同。故據前者而作《詩譜》，申補其義；據後者，則將《毛傳》中標明興義、或已說明含義、或尚未說明含義者，再予以詳盡申說，並擴大《毛傳》興《詩》之範圍。

經學在漢朝與政治關係密切，是君主用以治國之工具，可見鄭玄「齊百

〔註23〕 齊、魯《詩》有《序》與否，不可考。《新唐書・藝文志》曰：「韓詩二十二卷，卜商序，韓嬰注」，則《韓詩》有《序》。其《序》今猶存一、二，如「〈漢廣〉，說也」、「〈汝墳〉，辭家也」、「〈蝃蝀〉，刺奔女也」等，其形式僅與《毛詩序》首句一例，不似《毛詩序》於首句下又有詮解之文。齊、魯二《詩》有《序》與否雖不可考，然今存齊、魯說有統說《詩》旨者，如〈雞鳴〉，齊、魯《詩》皆謂之為憂讒詩：《毛詩序》曰：「思賢妃也。哀公荒淫怠慢，故陳賢妃貞女夙夜警戒相成之道焉」、〈相鼠〉，魯說：「妻諫夫也」；《毛詩序》曰：「刺無禮也。衛文公能正其群臣，而刺在位承先君之化，無禮儀也」，則《毛詩序》所釋《詩》旨顯較齊、魯二《詩》與政治關聯密切。

家」使經說復歸一統之目的，乃在重振經學，使之回歸至「先聖元意」，並在政教上再度發揮影響力。《毛傳》成系統之理論，以及獨標興義之舉，擴大可以發揮之空間，較三家《詩》顯然更能符合教化需要，此鄭玄所以為《毛詩箋》之重要因素。惟《毛詩》雖較近「先聖元意」，猶有不足，鄭玄於〈釋廢疾〉一文曰：

> 孔子雖有聖德，不敢顯改先王之法以教于世，若其所欲改，且陰書於緯，藏之以傳後王。（見袁鈞輯《鄭氏佚書》）

其以為「先聖元意」，緯書亦其中之一。《毛傳》不取讖緯，為求聖學之圓滿，鄭玄《詩》學兼採三家，實乃情理中事。

第二節　鄭玄箋《詩》之特點

一、表明《毛傳》之隱略

鄭玄《六藝論》云：

> 注《詩》宗毛為主，其義若隱略，則更表明。（《毛詩正義》卷一之一，頁3引）

《毛傳》特重字詞之訓釋，雖也串講句意、述說章旨和「興」之表現手法，然與字詞之訓釋相較，數量上則弗及遠甚。《毛傳》以簡約為其特色與優點。唯當時之優點，至後代適足為病。鄭玄箋《詩》本志在記識《詩經》之原意，詮明《詩經》之隱略，但欲未直接詮解《詩經》，反透過對《毛傳》之詮解，以探「先聖之元意」，此鄭《箋》之一大特點也。故鄭《箋》大量闡釋，凡《毛傳》所略及隱約之處，均加以補充，使其意昭然若揭，然所言是否切合毛公原意，又是否切合《詩經》元意，實難盡考。今就詞、句與興義三方面各舉數例以見鄭《箋》於《毛傳》隱略之表明。

（一）表明句意隱略者

《毛傳》重視字詞之訓釋，句意之串講往往缺乏，鄭《箋》則多有補充。如：

1. 〈小雅・正月〉：「瞻烏爰止，于誰之屋」，《傳》曰：「富人之屋，烏所集也。」《箋》云：「視烏集於富人之屋，〔註24〕以言今民亦當求明君而歸之。」

〔註24〕「屋」本作「室」，據阮元《校記》改。

《毛傳》但說二句大意，鄭《箋》則更詮其寓意以補《毛傳》之不足。

2. 〈小雅・正月〉：「魚在于沼，亦匪克樂。潛雖伏矣，亦孔之炤。」《傳》云：「沼，池也。」《箋》云：「池魚之所樂而非能樂；其潛伏於淵，又不足以逃，甚炤炤易見。以喻時賢者在朝廷道不行，無所樂；退而窮處，又無所止。」亦串講句意，且說明寓意。

3. 〈小雅・小宛〉：「螟蛉有子，蜾蠃負之」，《毛傳》云：「螟蛉，桑蟲也。蜾蠃，蒲盧也。負，持也。」僅止於訓解詞義。鄭《箋》申之云：「蒲盧取桑蟲之子，負持而去，煦嫗養之，以成其子。喻有萬民不能治，則能治者將得之。」一則串講句意，二則比喻寄託之旨。

以上為鄭《箋》串講句意並表明喻意之例。

《詩》之文字，往往含蓄不露，所謂「溫柔敦厚」，是以具委宛之姿。《毛傳》習於簡略，此等處多不作說明；鄭氏則不然，《箋》中多發明含蓄之義。如：

1. 〈小雅・采薇〉：「行道遲遲，載飢載渴」，《傳》曰：「遲遲，長遠也。」《箋》曰：「行反在於道路，猶飢渴，言至苦也。」「至苦」即詩句含蓄之意。

2. 〈小雅・采芑〉：「戎車嘽嘽，嘽嘽焞焞，如霆如電。」《傳》曰：「嘽嘽，眾也。焞焞，盛也。」《箋》曰：「言戎車既眾盛，其威又如電霆，言雖久在外，無罷勞也。」成役於外，戎車猶盛，正含蘊「無罷勞」之意也。

3. 〈小雅・正月〉：「載輸爾載，將伯助予」，《傳》曰：「將，請。伯，長也。」《箋》曰：「輸，墮也。棄汝車輔，則墮女之載，乃請長者見助，以言國危而求賢者已晚矣。」於理，國之未敗，即當求賢，《詩》稱國危求賢，實是「為時已晚」之意。

（二）表明詞義隱略者

語言文字之使用非一成不變，若干字詞於《毛傳》時無注解之需要，然時至漢末，若不加注釋，則其義難曉；或者原本有《傳》，而《傳》義亦艱澀難明；或者《毛傳》既詳於前，乃略於後，或發於後而忽於前，皆有重新疏解之必要。鄭玄於此，多有補充。如：

1. 〈小雅・白華〉：「樵彼桑薪」，鄭《箋》：「人之樵取彼桑薪」，訓「樵」為「取」，此《毛傳》不釋，鄭《箋》明之之例。

2. 〈小雅・采薇〉：「玁狁之故」，《毛傳》：「玁狁，北狄也。」《箋》云：「北狄，今匈奴也」，此鄭《箋》明《傳》義艱澀難明例。

3. 〈小雅・青蠅〉：「豈弟君子」，鄭《箋》：「豈弟，樂易也。」《毛傳》

於〈齊風・載驅〉「齊子豈弟」云：「言文姜於是樂易然」正以「樂易」釋豈弟，又於〈小雅・蓼蕭〉「孔燕豈弟」云：「豈，樂。弟，易也」，此皆發義於前矣；又〈大雅・旱麓〉「豈弟君子，干祿豈弟」云：「言陰陽和，山藪殖，故君子得以干祿樂易」，又〈泂酌〉：「豈弟君子，民之父母」云：「樂以強教之易，以說安之」，此則再注於後也。

（三）表明興義隱略者

《毛傳》釋興，有獨標「興」字，而於其含意完全不加以解說者，鄭《箋》每每加以補充。如：

1. 〈王風・揚之水〉：「揚之水，不流束薪」，《傳》曰：「興也。揚，激揚也」，鄭《箋》曰：「激揚之水至湍迅，而不能流移束薪。興者，喻平王政教煩急，而恩澤之令不行于下民。」

2. 〈小雅・南山有臺〉：「南山有臺，北山有萊」，《傳》曰：「興也。臺，夫須也。萊，草也」，《箋》曰：「興者，山之有草木以自覆蓋，成其高大，喻人君有賢臣以自尊顯。」

3. 〈小雅・菀柳〉：「有菀者柳，不尚息焉」，《傳》：「興也。菀，木茂也」，〔註25〕《箋》曰：「尚，庶幾也。有菀然枝葉茂盛之柳，行路之人豈有不庶幾欲就之止息乎？興者，喻王有盛德，則天下皆庶幾願往朝焉。憂今不然。」

又有《毛傳》言「興」，並已申說句意，鄭《箋》則說明其寓意者。如：

1. 〈曹風・蜉蝣〉：「蜉蝣之羽，衣裳楚楚」，《傳》曰：「興也。蜉蝣，渠略也。朝生夕死，猶有羽翼以自修飾。楚楚，鮮明貌」，《箋》曰：「興者，喻昭公之朝，其群臣皆小人也，徒整飾其衣裳，不知國之將迫脅，君臣死亡無日，如渠略然。」點明蜉蝣之羽楚楚實隱喻君臣徒飾衣裳，不知圖治，終將亡國之義。

2. 〈小雅・沔水〉：「沔彼流水，朝宗于海」，《傳》曰：「興也。沔，水流滿也。水猶有所朝」，《箋》曰：「興者，水流而入海，小就大也。喻諸侯朝天子亦猶是也。」說明水之朝宗于海隱喻諸侯之朝于天子。

二、表明意見之不同

鄭玄《六藝論》於「表明《毛詩》隱略」下續云：

〔註25〕原本「木茂」二字倒，據阮元《校記》改。

　　　　如有不同，即下己意，使可識別也。（同前）

「如有不同，即下己意」者，謂凡不以《毛傳》爲然處，未嘗著一非字，唯敍己意，使後人可識別「聖人元意」。鄭玄雜揉今古，是東漢末期學術發展之共相，上章已略加陳述，所謂「己意」，實包括參考三家以及運用個人博學涵養解《詩》二部分。

　　三家《詩》久亡佚，自宋王應麟始開三家《詩》輯佚與研究之風氣，至清陳壽祺父子及王先謙所輯已極可觀，然較之於《漢書・藝文志》所載三家書目卷數，猶如九牛之一毛。凡鄭《箋》與《毛傳》立異，而無輯錄資料可與印證者，極難判斷其歸屬。試舉例明之：

　　　　〈王風・兔爰〉：「我生之初尚無庸」，《傳》曰：「庸，用也」，《箋》
　　　　曰：「庸，勞也。」

《傳》、《箋》互異。《爾雅・釋詁》：「庸，勞也」，陳喬樅遂謂：「據《爾雅》知《魯詁》與毛異，鄭《箋》即用魯義改毛。」此爲有憑據而歸類之例也。然而，如：

　　　　〈齊風・猗嗟〉：「射則貫兮」，《傳》曰：「貫，中也」，《箋》曰：「貫，
　　　　習也。」

「貫」字之釋，毛、鄭有別，又無旁證可資利用，則鄭《箋》之釋，據三家耶？抑或出於己意耶？有此困難，因知鄭《箋》不從《毛傳》，而依個人之意解《詩》者，實難確認，故本文不擬舉證。關於引用三家《詩》說者，後文將有專節論述，此亦暫時略過。

　　注解者雖雜引他家意見，當不失原著之主體精神，此爲注解者宜謹守之基本分寸。衡諸鄭《箋》，彼既箋《詩》與《傳》，是否有逾越失當處？此爲述及其表明與《毛傳》意見不同之特點所當辨析者。

　　鄭玄自謂其《箋》：「注《詩》宗毛爲主」，故其全名爲《毛詩鄭箋》，所以宗毛，蓋或以爲毛說較三家《詩》說近聖人元意。《箋》中容或有參考三家處，既宗毛矣，則把握《毛傳》之主體精神爲其基本條件，而不在字詞訓詁之些許差別也。字詞訓詁之差別，實不足構成三家與《毛詩》之大異。猶如三家《詩》彼此之間，亦不免有文字義訓之殊，而學者視之爲一體，此蓋其主體精神近似之故。大體言之，三家《詩》與《毛詩》最大分野，讖緯實其首要，若持此以檢視鄭《箋》，則鄭《箋》似實與《毛傳》之根本精神相悖，此點將闢專章討論，於此暫略。

三、藉《詩》以傷時

鄭玄《詩譜・序》曰：

> 勤民恤功，昭示上帝，則受頌聲，弘福如彼；若違而弗用，則被劫
> 殺，大禍如此。吉凶之所由，憂娛之萌漸，昭昭在斯，足作後王之
> 鑒。於是止矣。

所謂「弘福如彼」，「彼」者，文武之謂；「大禍如此」，「此」者，陳靈之謂
也（按：此承上言「文武之德」，「陳靈之淫」來）。《毛詩正義》曰：「『違
而不用』謂不用《詩》義；則『勤民恤功』，昭示上帝，是用《詩》義也。」
《詩》義者，美刺之謂也。用《詩》義則治而趨吉至樂；不用《詩》義，
則亂而趨凶至憂。此非《詩經》時代獨然，實世世代代成敗之通則。揭示
此通則，以爲後王法，此鄭玄《詩譜》所以作也。然鄭所處時代政治之混
沌，猶如《詩》中〈桑扈〉、〈小宛〉、〈雨無正〉所述，主政者顯未稽考先
代成敗，則鄭玄讀此類《詩》篇焉得不感傷？故陳澧《東塾讀書記》以爲
至少此三《詩箋》，鄭玄「有感傷時事語」（卷六，頁 8，《皇清經解續編》
本）。舉例如下：

1. 〈小雅・桑扈〉：「不戢不難，受福不那。」《箋》云：「王者位至尊，天
所子也。然而不自斂以先王之法；不自難以亡國之誡，則其受福祿亦不多也。」
陳澧云：「此蓋歎息痛恨於桓靈也。」（同上）

2. 〈小雅・小宛〉：「戰戰兢兢，如履薄冰。」《箋》云：「衰亂之世，賢
人君子雖無罪，猶恐懼。」
陳澧云：「此蓋傷黨錮之禍也。」（同上）

3. 〈小雅・雨無正〉：「維曰于仕，孔棘且殆。」《箋》云：「居今衰亂之
世，云往仕乎？甚急迮且危。」
陳澧云：「此鄭君所以屢被徵而不仕乎？」（同上）

天子失道，賢人驚竦戒懼而不往仕，此亂世共相，幽、厲，桓、靈，時勢相
仿，強調以《詩經》美、刺爲法戒之鄭玄，箋《詩》至此，豈能無所感？陳
澧又曰：

> 鄭君居衰亂之世，其感傷之語有自然流露者，但箋注之體謹嚴，不
> 溢出經文之外耳。（同上）

此則對鄭玄藉《詩》以感傷時勢技巧之稱美。

四、以禮箋《詩》

鄭玄精通禮學，〔註 26〕引禮解經爲其治學慣用之手法。〔註 27〕《詩經》中本有記錄禮之成分，除此部分外，《毛傳》亦不免偶引禮說《詩》，〔註 28〕然就數量及詳略層面言，以禮說《詩》實爲鄭《箋》一大特色。〔註 29〕此項特色，評論者夥矣。〔註 30〕茲舉數例以爲代表，宋李清臣云：

> 鄭氏之學長於禮而深於經制，至於訓《詩》乃以經制言之。夫《詩》，性情也；禮制，跡也。彼以禮訓《詩》，是按跡以求性情也，此其所以繁塞而多失者與！（《經義考》卷一百一引）

黃震云：

> 毛《詩》注釋簡古，鄭氏雖以禮說《詩》，於人情或不通。（同前）

包世榮云：

> 鄭君，禮家也。……以禮說《詩》，立義高遠，始知無禮學無以言《詩》。
> （《毛詩禮徵‧自序》）

皮錫瑞曰：

> 鄭精《三禮》，以禮解《詩》，頗多迂曲，不得詩人之旨。（《經學通論‧論鄭箋朱傳間用三家，其書未盡善》）

論者或謂之失，或謂之得，紛雜不一，然以禮箋《詩》爲《毛詩箋》之一大特色，則爲學者之共識。茲舉數例如下，以見一斑：

〔註 26〕 《經典釋文‧序錄》謂漢儒注《禮》者，馬融注《周禮》及《儀禮》〈喪服〉；盧植則僅注《儀禮》，唯鄭玄盡注《三禮》，故孔穎達《禮記‧月令‧疏》：曰「禮是鄭學」。

〔註 27〕 鄭氏除箋《詩》外，其注《易》亦多據禮言之。詳參張惠言《周易鄭氏義》。

〔註 28〕 如〈大雅‧綿〉：「乃召司空，乃召司徒，俾立室家，其繩則直，縮版以載，作廟翼翼。」《傳》曰：「言不失繩直也。君子將營宮室，宗廟爲先，廄庫次之，居室爲後。」、〈曹風‧候人〉：「三百赤芾」《傳》曰：「芾也。一命縕韍，再命赤芾縕珩，三命赤芾蔥珩。大夫以上赤芾乘軒」等皆《毛傳》引禮說《詩》例。

〔註 29〕 鄭玄「以禮說《詩》」可參彭美玲《鄭玄毛詩箋以禮說詩研究》，國立臺灣大學 81 年碩士論文。鄭玄之重禮不只以禮解經，又屢付諸行動：高明〈鄭玄學案〉曰：「尤貴乎踐履而實行之。袁宏《後漢記》卷二十九云：『鄭玄造次顛沛，非禮不動。』盧植亦云：『修禮者，應徵有道之人，若鄭玄之徒。』（見《後漢書‧盧植傳》）是知鄭玄之於禮，非獨注解，爲口耳之學，且亦能身體力行焉。昔孔子告顏子：『非禮勿動』，顏子請事斯語，鄭君亦眞能事斯語者，宜乎范武子以爲『仲尼之門，不能過也』」。

〔註 30〕 參見彭美玲文〈前人對鄭玄以禮說詩之評價〉一節所收前人之評論資料。

1. 〈鄘風‧定之方中〉：「騋牝三千」，《箋》云：「國馬之制，天子十有二閑，馬六種，三千四百五十六匹；邦國六閑，馬四種，千二百九十六匹。」

2. 〈小雅‧出車‧序〉：「勞還卒也」，《箋》云：「遣將率及戍役同歌，同時欲其同心也。反而勞之，異歌異日，殊尊卑也。《禮記》曰：『賜君子小人不同日』，此其義也。」

3. 〈大雅‧棫樸〉：「周王于邁，六師及之」，《箋》云：「周王往行，謂出兵征伐也。二千五百人爲師，今王興師，行者，殷末之制，未有周禮。周禮，五師爲軍，軍，萬二千五人。」

此種解《詩》方式，毀譽參半。夫意識形態之形成，皆有其時代背景與個人因素，不宜忽略。鄭玄以禮箋《詩》，固有其背景在，非可倉卒妄議也。今之論者應抱持此種態度，否則輕議妄談，殊無意義也。

考東漢末期社會情勢，雖未必全然「禮壞樂崩」，然而不遠矣。鄭玄藉箋《詩》以感傷時事，此種不滿情愫僅爲消極態度，而遍注群經使之產生治世效用，則爲其積極態度。《論語‧爲政》云：「道之以德，齊之以禮，有恥且格」、《荀子‧勸學》曰：「禮者，法之大分，類之綱紀。」以禮爲人類行爲規範；《左傳‧昭公五年》謂禮「所以守其國，行其政令，無失其民者也。」此就政治意義言，則儒家以禮爲治國、教民之基礎。然禮無足以自行，有待爲政者之推動，高明士於《中國禮律初探‧弁言》云：

> 中國文化之基本要素，不外乎禮與律。禮起於俗；律定於文，其推動之力則在於教育與政治。

禮教之普及，實有賴於教育與政治之力量。有漢一代，《五經》原爲政治教化之工具，藉以推廣禮教，實爲直接而有效之方式，故鄭玄遂以其深厚之禮學素養注解經書，箋《詩》亦不例外。明乎此，而後知鄭玄喻禮於《詩》，直可視爲《詩經》學上「詩教」之擴充。此所以康成《詩》學，執一代之牛耳，領千年之風騷也。

第三節　王肅《詩》學之興起

東漢末年，朝廷內有外戚、宦官爭權；外有黃巾、董卓之亂，天下動蕩不安。其後曹操挾天子至許昌，藉此號令天下。建安二十五年，操歿，曹丕廢獻帝，自立爲王，改國號爲魏，魏氏父子篡奪之意願至此達成。而後，劉

備、孫權相繼建國，天下從此三分。往昔東漢文教重地，今河北、河南、山東一帶，皆在魏之統轄下。是故三國經學唯魏獨盛，而王肅學派又在其中扮演舉足輕重之角色。

一、王肅難鄭玄之原因

鄭玄注經兼採今古，於《詩》學融會四家，是經學山窮水盡後，開闢之另一柳暗花明之境，故其學從者甚眾，而批評者寡。從學術發展上觀之，其創新固非突發，且有脈絡可尋。早於鄭氏之賈逵，即曾奉命撰寫四家《詩》異同，有此前導，鄭氏融合之學實甚自然。再則，鄭氏德高望重，其學派勢力龐大，弟子「自遠方至者數千，贏糧景從，如細流之赴巨海」，「經神」之稱絕非虛名。〔註31〕王粲曰：「世稱伊雒以東，淮漢以北，康成一人而已」、張融曰：「兩漢四百餘年，未有偉於玄者」，〔註32〕因知「漢魏之交，鄭學之勢幾奔走天下」。〔註33〕

東漢、三國交替之際，鄭氏之學最為盛行，王肅生於東漢獻帝興平二年（西元 195），卒於高貴鄉公甘露元年（西元 256 年），鄭玄歿於西元二〇〇年，其時王肅五歲，二人年代猶有重疊，至王氏誦經之始，鄭學不過盛行數十年。王肅《孔子家語·序》云：

> 鄭氏學行五十載矣，自肅成童，始志於學，而學鄭氏學矣。

鄭學為王氏啟蒙之師，王肅亦嘗致力於鄭學。然《三國志·魏書·王肅傳》謂其「不好鄭氏」，而善賈、馬。《傳》云：

> 肅善賈、馬之學，而不好鄭氏，采會異同，為《尚書》、《詩》、《論語》、《三禮》、《左氏》解，及撰定父朗所作《易傳》，皆列於學官。

《隋書·經籍志》又著錄其《孝經注》一卷，則肅共通九經，與鄭玄不相上下。賈逵、馬融，皆古文學大師，肅善其學，則肅亦好古學也。其父王朗從楊賜習歐陽《尚書》，〔註34〕據洪亮吉《傳經表》，肅為伏生十七傳弟子，〔註35〕家學

〔註31〕拾遺記卷六，頁 12。

〔註32〕唐元行沖〈釋疑〉引，參《新唐書·元行沖傳》。

〔註33〕此為馬宗霍《中國經學史·魏晉之經學》引註 31、32 所下之結語。

〔註34〕《三國志·王朗傳》：「王朗……以通經拜郎中……師太尉楊賜」《後漢書·楊賜傳》謂楊賜通《尚書》桓君章句，桓君章句即《後漢書·桓榮傳》所載之「桓君大小太常章句」，榮治歐陽《尚書》，楊賜通榮學，王朗又從楊賜受學，是所習歐陽《尚書》，今文之學也。

與師承皆與今文關係密切。好古又習今，則其治學態度沿襲東漢以來學者併習今古文之學風。王肅少習鄭學，研究方法亦與鄭近，則其「善賈、馬，而不好鄭氏」恐係幾經省思後所持之態度，並非倉卒間突發之意氣之爭。《孔子家語・序》於「學鄭氏學」下又云：

> 然尋文責實，考其上下，義理不安，違錯者多，是以奪而易之。然世未明其欸情，不謂其苟駮前師，以見異於前人，乃慨然而嘆曰：「予豈好難哉，予不得已也。聖人之門，方壅不通，孔氏之路，枳棘充焉，豈得不開而辟之哉。」

則王學實起於對鄭學解說經義違錯聖人本意之不滿，實義理之辯，非意氣用事也。其積極態度一如孟子為衛道而不惜與楊、墨之徒辯難，故曰：「予豈好難哉，予不得已也。」

其時批評鄭學違背經義者，非王氏獨然，《三國志・虞翻傳・注》引《翻別傳》載翻之言曰：

> 玄所注五經，違義尤甚者百六十七事，不可不正，行乎學校，傳乎將來，臣竊恥之。

虞翻更定諸經，正鄭玄之失，鄭《注》違意尤甚者凡百六十七事，微有可議者更不在少數。〈虞翻傳〉曰：

> 翻性疏直，數有酒失。……遂徙翻交州。雖處罪放，而講學不倦，門徒常數百人。

是虞氏之學亦頗可觀，王學非孤起也。

鄭玄綜合今古，參以己意，汲取最圓融之意見解《詩》，以成一家之言，其取捨《詩》說之標準固全出一己主觀之認定。異說之起，必基於對前存解釋之不滿，王氏說《詩》既為義理之爭，則其於聖人經學內涵之詮解亦必有一套異於鄭玄之思想架構，故其說《詩》亦必以圓融無礙為取向，否則無法成一學派以與鄭學抗衡。既不免於主觀，取捨自有異於康成之處。然皮錫瑞《經學歷史》但謂王氏以今易鄭之古；以古易鄭之今，將王學說成唯求立異之意氣之爭，此種評價實有失公允。王肅《詩》說，固偶有皮氏所說現象，卻非必然，且其說亦間有同鄭者，《正義》即亦引以申鄭（詳下文），恐不得舉一以概百也。

王肅既善賈、馬古學，注《詩》卻又不排斥今文，即此可證其對鄭《箋》有不滿足處而欲重建另一以古學為主，兼取今文善說之孔學系統也。此於說

〔註35〕《傳經表・序》云：《今文尚書》伏勝十七傳至王肅。

經自由討論風氣之倡導，實大有功。

二、王肅之《詩》學著作

《隋書·經籍志》云：

> 王肅注《毛詩》二十卷，撰《毛詩義駁》八卷，《毛詩奏事》一卷，梁有《毛詩問難》二卷，亡。

《舊唐書·經籍志》云：

> 王肅注《毛詩》二十卷，又《毛詩雜義駁》八卷、《毛詩問難》二卷。

《新唐書·藝文志》《毛詩義駁》作《雜義駁》；《毛詩問難》作《問難》。據《隋志》，《毛詩問難》南朝梁時猶存，隋代已亡失，唯《兩唐志》皆著錄此書，是佚而復得也。又有《毛詩音》一書，僅見《釋文》著錄，是王氏五種《詩》學著作，唐時已亡佚《毛詩音》與《毛詩奏事》二種。其餘，《宋史·藝文志》亦已不載，然歐陽修曾引王肅釋〈衛風·擊鼓〉五章，謂鄭不如王；王應麟則曰曾見王肅著作，並引鄭玄之徒王基駁〈芣苢〉一條，謂王不及鄭，或者其時尚可見王《注》全貌。今則全亡矣。

王肅《詩》學零星散存之資料，幾全賴《釋文》與《毛詩正義》引述而得。今存其《詩》學佚文，或取自《釋文》，或出於孔《疏》。《釋文·序》云：「凡諸家之說有可取者，咸予以保留採錄。」是王肅解經在陸氏心目中尚有相當份量。然陸氏引文並非原貌，其自述《釋文》條例云：「援引眾訓，讀者但取其意義，亦不全寫舊文。」則《釋文》所呈現者係經陸氏主觀之理解後所取之大意，而非照錄原文。此一方式，使後人欲從《釋文》以知王《注》，徒增蔽障，對了解王氏《詩》學存在不可避免之偏差。孔氏《正義》，嘗依據王《注》解說《經》《傳》，或引原文；或取大意。僅述大意者，其弊一如《釋文》。又有《釋文》引述，《正義》未引，而疏釋卻與之同者（詳下文），此則顯現《正義》或暗採王《注》以論毛意，數量多寡，除《釋文》所引可與之比對外，餘亦無從查考。雖經輯佚者之努力，然王《注》殘缺今日猶然，此實一大憾事。非特影響王學研究，王肅對唐代《毛詩正義》之影響亦無從正確評估。

然由其著作之名稱，即可知王肅係採非難鄭學之方式。蓋其學之發展，遠不若鄭學順暢，初期即出現反對力量，此則學術環境不同有以致之。鄭學乘三家《詩》行之數百年，弊病叢生之際誕生，充滿蓬勃朝氣，代表嶄新之

研究方向，故廣受歡迎，不言可知；王學則在鄭學如日中天時崛起，開創之艱難，亦可想見，因此，王肅特重非難鄭學之方式，以求自顯，亦在情理之中。

王肅先有《毛詩注》二十卷，繼之撰《毛詩義駁》八卷，馬國翰曰：「《義駁》者，駁鄭氏義也」，蓋注《毛詩》不足突顯鄭《箋》之誤，故復撰此書，駁難之義顯矣。馬氏復曰：「自有此駁，而王基、孫毓、陳統之徒反覆辯難。」則三國、西晉《詩經》學盛行一時之辯難學風濫觴於此。另有《毛詩問難》一書，亦難鄭之作也。又撰《毛詩奏事》一卷，奏事者，顧名思義，或亦取鄭義違失事條奏於朝也。《義駁》之作，雖挑起學者之爭論，猶不能削弱鄭學聲勢，魏立十九博士，鄭、王二學派並列《詩》學博士〔註36〕可以為證。乃更條奏於朝，一則使朝廷明知鄭學之失；二則欲上達天聽藉政治力量以削弱異己，遂其盡廢鄭學之心。此與其初始著作之動機僅止於對鄭《箋》釋《詩》之不滿已頗有距離。欲提升一己孔學正統之學術地位，如此煞費周章，其時學術發展是否如皮錫瑞《經學歷史》所云：「王肅出而鄭學衰」，頗令人懷疑。而本田成之《中國經學史》云：「個性敏銳的人物，不堪立於人下」，或者可解釋其前後態度之轉變。

〔註36〕《晉書·百官志》曰：「晉初承魏制，置博士十九人。」未言掌何經，據劉汝霖《漢晉學術編年》西元二二四年所考，魏十九博士如下：《易》《書》《毛詩》《周官》《儀禮》《禮記》鄭玄、王肅各立一人；《左傳》服虔、王肅學；《公羊》顏、何二氏學；《穀梁》尹氏學；《論語》王肅學；《孝經》鄭玄學。

第三章　鄭玄、王肅《詩經》學之共相

　　王肅既欲取鄭而代之，不免有立異於鄭玄者，唯二人俱以明「先聖元意」為職志，又融通今古文經、皆為注解傳述人、且均藉《毛詩》以通《詩經》之旨意，則其《詩》學理應有同者。故本章專論二人《詩經》學之共相。首節述其訓詁內容之共相、次節述其《詩學》觀念之共相、三節述其思想表現之共相。

第一節　訓詁內容之共相

　　鄭、王訓詁內容之同者，大抵可自標明讀音、解釋詞義、串講句意、點明含義四方面言之。茲分別舉例如下：

一、標明讀音

（一）鄭玄之例

　　1. 〈小雅・車攻〉：「東有甫草」之「甫」，《釋文》云：「鄭音補，謂圃田」。
　　2. 〈小雅・北山〉：「鮮我方將」之「鮮」，《釋文云：「沈云：鄭音仙」。

（二）王肅之例

　　1. 〈小雅・六月〉：「共武之服」之「共」，《釋文》云：「王徐音恭」。
　　2. 〈大雅・桑柔〉：「覆狂以喜」之「狂」，《釋文》云：「王居況反」。

王《注》殘存，資料不足，無法廣列例證。又鄭、王之《箋》、《注》是否有音，歷來又有不同意見。《經典釋文・序錄》著錄為《詩》音者九人，〔註1〕

〔註1〕 《經典釋文・序錄》云：「為《詩》音者九人：鄭玄、徐邈、蔡氏、孔氏、阮

鄭玄、王肅皆在其列。然鄭玄是否曾爲《詩》音，前賢時彥如吳承仕、潘重規等皆致疑焉，以爲今所謂鄭玄音者，乃後人所爲。〔註2〕《釋文・序錄》云：「爲《尚書》音者四人」，陸氏自注云：「孔安國、鄭玄、李軌、徐邈。案：漢人不作音，後人所託。」陸氏既謂「漢人不作音」，故吳承仕認爲鄭玄亦未作《詩》音。潘重規謂《釋文》《毛詩》鄭音曰：

> 各家謂毛某某反，鄭某某反者，皆代毛鄭擬音，非毛鄭所自爲也。故《釋文》溧下曰：「徐云，鄭音在容反」，第下曰：「沈云：毛音弗，小也。徐云：鄭音廢，福也。一云毛芳味反，鄭芳沸反。」……假下曰：「沈云，鄭古雅反」如此之類，乃各家爲毛鄭擬音之明證，非毛鄭自作，……《釋文》所謂徐者，謂徐邈爲毛鄭所作之音也；沈云者，謂沈旋（或沈重）爲毛鄭所作之音也。一云者，謂某氏爲毛鄭所作之音也。作者不同，則擬音作切，自不劃一。（〈王重民題敦煌卷子徐邈毛詩音新考〉，《敦煌詩經卷子論文集》頁53～54）

以爲據《釋文》所陳，則所謂鄭音者，實眾家擬測，非鄭玄自爲也。

鄭音如此；王肅音又如何？《釋文・序錄》「爲易音者三人」〈注〉云：「王肅已見前」，似於王肅《周易》音無疑詞。此章太炎、吳承仕、周祖謨謂王音自作之一因也。〔註3〕潘氏則謂王肅爲駁鄭音而有《詩音》之作，以爲彼鄭音乃後人依鄭義代作。〔註4〕

上述意見，有二點似可商榷：

侃、王肅、江淳、干寶、李軌。」

〔註2〕《經典釋文・序錄》云：「爲《尚書》音者四人」，孔安國、鄭玄爲其二。吳承仕《經典釋文序錄疏證》云：「建安以前不行反語，孔安國更不得有作《音》之事。此皆後人依義作之，非孔等自作。若李、徐（按：指爲《尚書》音之另二人，李軌、徐邈也）以下，固嘗專撰音書矣。」

潘重規〈王重民題敦煌卷子徐邈毛詩音考〉云：「毛鄭本無《詩》音，皆由後儒分別毛鄭字義之異，爲之作音。」（《敦煌詩經卷子研究論文集》頁53）

〔註3〕章太炎《國故論衡・音理論》云：「王肅周易音，則序例無疑詞，所錄肅音用反語者十餘條。」周祖謨《問學集・顏氏家訓音辭篇注補》引之，則二人俱以王肅音，子雍自作。

吳承仕曰：「王肅之辛略先於孫叔然，反音方始萌芽，或承用比況直音之法。」（同上）

〔註4〕潘重規曰：「鄭氏釋《詩》，與毛有異，義既不同，音當異讀，於是作《詩》音者，據毛鄭異義，爲之分別作爲反切。其後王肅起與鄭抗，鄭學王學，樹幟相爭，既有王申毛之義，故又有王氏申毛之音。」（同上，頁54）

1. 陸氏《釋文・序錄》案語有闕脫，內容因版本而有不同。張寶三嘗校勘之，曰：

> 「漢」上《通志堂本》空缺，《抱經堂本》省去。《宋刊本》、《葉鈔本》作「成」，然「成漢」於此意不可解，「成」當係字誤。（《毛詩釋文正義比較研究》頁249，臺灣大學中國文學研究所碩士論文）

查陸氏案語，「案」字下「漢」字上有三種情況（1）有「成」字（2）空一格（3）未空格，亦無他字。然「成」字不可解，當係誤字。「漢」上闕文，應為何字，無法猜測。陸氏謂「漢人不作音」，或泛指漢人不作音書，抑或僅謂漢人無《尚書》音，皆有可能。

2. 章太炎謂顏師古《漢書注》中錄有應劭音；〔註5〕周祖謨則謂《漢書注》中尚有服虔音數則，唐人亦謂反切肇始於服虔，〔註6〕是反切起於漢末之證，故周氏曰：

> 服應為漢靈帝獻帝間人，是反切之興，時當漢末，固無疑矣。然而諸書所以謂始於孫炎者，蓋服應之時，直音盛行，反切偶一用之，猶未普遍。及孫炎著《爾雅音義》，承襲舊法，推而廣之，故世以孫炎為創製反切之祖。（《問學集》頁411）

反切雖始於漢末，然其時猶未盛行，直音仍為普遍之標音方式。鄭玄或未以反切形式為《詩》音，然未能據此必其不以其他標音方式為《詩》音也。六朝之際反切大行，反切較之譬況直音更具統一性、標準性。學者紛紛致力於反切研究，乃將前代學人之標音轉換成反切，似亦不無可能，是故「擬音作切，自不劃一」之現象在所難免。則潘氏言《釋文》「各家謂鄭某某反者，代毛鄭擬音，非毛鄭所自為也。」似乎充其量僅可證明鄭玄《詩音》之反切形式乃後人據其直音之原貌而改作，似未可作為鄭玄無《詩音》之直接證據。

〔註5〕章太炎反駁反語造始於孫叔然，曰：「尋《魏志・肅傳》云：肅不好鄭氏，時樂安孫叔然授學鄭玄之門人，肅集《聖證論》以譏短玄，叔然駁而釋之。假令反語始於叔然，子雍豈肯承用其術乎？又尋《漢・地理志》廣漢郡梓潼下，應劭《注》：潼水所出，南入墊江，墊音徒浹反。遼東郡沓氏下，應劭《注》：沓水也，音長答反，是應劭時已有反語，則起於漢末也。」（同上，卷上，頁17）

〔註6〕周祖謨曰：「如慧琳《一切經音義》景審〈序〉云：『古來反音，多以傍紐而為雙聲，始自服虔，原無定旨。』唐代日本沙門安然悉曇藏引唐武玄之《韻詮》反音例，亦云：『服虔始作反音，亦不詰定。』……是皆謂反切始自服虔也。」（同上，頁410～411）

又若從下列二點理由設想，鄭玄嘗爲《詩》作音之可能似乎大爲增加：

1. 鄭玄《詩》學，其說往往有出於《毛傳》者，義異則音讀或者隨之改變，漢人教學方法首重記憶，音不明則義不顯而妨礙記誦，鄭玄門徒動輒百千，〔註7〕爲便於傳授，似應有關於《詩》音之教材。惠棟《九經古義·述首》曰：

> 《五經》出於屋壁，多古字古言，非經師不能辨。經之義存乎訓，識字審音，乃知其義，是故古訓不可改也。（《皇清經解》卷三五九，頁 19）

紀曉嵐〈審定史雪汀風雅遺音序〉曰：

> 夫聲音之道，說經之末務也；然字音不明，則字義俱舛，於聖賢之微言大義，或至乖隔而不通，所關不可謂細。（《紀曉嵐文集》第一冊，頁 159，石家莊河北教育出版社，1997 年）

可說明「音」乃傳經時之必要條件，故授經之際，需先識字審音。

反切雖非始於孫炎，然最早成系統運用反切注音者，則爲孫氏。孫氏「受學鄭玄之門，人稱東州大儒」（《三國志·魏書·王肅傳》），而深通音韻反切之學，據此推測，則其師鄭玄嘗爲經書注音之可能性大爲提高，且其注音方式是否嘗用反切似亦頗堪玩味。

2. 鄭《箋》本身已有標音。段玉裁謂漢人注經術語「讀如」、「讀若」例，實具標音作用，〔註8〕此語雖不盡然，〔註9〕然大體不誤，茲摘鄭《箋》數則音爲例，〔註10〕如：

〔註7〕《後漢書·鄭玄傳》曰：「玄自游學，十餘年乃歸鄉里。家貧，客耕東萊，學徒相隨已數百人。……靈帝末，黨禁解，大將軍何進聞而辟之……一宿逃去。時年六十，弟子合內趙商等自遠方至者數千。」

〔註8〕《說文》「讀」字下，段《注》云：「擬其音曰讀，凡曰讀如、讀若皆是也。」段玉裁於《周禮漢讀考·序》又云：「漢人作注，於字發疑正讀，其例有三，一曰讀如、讀若，二曰讀爲、讀曰，三曰當爲。讀如、讀若者擬其音也，古無反語，故爲比方之詞。」（《皇清經解》卷六三四）

〔註9〕張師以仁於〈「讀如」、「讀若」、「讀爲」、「讀曰」與「當爲」〉一文舉例，以證實際情形並不如段玉裁所說的單純。該文云：

『又如《禮記·聘義》：「孚尹旁達，信也。」鄭玄《註》：「孚，浮也。浮者，在外之名，尹讀如筠，筠者，若竹箭之筠，筠亦潤色在外者」此一讀如，當然也是假借，是說「尹」是「筠」的借字。又如〈儒行〉：「雖危起居，竟信無志」鄭玄註：「信讀如屈伸之伸，假借字也。」此則明言其爲「假借字」，乃用「讀如」，可知段注之說並不盡然。』（《中國語文學論集》）

〔註10〕鄭《箋》亦有運用「讀如」術語以明假借之例，如：

〈邶風·北風〉：「其虛其邪，既亟只且。」鄭《箋》云：「邪讀如徐。言今在

（1）〈商頌・烈祖〉：「賚我思成」，《箋》云：「賚，讀如往來之來」

（2）〈鄭風・大叔于田〉：「叔善射忌」，《箋》云：「忌，讀如彼己之子之己。」

（3）〈豳風・狼跋〉：「公孫碩膚」，《箋》云：「孫，讀如『公孫于齊』之孫。」「公孫（遜）于齊」之「孫」別於頭銜「公孫」之「孫」，故鄭《箋》特標讀如別之。

或於艱澀、罕見字標音，或於破音假借字正讀，皆有教學上之需要。從鄭玄與孫炎之師徒關係及鄭《箋》本身已有標音例推之，鄭玄似當有《詩音》之作。

　　《釋文》收錄鄭王標識經傳音者，以反切譬況二方式表現，反切之鄭音若非其原貌，則直音譬況或不無可能；魏世反切蔓衍大行，〔註11〕〈桑柔〉一例，似可顯示王肅已取反切方式注音，《孔子家語》王肅《注》已大量出現反切注音方式，可為旁證。

二、解釋詞義

（一）鄭《箋》之例

1. 〈小雅・巧言〉：「為猶將多」，《箋》云：「猶，謀；將，大也。」

2. 〈小雅・大東〉：「糾糾葛屨」，《箋》云：「葛屨，夏屨也。周行，周之列位也。」

3. 〈小雅・賓之初筵〉：「左右秩秩」，《箋》云：「筵，席也。左右，謂折旋揖讓也。秩秩，知也。」

（二）王《注》之例

1. 〈大雅・皇矣〉：「四方以無拂」，《注》云：「拂，違也。」

2. 〈周頌・維天之命〉：「假以溢我」，《注》云：「溢，順也。」

　　位之人，其故威儀虛徐寬仁者，今皆以為急刻之行矣，所以當去以此也。」
　　既云「虛徐寬仁」，則此一「讀如」當是假借，不止於標音。
　　〈鄭風・揚之水〉：「出其闉闍」，《箋》云：「闍，讀當如彼都人士之都，謂國外曲城之中市里也。」
　　「闍」，《箋》訓「市里」，異於毛傳「城臺」之釋，則「闍」者，都之借字，不僅止於標音。

〔註11〕《經典釋文・序錄》曰：「孫炎始為反語（按：此說有誤，詳參註6），魏晉以降漸繁。」《顏氏家訓・音辭》篇曰：「至於魏世，此事（按：反切也）大行。

3.〈商頌・長發〉：「敷奏其勇」，《注》云：「敷，陳；奏，薦。」（《家語・弟子行注》）

三、串講句意

（一）鄭《箋》之例

1.〈邶風・谷風〉：「不念昔者，伊余來墍」，《箋》云：「君子忘舊，不念往昔年稚我始來之時安息我。」

2.〈秦風・小戎〉：「言念君子，溫其如玉」，《箋》云：「念君子之性溫然如玉，玉有五德。」

3.〈小雅・節南山〉：「天方薦瘥，喪亂弘多」，《箋》云：「天氣方今又重以疫病，長幼相亂，而死喪甚大多也。」

（二）王《注》之例

1.〈齊風・南山〉：「既曰歸止，曷又懷止」，《注》云：「文姜既嫁於魯，適人矣，何爲復思與之會而淫乎？」

2.〈小雅・白華〉：「天步艱難，之子不猶」，《注》云：「天行艱難，使下國化之，以倡爲不可故也。」

3.〈大雅・大明〉：「曰嬪於京」，《注》云：「唯盡其婦道於大國耳。」

四、點明含義

（一）鄭《箋》之例

1.〈鄘風・載馳〉：「我行其野，芃芃其麥」，《箋》云：「麥芃芃者，言未收刈，民將困也。」

「民將困」乃「芃芃其麥」之隱義。

2.〈小雅・蓼莪〉：「缾之罄矣，維罍之恥」，《箋》云：「缾小而盡，罍大而盈。言爲罍恥者，刺王不使富分貧、眾恤寡。」

「刺王」以下點明「維罍之恥」之含義。

3.〈大雅・旱麓〉：「鳶飛戾天，魚躍于淵」，《箋》云：「鳶，鴟之類，鳥之貪惡者也。飛而至天，喻惡人遠去，不爲民害也；魚跳躍于淵中，喻民喜得所。」

「喻惡人遠去」、「喻民喜得所」正點明此詩句之含義。

（二）王《注》之例

　　1.〈邶風・簡兮〉：「日之方中，在前上處」，《注》云：「欲其偏至」「欲其偏至」即二詩句之含義。

　　2.〈陳風・株林〉：「匪適株林，從夏南」，《注》云：「言非欲適株林，從夏南之母，反覆言之，疾之也。」

此二詩句前有「胡爲乎株林，從夏南」，王肅以爲詩人所以反覆言之者，在點明「疾之」之意。

　　3.〈小雅・正月〉：「既克有定，靡人弗勝」，王《注》曰：「王既有所定，皆乘陵人之事，言殘虐也。」

「殘虐」者，詩句之含義也。

第二節　《詩》學觀念之共相

　　康成、子雍詩學觀念共相之要者表現於一、美刺觀念；二、《詩序》作者；三、興字含義。本節即自此三方面分別論之。

一、美刺觀念

（一）鄭《箋》、王《注》之美刺觀

鄭玄《六藝論》云：

> 《詩》者，弦歌諷喻之聲也。自書契以興，朴略尚質，面稱不爲諂，目諫不爲謗。君臣之接如朋友然，在於懇誠而已。斯道稍衰，姦僞以生，上下相犯。及其制禮，尊君卑臣。君道剛嚴，臣道柔順。於是箴諫者希，情志不通，故作《詩》者以誦其美而譏其過。（《毛詩正義・詩譜疏》引）

又云：

> 《詩》者，承也。政善則下民承而讚詠之；政惡則諷刺之。（《經義考》卷九十八引）

鄭玄謂《詩三百》起於美刺時政之需要，其目的在於論功誦德以順其美；刺過譏失以匡其惡。順美救惡亦古者箴諫之目的，則《詩三百》猶如箴諫之言也。易言之，詩人藉美、刺方式達到影響政治之目的，此即《詩序》「正得失」之《詩》教觀。是故其屢信從《詩序》美刺說，並常帶美、刺字眼說《詩》，

「刺」字之數量猶夥矣。如：

1. 〈齊風・載驅〉：「四驪濟濟，垂轡濔濔」，《箋》云：「此又刺襄公乘是四驪而來，徒爲淫亂之行。」

謂詩人意在刺襄公之荒淫。

2. 〈小雅・都人士〉：「彼都人士，狐裘黃黃，其容不改，出言有章」，《箋》云：「古明王時，都人之有士行者，冬則衣狐裘黃黃然，取溫裕而已，其動作容貌既有常，吐口言語又有法度文章，疾今奢淫，不自責以過差。」

此則以古明王時都人士之有容儀法度文章刺今時之奢淫。

3. 〈小雅・黍苗〉：「我任我輦，我車我牛，我行既集，蓋云歸哉」，《箋》云：「……其所爲南行之事既成，召伯則皆告之云：可歸哉。刺今王使民行役曾無休止時。」

此陳召伯之功以刺幽王役民無止時也。

以上皆言刺之例。

誦美之例如：

1. 〈大雅・鳧鷖〉：「鳧鷖在涇，公尸來燕來寧」，《箋》云：「……水鳥而居水中，猶人爲公尸之在宗廟也，故以喻焉。祭祀既畢，明日又設禮而與尸燕。成王之時，尸來燕也。其心安，不以己實臣之故自嫌。〔註12〕言此者，美成王事尸之禮備」

此乃美成王事尸能備禮也。

2. 〈魯頌・閟宮〉：「敦商之旅，克咸厥功」，《箋》云：「……武王克殷而治商之臣民，使得其所能，同其功於先祖也。后稷大王文王亦周公之祖考也，伐紂周公又與焉，故述之以美大魯。」

敘述武王而擴及其先祖者，主於稱美魯國也。

王肅詩《注》殘文亦用「美」、「刺」二字，並同意《詩序》之美刺，則《詩》主美刺當亦爲其所認同也。試舉例如下：

1. 〈齊風・東方之日〉：「東方之日兮」，王《注》云：「言人君之明盛，刺今之昏闇。」

2. 〈齊風・東方之日〉：「履我即兮」，《注》云：「言古婚姻之正禮，刺今之淫奔。」

〔註12〕「嫌」本作「謙」，據阮元《校記》改。

〈東方之日・序〉曰：「刺衰也。君臣失道，男女淫奔，不能以禮化也。」例1就「君臣失道」、例2就「男女淫奔」而言。

　　3.〈豳風・伐柯・序〉云：「美周公也。周大夫刺朝廷之不知也」，《注》云：「朝廷刺成王。既作東山，又追作此詩以刺王。」

此亦據《詩序》言刺例。

頌美之例，如：

　　〈衛風・考槃〉：「考槃在澗，碩人之寬，獨寐寤言，永矢弗諼」，《注》云：「美君子執德弘，信道篤也。」

謂詩人此數語旨在頌美君子之道德。

鄭《箋》慣用「美」、「刺」說《詩》，毫無疑義。王《注》今存資料不多，可用以證明者有限，然由上三例觀之，其同於《詩序》之諷刺之說，甚為顯然。是「美」、「刺」或亦其所慣用，則《詩》主「美」、「刺」，為康成、子雍共同之主張也。

（二）鄭《箋》、王《注》美刺觀之檢討

　　孔子嘗論及《詩》之美刺，《論語・陽貨》篇曰：

　　　《詩》可以興，可以觀，可以群，可以怨。邇之事父，遠之事君。

　　　多識於鳥獸草木之名。

「觀」者，觀風俗之盛衰，考見得失；「怨」者，以怨刺表達不平，然不暴怒。〔註13〕「興」、「觀」、「群」、「怨」本謂《詩》有修身養性之功能，然由「觀」之考得失；「怨」之表不平，則孔子以為《詩》有美刺也。而鄭、王之以《詩三百》幾無《詩》不美刺，是否因孔子此言而有所發揮？欲明乎此，必先知孔子對《詩經》功能之要求。

　　除上述《論語》〈陽貨〉篇論及《詩》之修身、倫理教化、博學諸功能外，〈季氏〉篇、〈子路〉篇亦分別曰：

　　　不學《詩》，無以言。

　　　誦《詩》三百，授之以政，不達；使於四方，不能專對。雖多，亦
　　　奚以為。

則習《詩》又有通達事理以為政，嫻習辭令技巧以酬對言志之功能。〔註14〕

〔註13〕「可以觀」、「可以怨」，「觀」、「怨」二字朱熹《集註》分別曰：「考見得失」、「怨而不怒」，本文承用之。

〔註14〕《詩經》在春秋時代主要之功能為為各國公卿大夫於盟會、宴饗等政治、外

雖亦關乎政治，然尚未盡納之於美、刺範圍之內。某類《詩》就其內容即可知其具有美刺之意涵，〔註15〕則孔子所謂可考得失，表不平者，或當屬此類。然孔門《詩》教，並非止於此類也。後世因求致用，而附會叢生，循此發展，乃有鄭、王等幾無《詩》不美刺之說，此實為《詩三百》被奉為經典、政治意味與教化責任加重後之產物，是鄭、王所承者，乃漢以來儒者之「詩教」，已非孔子「詩教」之面目矣。

二、《詩序》作者

《毛詩序》作者問題，向來眾說紛紜。王肅注《詩》往往與鄭《箋》出入，但於《詩序》作者則相近。鄭玄論《詩序》作者凡二見，〈小雅·常棣·疏〉引《鄭志》：

> 鄭玄答張逸問，曰：「此序子夏所為，親受聖人。」（卷九之二，頁12）

謂子夏親受孔子之教，而為《詩序》。然今傳《詩序》，又有賴毛公之補充，《經典釋文》引沈重云：

> 鄭《詩譜》意，大《序》是子夏作，小《序》是子夏、毛公合作：卜商意有不盡，毛更足成之。（卷五，頁1）

大、小《序》之區分，陸德明曰：

> 舊說起此（按：「此」指「關雎，后妃之德也。」）至「用之邦國焉」名《關雎序》，謂之小《序》；自「風，風也。」迄末，名為大《序》。（同上）

交場合提供「言志」之辭令。目的在於言志，故唯斷章取義，全然不論《詩》之內涵與本旨。「賦詩言志」例，可詳參《左傳》。孔子亦強調「賦詩言志」之功能，此與春秋傳統《詩三百》之功能一脈相承。

〔註15〕有《詩》本身明言誦美或譏刺一類，誦美例如：
〈大雅·崧高〉：「吉甫作誦，其詩孔碩，其風肆好，以贈申伯。」
〈大雅·烝民〉：「吉甫作誦，穆如清風，仲山甫永懷，以慰我心。」
譏刺例如：
〈魏風·葛屨〉：「維是褊心，是以為刺。」
〈小雅·節南山〉：「家父作誦，以究王訩。」
有就《詩》之內容可推敲其為稱美或怨刺一類，如大雅〈大明〉、〈皇矣〉、〈假樂〉等讚頌君，以及三頌宗廟祭祀之詩皆稱美之例；而如小雅〈四牡〉、〈采薇〉等遣戍役之詩，小雅〈正月〉、〈雨無正〉、〈巧言〉、大雅〈板〉、〈蕩〉等憂時傷政之《詩》皆可為怨刺例。

朱熹說〈關雎〉篇自「詩者，志之所之也。」至「詩之至也」爲大《序》，餘者及各篇之《序》爲小《序》（參《朱子語類》卷八十）；李樗曰：

> 《詩》之《序》多有重複，惟〈關雎〉爲尤甚。〈關雎〉，說者以爲
> 大《序》，竊嘗以謂即〈關雎〉之《序》也。（《毛詩李黃集解》卷一，
> 頁6，《通志堂經解》本）

大小《序》問題亦是歷來詩家爭論所在。沈重所云《詩譜》之意，因今所見之《詩譜》已有殘缺，今存《詩譜》殘文未見此條，不知鄭玄《詩譜》如何區分大、小《序》，可知者，唯《詩序》始撰於子夏，毛公則有足成之功。

王肅論《詩序》作者，見《孔子家語・注》：

> 子夏敘《詩》義，今之《毛詩》是。

未言《詩序》經毛公之手方始告成，與鄭玄所言小別。子夏受學於孔子，則《詩序》聖人釋《詩》之義，此鄭、王信從者也。《詩序》特重《詩三百》之教化功能，或不免推論過當，鄭《箋》、王《注》據以演繹，皆不能離《詩》教以言《詩》，此又二人對待《詩序》之所同者也。

三、興字含意

《周禮・太師》言教胄子以風、賦、比、興、雅、頌六詩，《詩序》六義襲其名。《毛傳》且以興義釋《詩》，惟未見其明言「興」字含意與特點。《正義》曰：「《毛傳》特言興也，爲其理隱故也。」（卷一之一，頁15）稱《毛傳》之「興」，是寓事理於物象特徵之表現方式，以《毛傳》標明「興」且有解說者驗之，多如其言。鄭玄言「興」之特點者凡兩見，《周禮・天官司裘・注》曰：

> 玄謂廞，興也。若詩之興，謂象似而作之。

范文瀾解曰：「但有一端相似，即可取以爲興，雖鳥獸之別無嫌也。」謂物類之特色與心中所感之事理有些微相通，即可藉以爲興，似與《毛傳》無別。然鄭玄分別比、興時卻云：

> 比，見今之失，不敢斥言，取比類以言之；興，見今之美，嫌於媚
> 諛，取善事以喻勸之。（《周禮・太師・注》）

比、興皆爲隱喻之法，其別唯在前者斥其失；後者美其善。由鄭玄二說觀之，似與《毛傳》所謂興乃隱理於事物之表現方式無大不同，實則《毛傳》寓理於事物之義，可興善可興惡，鄭則唯興善而已。

鄭玄之理論如此，唯於實踐過程中則不盡然。如〈齊風・東方之日・箋〉

云：「興者，喻君不明」，謂日在東方以興刺君不明之義，依其比興之定義，此當為比，卻以為興，比興之義界已自混淆，可見其未能貫徹一己之主張，理論與實踐之矛盾因此不能避免。鄭玄興之定義固狹於《毛傳》，但二人以為物象之特徵與隱喻之理息息相關之觀點則一。

　　王《注》六義之義如何？資料所限，今唯有自殘文推知一、二。
《毛傳》曰「興」，王《注》申其義者，如：

　　1.〈邶風‧綠衣〉：「綠兮衣兮，綠衣黃裡」，《注》云：「夫人正嫡而幽微，妾不正而尊顯。」（《正義》卷二之一，頁9引）
以「黃」、「綠」，「正」、「間」色之特徵興夫人、妾之正庶。

　　2.〈鄭風‧野有蔓草〉：「野有蔓草，零露溥兮」，《注》云：「草之所以延蔓被盛露也，民之所以能蕃息，蒙君澤也。」（《正義》卷四之四，頁11引）
取草延蔓、露滋潤之特徵以起興。

　　3.〈齊風‧敝笱〉：「敝笱在梁，其魚魴鰥」，《注》云：「言魯桓之不能制文姜，若敝笱之不能制大魚也。」（《正義》卷五之二，頁9引）
藉敝笱之不能制大魚，以興魯桓不能制文姜。

　　4.〈秦風‧無衣〉：「豈曰無衣，與子同袍」，《注》云：「豈謂子無衣乎？樂有是袍與子為朋友同共弊之，以興上與百姓同欲，則百姓樂致其死，如朋友樂同衣袍也。」（《正義》卷六之四，頁9引）
以同袍興同欲。

除例4《傳》曰：「上與百姓同欲，則百姓樂致其死。」王《注》據以申說外，餘例《毛傳》則僅有訓詁，王《注》所釋或為一己之意。不論就《毛傳》申說或以己意出之，所用物象與所興事理皆有藉此以明彼之密切關係，可見王肅對興意之理解與《毛傳》、鄭《箋》相近。

第三節　思想表現之共相

　　東漢末年，儒學百家爭鳴，紛雜無所主。鄭玄遂遍注群經，志於闡明聖人之學，期復紛雜為一統。所指聖人，孔子之謂也；〔註16〕三國王肅亦以為孔門

〔註16〕據《史記‧孔子世家》，孔子於六經有序《書》、定《禮》、正《樂》、刪《詩》、贊《周易》、作《春秋》之功。康成自云其志曰：「但念述先聖之元意，思整百家之不齊」，孔子既對六經編次整理，因知其所稱「先聖」者，孔子之謂也。

壅塞，遂致力於披荊斬棘，以期撥雲見日，二賢理會聖人之意容或不同，復興孔學之職志則一。蓋皆不滿當時之經學，而思建立一理想體系，王學於鄭學雖多所責難，然既同屬儒者，又多以述《毛》自許，則思想觀念亦當有其共相。

　　鄭《箋》、王《注》雖重點在字句之注解，欲於其中，抉剔其思想，頗受限制，然亦非毫無措手之處。蓋二人於說解詞義之餘，屢有點明含義者。五經既為聖人刪定，則所點明者，或可視為二家所理會之聖人本意。今取鄭《箋》王《注》就重禮、親親以及遠、任賢使能三方面，粗述二人思想觀念之共相。又二人皆自謂述孔門之元意，則其思想觀念之相同者，是否即為聖人之意，亦一併檢討。

一、重禮

（一）鄭《箋》、王《注》重禮之思想

　　鄭玄以禮箋《詩》，目的在藉《詩》以推廣禮；王《注》雖不若鄭《箋》時以禮說《詩》，卻透顯禮為治國大本之觀念，論及禮處，或獨標、或與「樂」、「義」連用，可知重禮實鄭《箋》、王《注》之共相也。舉例如下：

　　鄭《箋》之例：

　　1.〈小雅・常棣〉：「喪亂既平，既安且寧。雖有兄弟，不如友生。」《箋》：「平猶正也。安寧之時以禮相琢磨，則友生急。」（卷九之二，頁15）
所謂以禮義相琢磨，指禮義有修身之效用。

　　2.〈小雅・裳裳者華〉：「我覯之子，維其有章矣。維其有章矣，是以有慶矣。」《箋》：「我得見古之明王雖無賢臣，猶能使其政有禮文法度。政有禮文法度，是則我有慶賜之榮也。」（卷十四之二，頁5）
此處禮法連用，謂禮法有治國之效用。

　　3.〈大雅・板〉：「天之牖民，如壎如箎，如璋如圭，如取如攜。」《箋》：「王之道民以禮義，則民和合而從之如此。」（卷十七之四，頁19）

　　王《注》之例：

　　1.〈豳風・伐柯〉：「伐柯如何？匪斧不克。」《注》曰：「能執治國家之斧柄，其唯周公乎？是喻周公能執禮也。」（《正義》卷八之三，頁4引）
以治國之斧柄喻禮義，則禮義，治國之本也。

　　2.〈唐風・蟋蟀〉：「職思其居」、「職思其外」《注》云：「其居，主思以

禮樂自居也。其外，言思無越於禮樂也。」（《正義》卷六之一，頁 5 引）
無時不以禮樂自居，無時不思無越於禮樂，謂君主當以禮修己，以免荒亂政
事。

3.〈豳風‧伐柯〉：「伐柯伐柯，其時不遠。」《注》曰：「言有禮君子，
恕施而行，所以治人則不遠。」（《正義》卷八之三，頁 5 引）
實踐禮儀之君子，能以身恕物，則得以治人。

4.〈小雅‧甫田〉：「以介我黍稷，以穀我士女。」《注》曰：「大得我黍
稷，以善我男女，言倉廩足而知禮節也。」（《正義》卷十四之一，頁 9 引）
執政者欲導民以禮，需使其溫飽，非以禮殺人也。此見王肅言禮務實之一面。

主政者修身、教民、以迄治國無不據禮為之，鄭玄、王肅之重禮可知。

（二）鄭《箋》、王《注》重禮思想之檢討

孔子曰：

> 人而不仁，如禮何？

「仁」者，人之所以為人普遍而共通之要素，孔子以為「仁」，「禮」之基礎，
則「禮」是仁之發用，無仁心則禮亦無可用。故云：

> 禮云禮云，玉帛云乎哉！

若無禮質，徒據禮文之禮實非禮也，此又攝禮歸仁之意。

先秦儒家言禮之來源，自孔子而下雖可清析劃分成孟子由內而外，自發
之「內本論」與荀子由外而內，約制之「外本論」二派，然論及禮之效用實
無二致。康成、子雍對禮之來源理解為何？《箋》、《注》資料所限，恐難據
斷。是故本文於二氏重禮觀念之檢討僅就禮之效用上著眼。至於禮之本質，
或者於比較二氏《禮》學時可尋出端倪，則不在本文論述之內也。

鄭《箋》、王《注》皆以為禮有修身、教民、治國諸效用，實亦推本孔子
以來儒家「攝禮歸仁」之基本思想，以下分別述之。

1. 修身：《論語‧顏淵》曰：「克己復禮為仁」、〈泰伯〉曰：「立於禮」、《荀
子‧修身》曰：「禮者，所以正身也」、〈君道〉曰：「行義動靜，度之以禮」
等等俱儒家強調「禮」為修身準則之證。

2. 教民：《論語‧為政》云：「道之以德，齊之以禮，有恥且格」、《孝經‧
三才》云：「道之以禮樂，而民和睦」等為儒家主張教民以禮之證。

3. 治國：《論語‧憲問》曰：「上好禮，則民易使也」、〈子路〉曰：「上好
禮，則民莫敢不敬」、《荀子‧議兵》曰：「禮者，治辨之極也，強國之本也，

威行之道也，功名之總也」、〈天論〉曰：「水行者表深，表不明則陷；治民者表道，表不明則亂。禮者，表也；非禮，昏世也，昏世大亂也。故道無不明，外內異表，隱有顯有常，民陷乃去」、《左傳・隱公十一年》君子曰：「禮，經國家、定社稷、序民人、利後嗣者也」、《禮記・哀公問》曰：「爲政先禮，禮，其政之本歟」、〈樂記〉曰：「禮之所興，眾之所治也；禮之所廢，眾之所亂也」以上俱倡以禮治國之論也。

　　據上述知鄭玄、王肅同重禮之效用，正與儒家傳統一脈相承。

二、親親以及遠

（一）鄭《箋》、王《注》親親以及遠之思想

　　鄭《箋》之例：

　　1.〈大雅・思齊〉：「刑於寡妻，至於兄弟，以御於家邦」，《箋》云：「文王以禮法接待其妻，至於宗族，以此又能爲政于家邦也。」

由寡妻而兄弟宗族，所謂「親親」也，鄭玄謂爲政當以此爲本。進而推廣至於家邦。

　　2.〈大雅・既醉〉：「室家之壺」，《箋》云：「室家先以相梱致，已乃及於天下。」

鄭《箋》先言「室家」，而後及於天下，亦親親以及遠之觀念。

　　王《注》之例：

　　1.〈小雅・常棣・序〉曰：「〈常棣〉，燕兄弟也。閔管、蔡之失道，故作〈常棣〉焉」，《注》云：「〈常棣〉之作，在武王既崩，周公誅管、蔡之後，而在文武治內之篇何也？夫刑於寡妻，至於兄弟，以御於家邦，此文王之行也。閔管、蔡之失道，陳兄弟之恩義，故內之於文武之正雅，以成燕群臣、燕兄弟、燕朋友之樂歌焉。」（《正義》卷九之一，頁 13 引）

「刑於寡妻……御於家邦」〈大雅・思齊〉文，其〈序〉曰：「文王所以聖也」也」，則家齊而後國治，文王聖德之一也。王肅引之以釋〈常棣〉，則修齊治平爲其倫理思想之實踐程序。據此準則，凡行徑悖於此者，皆不足取；達乎此者，則稱美之。

　　2.〈小雅・正月〉：「洽彼其鄰，婚姻孔云」，《注》云：「言王但以和比其鄰近左右與婚姻其親友而已，不能親親以及遠。」（《正義》卷十二之一，頁

17 引）

〈正月・序〉曰：「大夫刺幽王也」，則「洽比其鄰，婚姻孔云。」王肅以爲刺幽王唯親其親，不能及遠也。此亦刺倫理實踐程序有所缺失之例。

　　3. 〈大雅・既醉〉：「室家之壼」，《注》云：「其善道施於室家，而廣及天下。」（《正義》卷十七之二，頁 13 引）

此爲稱美之辭。守其室家無法推及天下，固然有所失，唯即使善道廣及天下，亦須以親親爲基礎，故云：「其善道施於室家而廣及天下。」

　　鄭《箋》、王《注》皆強調齊家、治國、平天下之重要性，其間復帶有一種循序漸進之關係。囿於齊家，忽於治國，固不可爲；凌躍齊家之程序，直指治國，亦不可也。主張以親親爲基礎，擴而充之於天下，此康成、子雍共有之理念。

（二）鄭《箋》、王《注》親親以及遠思想之檢討

　　鄭、王親親以及遠之說，實亦先秦以來儒者強調「推己及人」擴充之理也。《孟子・離婁》曰：

　　　　人人親其親，長其長，而天下平。

又曰：

　　　　親親，仁也；敬長，義也。無他，達之天下也。

事親乃四端之擴充；齊家則爲事親之擴充；「老吾老，以及人之老；幼吾幼，以及人之幼。」（〈梁惠王上〉）則天下平，此「天下之本在國，國之本在家，家之本在身。」（〈離婁上〉）之謂。〈大學〉則更具系統，所謂：

　　　　身修而後家齊，家齊而後國治，國治而後天下平。

此一漸次累進之程序，不容混淆，〈大學〉且有所說明：

　　　　所謂治國必先齊其家者，其家不可教，而能教人者，無之。

並將政治秩序之優劣勝敗歸屬於君主自身行爲之表現：

　　　　一家仁，一國興仁；一家讓，一國興讓，一人貪戾，一國作亂。

是則鄭《箋》、王《注》親親以及遠，及政治秩序盛衰繫諸君王一身之觀念，實爲儒家傳統思想之延續。

三、任賢使能

（一）鄭《箋》、王《注》任賢使能之思想

鄭、王於用人方針上，均倡任賢使能。以下分別舉例明之：

鄭《箋》之例

1. 〈小雅・鶴鳴・序〉曰：「誨宣王也」，《箋》云：「教宣王求賢人之未仕者」、「樂彼之園，爰有樹檀，其下維蘀」，《箋》云：「言所以之彼園而觀者，人曰有樹檀，檀下有蘀，此猶朝廷之尙賢者而下小人，是以往也。」

謂此《詩》主於教告宣王朝當任賢使能而下小人。

2. 〈小雅・白駒・序〉曰：「大夫刺宣王也」，《箋》云：「刺其不能留賢也。」

謂此《詩》刺宣王不能用賢。賢人政治，或即鄭玄所想望者也。

3. 〈大雅・桑柔〉：「先爾憂恤，悔爾序爵，誰能執熱，逝不以濯」，《箋》云：「我語女以憂天下之憂，教女以次序賢能之爵，其爲之當如手持熱物之用濯。謂治國之道當用賢者。」

以水濯手可以止熱，喻以禮任賢可以止亂，故須賜賢能以爵位，賦予政治實權。鄭玄「賢」「能」並稱，則才德兼具，此其對賢者之要求也。

王《注》之例

1. 〈秦風・晨風〉：「山有苞櫟，隰有六駁」，《注》云：「言山有木，隰有獸，喻國君宜有賢也。」（《正義》卷六之四，頁8引）

此謂國君宜用賢。

2. 〈小雅・節南山〉：「節彼南山，有實其猗」，《注》云：「南山高峻，而有實之使平均者，以其草木之長茂也。師尹尊顯，而有益之使平均者，以用眾士之智能。刺今專己，不肯用人，以至於不平也。」（《正義》卷十二之一，頁3引）

其云「用眾士之智能」，則輔助君主治國之良臣，非僅止於德行人品之優善，尚需有聰慧之智能。

3. 〈小雅・鹿鳴〉：「人之好我，示我周行」，《注》云：「謂群臣嘉賓也。夫飲食以享之、瑟 [註17] 笙以樂之、幣帛以將之，則能好愛我，好愛我，則示我以至美之道矣。」（《正義》卷九之二，頁3引）

得賢尚須禮之，是故王肅謂此二語以陳禮賢之道。

（二）鄭《箋》、王《注》任賢使能思想之檢討

《論語・子路》篇曰：

〔註17〕「瑟」本作「琴」，據阮元《校記》改。

　　仲弓爲季氏宰,問政。子曰:「先有司,赦小過,舉賢才。」
孔子明確指出「舉賢才」乃爲政之要者,孟子繼承並有所發揮,〈公孫丑上〉
曰:

　　如惡之,莫如貴德而尊士,賢者在位,能者在職。

又曰:

　　尊賢使能,俊傑在位,則天下之士皆悅,而願立於其朝矣。

謂君主「貴德而尊士」則賢能在位,則得以遍攬天下賢才,並多舉古代聖王
任賢例以爲之證。才能德行並重之賢人政治,孔子所倡,康成、子雍於其《詩》
說中發揮之。

　　總括本節所述,鄭、王《詩》學於訓詁內容、《詩》學觀念、思想表現上
俱有共相可尋,於思想表現方面尤承繼先秦以來儒家之傳統,因知鄭《箋》、
王《注》非全然不同也。

第四章　鄭玄、王肅《詩經》學考異

　　稍具經史常識者，無不知王學起於對鄭學之不滿，然二家差異詳情，則非人人可得而知。今試比較二家《詩經》學，自訓詁、思想觀念二大方向考辨其異。

第一節　訓詁之歧異

一、就方法言之

　　以王《注》殘文與鄭《箋》比對，二者使用訓詁方法之歧異，正字誤與明假借二類爲尤其顯明者，今舉例說明。

（一）鄭《箋》正字誤，王《注》不從

　　1.〈鄭風・丰〉：「子之昌兮，俟我乎堂兮。」

鄭《箋》曰：

　　　　「堂」當爲「棖」。棖，門梱上木，近邊者。（卷四之四，頁1）

王《注》曰：

　　　　升於堂以俟（同上，頁2《正義》引）

「堂」字無傳。鄭《箋》使用「當爲」術語，以字誤說之。〔註1〕以爲「堂」

〔註1〕段玉裁《周禮漢讀考・序》曰：「當爲者，定爲字之誤聲之誤而改其字也。爲救正之詞。形近而訛，謂之聲之誤。字誤聲誤而正之，皆謂之當爲。」「當爲」又有作「當作」者，如《周禮・天官・夏采》「以乘車建綏」鄭《注》謂「綏」：「當作緌，字之誤也」、《詩・邶風・綠衣》「綠兮衣兮」鄭《箋》曰：「綠當

-53-

者，「根」之誤，故易字，王《注》仍就「堂」字為說，不從鄭解。

　　2.〈大雅‧常武〉：「鋪敦淮濆，仍執醜虜。」

鄭《箋》曰：

> 「敦」當作「屯」，醜，眾也。……陳屯其兵於淮水大防之上，以臨
> 敵就執其眾之降服者也。（卷十八之五，頁 5）

王《注》曰：

> 敦，厚也。（《釋文》卷七，頁 22 引）

毛無傳，鄭《箋》易「敦」為「屯」，訓曰「陳屯」，王《注》則不改字，但
就「敦」為訓。

　　3.〈小雅‧鹿鳴〉：「人之好我，示我周行」，《傳》：「周，至。行，道也」。

鄭《箋》曰：

> 「示」當作「寘」，寘，置也。周行，周之列位也。……人有以德善
> 我者，我則置之於周之列位。言己維賢是用。（卷九之二，頁 2）

王《注》曰：

> 好愛我，則示我以至美之道矣。（同上，頁 3《正義》引）

鄭以「示」為「寘」字之誤，訓「寘我」為「我置」，猶〈周南‧葛覃〉「言
告師氏」《箋》解為「我見教告于女師也」；亦不用《毛傳》之訓「周行」為
「至道」，而採〈卷耳〉「行，列也」之《傳》。王《注》則據「示」字以言詩，
文法不作顛倒，並用《毛傳》「至道」之訓。

（二）鄭《箋》明假借，王《注》不從

　　1.〈小雅‧賓之初筵〉：「式勿從謂，無俾大怠。」

鄭《箋》云：

> 「式」讀曰「慝」，「勿」猶「無」也，……有過惡，女無就而謂之
> 也，當防護之，無使顯仆至於怠慢也。（卷十四之三，頁 15）

王《注》云：

> 用其醉時，勿從而謂之。（同上，頁 16《正義》引）

「讀曰」，訓詁中表明假借字之慣用語，〔註 2〕「式」、「慝」古音甚近，韻部

作祿……字之誤也」則「當作」，字誤之謂也。

〔註 2〕段玉裁《周禮漢讀考‧序》曰：「讀為、讀曰者，易其字也，易之以音相近之
字，故為變化之詞。……變化主乎異，字異而義憭然也。」則古注中「讀為」、
「讀曰」，假借之謂也。

同在之部，聲母前者爲舌面前音，後者則爲舌尖音，略有微異。「式」無「惡」義，康成遂謂「式」爲「慝」之借字；「用」，「式」之常訓，子雍「用其醉時」，訓「式」爲「用」，即據「式」字常訓爲注。

2.〈小雅・都人士〉：「彼君子女，謂之尹吉」，《傳》曰：「尹，正也」。鄭《箋》云：

> 「吉」讀爲「姞」，尹氏、姞氏，周室婚姻之舊姓也。人見都人之家女，咸謂之尹氏姞氏之女，言有禮法。（卷十五之二，頁4）

王《注》云：

> 正而吉也。《易・繫辭》云：「吉人之辭寡」（同上，《正義》引）

「讀爲」猶「讀曰」，「姞」從「吉」得聲，鄭《箋》因謂「吉」爲「姞」之借字；王《注》則據「吉」善之意而解，《說文》：「吉，善也。」

3.〈小雅・甫田〉：「田畯至喜」。鄭《箋》云：

> 「喜」讀爲「饎」，饎，酒食也。……司嗇至則又加之以酒食。（卷十四之一，頁9）

王《注》云：

> 田畯之至，喜樂其事。（同上，頁10《正義》引）

「喜」無「酒食」義，然「饎」從「喜」得聲，音近可通假，故鄭《箋》以「喜」爲「饎」之借字。王《注》云「喜樂」，則就「喜」而言。

二、就解說言之

鄭《箋》、王《注》皆以明經爲務，唯理會不同，故說解時而有異。由訓釋所形成之差異，大抵反映於《序》文、《經》文、《傳》文、表現手法之解說等四方面，以下分別言之。

（一）《序》文解說之歧異

《詩序》，康成、子雍以爲聖人所傳，是故據之言《詩》，此其對待《詩序》之所同也。唯解讀不同，故同中又有異。如：

1.〈周南・關雎序〉曰：

> 是以關雎樂得淑女以配君子。憂〔註3〕在進賢，不淫其色，哀窈窕，

〔註3〕「憂」本作「愛」，據《阮元校記》改。

思賢才，而無傷善之心焉，是關雎之義也。

鄭《箋》曰：

哀，蓋字之誤也。當爲衷，衷謂中心恕之。無傷善之心，謂好逑也。

（卷一之一·頁18）

王《注》曰：

善心曰窈，善容曰窕。（釋文卷第五，頁2引）、哀窈窕之不得，思賢才之良質，無傷善之心焉；若苟慕其色，則善心傷也。（《正義》卷一之一，頁19引）

「窈窕淑女，君子好逑」《箋》曰：「言后妃之德和諧，則幽閒處深宮貞專之善女能爲君子和好眾妾之怨者」、「窈窕淑女，寤寐求之」《箋》云：「言后妃覺寐則常求此賢女」，分后妃、淑女爲二。后妃志在求賢女，《序》所謂「樂得淑女以配君子」，鄭《箋》以爲就后妃之志意而言。稱「哀」爲「衷」字之誤，則「哀窈窕」謂中心念恕此善女。「好逑」，《箋》曰：「和好眾妾之怨者」，又以釋「無傷善之心」，因知「無傷善之心」謂令窈窕之淑女和諧眾妾之怨者，不使之相傷害。后妃樂得善女以匹配君子，不自淫恣其色，所憂唯在如何進善女，終日念恕之，冀得之以和諧眾妾之怨者，此鄭玄以爲〈關雎〉之義也。

王肅以《詩序》「憂在進賢，不淫其色」爲主句，「哀窈窕，思賢才，而無傷善之心」則用以補充說明。前兩句釋「憂在進賢」、後一句釋「不淫其色」，王《注》「哀窈窕之不得、思賢才之良質」、「若苟慕其色，則善心傷也」又分釋「哀窈窕、思賢才」、「無傷善之心」。

《方言》：「秦晉之間凡美色或謂之好、或謂之窕。美狀爲窕，美心爲窈」，秦晉間「窈窕」兼指內在心性及外在容貌，王肅東海郡郯人（今山東省南部郯城），非秦晉之地人氏，知其釋「窈窕」一詞爲二，源自《方言》。蓋其意以「善心」、「善容」不可偏廢，故云「苟慕其色，則善心傷也」。《序》云：「關雎樂得淑女以配君子」，詩人之願望也。欲君子窈窕並重，慎選淑善之女以爲后妃，「不淫其色」指君子不應重淑女美色。《正義》謂：「女過求寵是自淫其色」云云，非是。如王《注》之意，則凡詩中之淑女俱爲后妃，此與鄭《箋》分之爲后妃淑女者有別。

《正義》釋《詩序》云：

思賢才，謂思賢才之善女也。無傷善之心，言其能使善道全也。庸

人好賢則志有懈倦，中道而廢則善心傷，后妃能寤寐而思之，反側
而憂之，不得不已，未嘗懈倦，是其善道必全，無傷缺之心。（卷一
之一，頁20）

「無傷善之心」指后妃好賢，志不懈怠，得全善道，則《正義》以上下文並
無主從關係，而於申《毛》疏文末以「王肅云」作結，將其申毛意見等同王
《注》，顯誤解王肅之意。《正義》所以稱《詩序》謂〈關雎〉為后妃求賢女，
蓋誤讀「窈窕淑女，君子好逑」《傳》：「言后妃有關雎之德，是幽閒貞專之善
女宜為君子之好匹」故也。關於此《傳》，黃元吉《詩經遵義》曰：「《毛傳》
文氣緊接而下，是字即指后妃，孔疏必強毛以同鄭，實失毛旨。」自文氣上
判斷「淑女」即指「后妃」，據其所言，王《注》實較近毛旨。

　　2.〈召南・采蘋序〉曰：

大夫妻能循法度也。能循法度則可以承先祖共祭祀矣。

鄭《箋》曰：

今既嫁為大夫妻，能循其為女之時所學所觀之事，以為法度。（卷一
之四，頁3）

王《注》曰：

此篇所陳皆是大夫妻助夫氏之祭，采蘋藻以為菹，設於奧，奧即牖
下。」（《正義》卷一之四，頁7引）

〈采蘋〉詩云：「于以采蘋，南澗之濱；于以采藻，于彼行潦。」《箋》曰：「此
祭祭〔註4〕女所出祖也。法度莫大於四教（婦德、婦言、婦容、婦功），是又
祭以成之，故舉以言焉。」則鄭《箋》以為此《詩》謂大夫妻能依循在父母
家所習之事以為法度，故詩人陳教成之祭以美之；王《注》以為係指「大夫
妻助夫行祭」，二人皆重《詩序》「循法度」語。惟康成舉始學成，猶未行祭
前之祭禮而言；子雍則以為《序》既云「承先祖共祭祀」，則「于以采蘋」以
迄「宗室牖下」是詩人述實際助祭事，蓋美女子能助夫行祭，不失儀節。二
說各執一義，詮解詩義亦別矣。就《詩序》言，子雍之說或較近之；就《毛
傳》言，似康成較為得之。

　　「誰其尸之，有齊季女。」《傳》曰：「牲用魚，芼之以蘋藻」，王氏申之
曰：「亦謂教成之祭，非經文之蘋藻也。」謂《傳》之「蘋藻」與首章經文「于
以采蘋」之「蘋藻」不同，前者謂教成之祭；後者指大夫妻助夫氏祭祀。然

〔註4〕本不重「祭」字，據《阮元校記》改。

則《毛傳》首章之「蘋」、「藻」非指大夫妻助祭事。「于以奠之，宗室牖下」《傳》曰：「宗室，大宗之廟也。大夫士祭於宗室，〔註5〕奠於牖下。」「宗室」一詞，《傳》既曰：「大宗之廟」，其非指大夫祭祀之事甚明。《正義》曰：

> 若非教成之祭，則大夫之妻自祭夫氏，何故云大宗之廟，大夫豈皆
> 爲宗子也。且大夫之妻助大夫之祭，則無士矣，《傳》何爲兼言大夫
> 士祭於宗室乎？（卷一之四・頁7）

據之，鄭《箋》「教成之祭」似較得於《傳》旨。

　　3.〈小雅・四牡〉：「是用作歌，將母來諗。」

鄭《箋》：

> 諗，告也。君勞使臣，述序其情，女曰我豈不思歸乎？誠思歸也。
> 故作此詩之歌，以養父母之志來告於君也。（卷九之二，頁7）

王《注》：

> 是用作歌以勞汝，乃來念養母也。（《正義》卷九之二，頁7引）

《序》云：「勞使臣之來也，有功而見知，則說矣」，從「是用作歌，將母來諗。」之《箋》、《注》知所謂「有功而見知」，鄭玄以爲使臣自陳其功苦以告於君；王肅則以爲君自明察，知使臣之勤苦，因作此歌以勞之，非使臣自陳其事。黃焯《詩疏平議》曰：

> 首章《傳》云：「思歸者，私恩也。靡盬者，公義也。君子不以私害
> 公，不以家事辭王事」（按：此《傳》釋「豈不懷歸，王事靡盬。」），
> 如使臣果以將母之志來告於君，則是有以私害公之意，而將以家事
> 辭王事矣。（頁240）

如黃焯所言，鄭《箋》顯然前後矛盾，與《毛傳》不相挈合；且《詩序》言「有功而見知」當謂人主自知，王《注》實較近《詩序》之意。

（二）《經》文解說之歧異

　　1.〈鄭風・羔裘〉：「舍命不渝」。

鄭《箋》：

> 舍猶處也。……是子處命不變，謂守死善道，見危授命之等。（卷四
> 之三，頁1）

王《注》：

〔註5〕「室」本作「廟」，據《阮元校記》改。

舍，受也。（《釋文》卷五，頁 24）

「舍」字釋義不同，遂使「捨命不渝」異解。鄭《箋》引《論語・憲問》「見危授命」以釋詩義，則「命」指身軀性命之命，《正義》曰：「自處性命躬行善道，至死不變」，或即康成之義。王《注》：「舍，受也」，「受命不渝」，則其以「命」爲命令之命，謂古之君子堅守王命而不變。

2. 〈秦風・權輿〉：「於我乎夏屋渠渠」。

鄭《箋》：

> 屋，具也。渠渠，猶勤勤也。言君始於我厚設禮食大具以食我，其意勤勤然。（卷六之四，頁 11）

王《注》：

> 屋則立之於先君，食則受之於今君，故居大屋而食無餘。（同上，《正義》頁 11 引）

王肅「食則受之於今君」、「食無餘」釋下文「今也每食無餘」，說與鄭《箋》「此言今君遇我薄，其食我纔足耳」同。「屋」，《箋》云：「具也」；王《注》解作「屋宇」，致「夏屋渠渠」因之異解。《爾雅・釋言》「屋，具也」，康成據以爲釋，必以爲「食具」者，蓋《詩序》曰：「忘先君之舊臣，與賢者有始而無終」故也。「於我乎夏屋渠渠」記始事；「今也每食無餘」記今事，事之始終當如一，俾便比較，況下章「於我乎每食四簋」、「今也每食不飽」所述皆飲食事，始終亦如一，鄭《箋》釋「屋」爲「具」或即此故。王《注》釋「屋」爲「屋宇」，與「食四簋」、「食不飽」並立，固稍嫌突兀，鄭《箋》顧及始終之一致性，似較得之。

3. 〈小雅・斯干〉：「載衣之裳，載弄之璋。」

鄭《箋》：

> 裳，晝日衣也。衣以裳者，明當主於外事也；玩以璋者，欲其比德焉。玉〔註6〕以璋者，明成之有漸。（卷十一之二，頁 10）

王《注》曰：

> 言無生而貴之也。明欲爲君父，當先知爲臣子也。群臣之從王行禮者奉璋。（同上，《正義》引）

據鄭《箋》，「載衣之裳」、「載弄之璋」分指外內二事，前者「主於外事」；後者「比於德」也。璋所以象徵德之有漸，《正義》曰：

〔註 6〕　「玉」本作「正」，據《阮元校記》改。

君子於玉比德焉，故知以璋欲其比德也。玉不用圭而以璋者，明成
人之有漸，璋是圭之半，故言漸也。（同上）

此章與下章「載衣之裼，載弄之瓦」相對，《毛傳》曰：「瓦，紡塼也」，鄭《箋》
云：紡塼，習其一所有事〔註7〕」，瓦係女子之事，則璋當謂男子之事，故鄭
《箋》以璋喻男子德之成有漸。

　　《毛傳》云：「半圭曰璋，裳，下之飾。璋，臣之職也」，裳為下飾；璋
指臣職，下飾配臣職，則「載衣之裳，載弄之璋」二語殆指臣職一事。王肅
據以言經，故釋所以及於臣職之因。王《注》以「璋」喻臣職，與「瓦」指
女子事亦相對，「弄瓦」象徵女子日後將善於持家；「弄璋」象徵男子日後將
為官封侯。鄭玄不從《毛傳》說經；王肅則據《傳》言經，故二人說經有別。

　　4. 〈大雅・思齊〉：「不聞亦式，不諫亦入。」
鄭《箋》云：

　　式，用也。文王之祀於宗廟，有仁義之行而不聞達者，亦用之助祭；
　　有孝悌之行而不能諫爭者，亦得入。言其使人器之不求備也。（卷十
　　六之三，頁16）

王《注》云：

　　不聞道而自合於法；無諫者而自入於道也。（同上，《正義》引）

鄭《箋》以「不聞亦式，不諫亦入」謂文王不用人不求備，有仁義之行卻不
聞達；有孝悌之行而不能諫諍者，文王俱不棄其短猶以之助祭，用人而不求
備，文王使人之方也。是說堂而皇之，然必添「有仁義之行」、「有孝悌之行」
始能全其意，詩義或不致此。

　　《正義》曰：

　　言文王之聖德自生知，無假學習。不聞人之道說亦自合於法；不待
　　臣之諫諍亦自入於道。言其動應規矩，性與天合。（同上）

此即王《注》之意，所釋無關助祭，據《毛傳》「言性與天合」之說解經，
故與鄭玄有別。《左傳》宣公二年：「諫而不入，則莫之祭也」，據楊樹達《讀
左傳》曰：「入與納同」，〔註8〕則王《注》所言是否達於詩旨，似亦應存疑。

　　王引之《經傳釋詞》曰：

　　不，語詞。不聞，聞也；不諫，諫也。式，用也。入，納也。言聞善

〔註7〕本「所有」二字倒，據《阮元校記》改。
〔註8〕楊伯峻《春秋左傳會注》引。

言則用之，進諫則納之。……「亦」字亦語詞。豈謂聞固式，不聞亦
式；諫固入，不諫亦入邪？（《皇清經解》卷一二一七，頁4〜5）

如引之之說，「不聞亦式，不諫亦入」謂文王用善納諫，此或即詩義也。惟二
句實爲疑問句，則「不」字不必訓爲語詞，其義亦同，此楊樹達《詞詮》「語
首助詞無義」條不錄此例故也。

（三）《傳》文解說之歧異

1. 〈唐風・椒聊〉：「彼其之子，碩大無朋」，《傳》云：「朋，比也。」
鄭《箋》云：

> 之子，是子冶，謂桓叔也。碩謂壯貌佼好也；大謂德美廣博也；無
> 朋，平均不朋黨（卷六之一，頁10）

王《注》云：

> 比，謂無比例也。（《釋文》卷五，頁31引）

《正義》曰：「朋，黨也，比謂阿比，朋亦比義，故以朋爲比也」，則鄭《箋》
「平均不朋黨」之說實申《毛傳》「朋，比也」之義。王《注》亦申傳義，謂
「無比」爲「無比例」，則「碩大無朋」係碩大無可比方之謂。二家同申《毛
傳》，所言則別。

孫毓曰：

> 桓叔阻邑不臣，以孽傾宗，與潘父比至殺昭公而求入，焉能均平而
> 不朋黨乎？（《正義》卷六之一，頁11引）

以桓叔終有傾宗弒君事，謂其素行非平均不朋黨。以史實言桓叔人品，以證
鄭《箋》之失，其說或可採。此詩憂晉之微弱，故極言沃之蕃衍盛強以刺之。
重在蕃衍盛強，非唯「無朋」不必如《箋》所釋，即「碩大」或亦不當指形
貌美德。「椒聊之實，蕃衍盈升」，興桓叔子孫眾多，「彼其之子，碩大無朋」
承之，子孫眾多，勢力終將至於碩大而不可控馭，則「碩大無朋」或就勢力
擴張而言，及於此者，示警於昭公也。

（四）表現手法解說之歧異

本小節擬分鄭、王「興」義解說歧異及「賦」、「興」理解歧異兩類言之。

1. 「興」義解說之歧異

《毛傳》獨標興義，時或標明詩人引用物象之特徵，指出詩人表達之事
理情義，唯有透過了解物象的特徵才可得知，簡言之，此即一種隱喻的創作

手法。鄭、王兩人同主此說，已如上述。惟物象特徵非一，詩人取何點以爲喻？實屬主觀認定，故形成注釋家各說各話之局面。毛氏爲《詩》立《傳》，其以爲興、或申說興義者，未必即詩人之本意。鄭、王皆謂述毛，鄭於毛以爲興者，未必皆以爲興，即便從之，所申隱喻亦未必相同；王《注》雖或據傳以釋興義，然是否合於《傳》意，亦有可商。凡《傳》僅言「興也」，未明言隱理者，二人或各自爲說，此則各人體會物象特徵不同有以致之也。然對毛、鄭、王等以詩教爲說，特重《詩經》政治效用者而言，既然喻隱理於其中，則各人就一己之體會以言詩，豈非理所當然？則其歧異固難免也。茲舉數例以明康成、子雍興義解說之歧異：

（1）〈周南‧葛覃〉：「葛之覃兮，施于中谷」，《毛傳》：「興也。覃，延也。葛所以爲絺綌，女功之事煩辱者也。」（卷一之二，頁1）

鄭《箋》：

> 興者，葛延蔓於谷中，喻女在父母之家形體浸浸日長大也。

王《注》：

> 葛生於此，延蔓於彼，猶女之當外成也。（正義卷一之二，頁2引）

《序》曰：「后妃在父母家則志在於女功之事」，在父母家形體必日漸長大，方得爲女功之事，鄭氏此喻大致與《詩序》合。《詩序》歸結以「則可以歸安父母，化天下以婦道」，若無往嫁之事，何得以歸寧父母？王肅「猶女之當外成」之喻亦挈合《詩序》。然子雍之說終似勝康成一等。

〈唐風‧葛生〉：「葛生蒙楚，蘞蔓于野。」《傳》：「興也。葛生延而蒙楚、蘞生蔓於野，喻婦人外成於他家」（卷六之二，頁12），此詩「葛生蒙楚」、「蘞蔓于野」互文，「蔓於野」與「施于中谷」同義，則《傳》雖未明言興義，其意或當同於〈葛生〉之興，指女出嫁至夫家。依王肅意，「葛之覃兮，施於中谷」與「黃鳥于飛，集於灌木」複義，同興女由父母之家歸嫁於夫家。詩本有重文複義例，「葛生蒙楚」、「蘞蔓於野」所興相同，即其一證。焦循《毛詩補疏》云：

> 竊謂此《詩》之興正在於重『葛之覃兮，施于中谷』與『黃鳥于飛，集於灌木』同興女之嫁。葛移於中谷，其葉萋萋，興女嫁于夫家而茂盛也；鳥集于灌木，其鳴喈喈，興女嫁夫家而和聲遠聞也。盛由於和，其意似疊而實變化，誦之氣穆而神遠。（《皇清經解》卷一一五一，頁4）

其說達於《傳》旨，亦深得王《注》旨要。惟《正義》云：

> 下句黃鳥于飛喻女當嫁，若此句亦喻外成，於文為重，毛意必不然。

以重文之嫌駁斥王，因合鄭於毛，然文義重疊實詩歌之特性，以此特性非難王肅，恐待商。

（2）〈小雅·白華〉：「白華菅兮，白茅束兮」，《傳》：「興也。白華，野菅也。已漚為菅。」（卷十五之二，頁13）

鄭《箋》：

> 白華於野，已漚名之為菅。菅柔忍中用矣。而更取白茅收束之，茅比於白華為脆。興者，喻王取於申，申后禮儀備，任后妃之事，而更納褒姒，褒姒為孽，將至滅國。

王《注》：

> 白茅束白華，以興夫婦之道宜以端成絜白相申束，然後成室家也。（正義卷十五之二，頁13引）

《毛傳》興意未明，鄭《箋》以白華喻申后；白茅喻褒姒。〈召南·野有死麕〉「白茅包之」《傳》：「白茅取絜清」，胡承珙《毛詩後箋》引之曰：「其不可喻褒姒可知」（卷二二，頁27），絜清之物何得興褒姒為孽，鄭《箋》所述或不可從。王《注》取絜白為說，「白茅束白華」有約束依存之關係，故取以興夫婦相申束。二人釋興有異，訓「白茅束兮」為「白茅」收束「白華」之意則一。

〈鄭風·羔裘〉：「羔裘晏兮，三英粲兮」、〈唐風·葛生〉：「角枕粲兮、錦衾爛兮」、〈檜風·素冠〉：「棘人欒欒兮、勞心慱慱兮」，此類句法，皆上下兩句各自獨立，「兮」上之字用以說明起首之名詞組，則「菅」、「束」當分別說明「白華」、「白茅」。若所見不誤，則鄭、王所解似可商。陸璣《毛詩草木魚蟲疏》云：「菅似茅而滑澤無毛，根下五寸中有白粉者柔韌宜為索。」此述菅之功用；茅草可蓋屋、可裹物，「菅」、「茅」俱為有用之物，白者取其絜白，已漚之「白華」與已成束之「白茅」皆有見用於人之意，故詩人即以「菅」、「茅」之見用反興申后之見棄。

2.「賦」、「興」理解之歧異

賦，直陳其事；興，喻事理於物象。《詩三百》對物象之描寫，有鄭《箋》以為賦而王《注》以為興；或王《注》以為賦而鄭《箋》以為興者。今分別言之。

甲、鄭以爲賦，王以爲興例

（1）〈小雅‧伐木〉：「伐木丁丁，鳥鳴嚶嚶」，《傳》云：「興也」。

鄭《箋》：

> 丁丁，相切直也。言昔日未居位，在農之時，與友生於山巖伐木，爲勤苦之事，猶以道德相切正也。嚶嚶，兩鳥聲也，其鳴之志似於有友道然，故連言之。（卷九之三，頁1）

王《注》云：

> 鳥聞伐木，驚而相命嚶嚶然，故曰丁丁嚶嚶相切直，以興朋友切切節節。（同上，頁2，《正義》引）

鄭《箋》視「伐木丁丁」、「鳥鳴嚶嚶」爲二事，《正義》申之云：

> 鄭以爲此章遠本文王幼少之時結友之事，言文王昔日未居位之時，與友生伐木於山阪，丁丁然爲聲也，於時雖處勤勞，猶以道德相切直。時有兩鳥在旁嚶嚶然而鳴，此鳥之鳴似朋友之相切，故連言之。

據《詩譜》，〈伐木〉所述爲文王時事，〔註9〕故《正義》謂《鄭箋》「未居位」者指文王。康成以爲此詩陳述文王少時於山巖與友生伐木、聽聞鳥鳴二事，遂改《傳》之「興」而以爲「賦」。據王《注》，「伐木丁丁」、「鳥鳴嚶嚶」爲因果句。伐木之聲丁丁然，致鳥驚懼而嚶嚶然鳴，「丁丁」、「嚶嚶」隱喻朋友間切磋相正直，此以興爲釋。《毛傳》唯云「興也」，《正義》遂謂王《注》得《傳》旨。康成以此爲賦；子雍則以爲興，此二人之別也。

（2）〈小雅‧頍弁〉：「有頍者弁，實維伊何」，《毛傳》：「興也。頍，弁貌。弁，皮弁也。」

鄭《箋》：

> 言幽王服是皮弁之冠，是維何爲乎？言其宜以宴而弗爲也。禮：天子諸侯朝服以宴，天子之朝皮弁以日視朝。（卷十四之二，頁11）

王《注》：

> 言無常也。興有德者則戴頍然之弁矣。（正義卷十四之二，頁11引）

〔註9〕《詩譜》曰：「文王受命，武王遂定天下，……小雅自〈鹿鳴〉至於〈魚麗〉，先其文，所以治內；後其武，所以治外」，〈鹿鳴〉至〈魚麗〉，文武王時詩，則〈伐木〉當屬之文王耶？屬之武王耶？《正義》申之曰：「〈采薇〉云：文王之時，西有昆夷之患，北有玁狁之難，以天子之命命將率歌〈采薇〉以遣之。……〈天保〉以上自然是文王詩也。」〈伐木〉在〈天保〉前，故爲文王時詩。

鄭《箋》謂「言其宜以宴而弗爲也」，因《詩序》謂幽王「不能宴樂同姓、親睦九族」之故。《傳》云「興也」，《箋》之釋卻近於賦，故《正義》未據以言傳。《詩序》又曰：「暴戾無親」、「孤危將亡」，此王《注》「無常」所據。知君位之無常，自當謹愼戒懼，知德治之必要，故云：「有德者則戴頍然之弁」，「戴頍然之弁」，君位之象徵。二章「有頍者弁，實維何期」，王《注》曰：「言冕其在人之無期也」，《正義》二章並釋曰：「其意以傷王無德，將不戴弁」，又曰：「孫毓以皮弁非唯王者所服，雖陪臣卿大夫皆得服之，不足以王者興廢之喻，以王說爲非。」《正義》雖引孫毓之駁，卻再引《三傳》記事以發揮王《注》，曰：「昭九年《左傳》王使詹桓伯辭於晉曰：『我在伯父，猶衣服之有冠冕。』八年《穀梁傳》曰：『弁冕雖舊必加於首；周室雖衰必先諸侯。』然則王者之在上位猶皮弁之在人首，故以爲喻也。」以言古有以弁在首喻人居高位者，此詩即沿用此喻。詩共三章，皆以「有頍者弁」起興，其下分別接「實維伊何」、「實維何期」、「實爲在首」，三章相應，而「實維在首」尤可證王《注》、《正義》之確當。王《注》以興爲釋與鄭《箋》以「有頍者弁」直賦之義爲釋，顯然有別。

　　（3）〈小雅・采菽〉：「觱沸檻泉，言采其芹」，毛《傳》：「觱沸，泉出貌。檻泉，正出也。」

鄭《箋》曰：

> 言，我也。芹，菜也。可以爲菹，亦所用待君子也。我使采其水中芹者，尚絜清也。周禮芹菹鴈醢。（卷十五之一，頁4）

王《注》：

> 泉水有芹而人得采焉，王者有道而諸侯法焉。（《正義》卷十五之一，
> 頁5引）

首章「采菽采菽，筐之筥之。」與此章「觱沸檻泉，言采其芹。」皆陳采榮之事，首章《傳》云：「興也」，此章當亦為「興」，王肅「王者有道而諸侯法焉」或即據首章而亦以興釋之。胡承珙疑王氏此說本之於《泮水傳》。〈魯頌‧泮水〉：「思樂泮水，薄采其芹。魯侯戾止，言觀其旂。其旂茷茷，鸞聲噦噦。」（卷二十之一，頁13）文與〈采菽〉次章「觱沸檻泉，言采其芹，君子來朝，言觀其旂。其旂淠淠，鸞聲嘒嘒，載驂戴駟，君子所屆。」近似。《泮水傳》云：「言水則采取其芹，宮則採取其化。言觀其旂，言法則其文章也。」〈采菽〉「君子來朝」《傳》：「君子謂諸侯也」，「君子來朝，言觀其旂」意同〈泮水〉「諸侯戾止，言觀其旂」，胡承珙《毛詩後箋》因謂《泮水傳》「言觀其旂，言法則其文章也」適用於此（卷二十二，頁3）。「采其芹」喻「觀其旂」，觀諸侯之旂以法則諸侯之文章。蘇轍《詩集傳》云：

> 言觱沸之清泉，吾將采其芹；來朝之君子，吾將觀其旗。（卷一三）

似得《傳》旨。王《注》雖有法則之意，卻說成諸侯法王者所行之道，似未顧及下文「君子來朝，言觀其旂」與「采芹」有相因作用。《正義》曰：

> 觀此上下，止言王者之待諸侯，不美王者與諸侯作法，肅輒言之，
> 恐非毛旨。必欲為興，不知以興車服賞賜，故別為毛說焉。

顯已發覺王《注》不妥。

首章鄭《箋》以為是直陳其事之賦體，《箋》云：「菽，大豆也。采之者，采其葉以為藿，三牲牛羊豕芼以藿。王饗賓客有牛〔註11〕俎，乃用鉶羹，故使采之。」係申《傳》「菽，所以芼大牢而待君子」，《傳》既以之為興，則意當不止於此。首章已不得毛旨，此章亦復視為賦體，以為直述「采其水中芹事」，是不以毛《傳》釋興之意為然。

乙、鄭以為興，王以為賦例

（1）〈小雅‧四月〉：「四月維夏，六月徂暑。先祖匪人，胡寧忍予？」鄭《箋》：

> 徂猶始也。四月立夏矣，至六月乃始盛暑，興人為惡亦有漸，非一
> 朝一夕。我先祖非人乎？人則當知患難，何為曾始我當此難世乎？

〔註11〕「牛」本作「羊」，據《阮元校記》改。

（卷十三之一，頁 15）

王《注》：

> 時人以夏四月行役至六月暑往未得反，已闕一時之祭，後當復闕二
> 時也。征役過時，曠廢其祭祀，我先祖獨非人乎？王者何爲忍不憂
> 恤我，使我不得修子道。（《正義》卷十三之一，頁 14 引）

毛《傳》僅言：「徂，往也。六月火星中暑盛而往矣」，未明言是否爲興體。
王《注》曰：「時人以夏四月行役，至六月暑往未得反。」以此二語爲詩人記
時之詞，則視爲賦體，鄭《箋》以立夏至盛暑興幽王爲惡有漸，四月立夏喻
初爲小惡、六月盛暑喻行酷虐之政，無關行役過時之事，以興體解詩，與王
《注》有別。其中是非，觀同類詩篇則可得之。陳奐《詩毛氏傳疏》曰：

> 《詩》三章「烈烈發發」與〈蓼莪〉第五章同句；而二章「淒淒」，
> 《爾雅》與〈蓼莪〉哀哀同釋。〈蓼莪〉序云：「民人勞苦，孝子不
> 得終養」。六章「盡瘁以仕，寧莫我有。」與〈北山〉「或盡瘁事國」
> 同解。〈北山序〉云：「己勞於從事，不得養父母。」則與此《詩》
> 文義亦甚相同。（卷二十，頁 10）

〈四月〉前有〈蓼莪〉、後有〈北山〉。〈蓼莪序〉：「孝子不得終養」，鄭《箋》
曰：「二親病亡之時，時在役所，不得見也。」、〈北山序〉曰：「役使不均」，
與陳奐所言同觀，是詩實爲行役踰時而怨刺之作，鄭說恐不可從。《正義》雖
引王《注》，唯不以之申《傳》，反極力調合《毛傳》與鄭《箋》，所言或不免
迂曲。〔註12〕此《詩序》不顯言「孝子不得終養」乃行役過時所致，《序》所
以不顯言，黃焯以爲前後二《詩》俱「明著其事」之故，黃氏《詩疏平議》
云：

> 以《詩》之三章、六章皆詠行役之苦，而前之〈蓼莪〉、後之〈北山〉
> 兩〈序〉又明著其事故爾。凡刺詩有篇第相近，因一國或一君而作
> 者，其篇義或各有所主、或前後錯出，讀者須參互觀之，庶能窺其
> 旨趣。（頁 363）

　　康成、子雍於「四月維夏，六月徂暑」說解不同，遂使「先祖匪人，胡
寧忍予」之解亦異。唯釋「匪」爲「非」則同。《左傳》文公三年杜《注》：「〈四
月〉之詩，行役踰時，思歸祭祀」，杜預同王《注》，或據王爲說，與王同出

〔註12〕《正義》曰：「我先祖非人乎？先祖若人，當知患難，何曾施恩於我當此亂世
　　　　乎？以王惡之甚，故訴其先祖也。」顯據《箋》述之。

一源。眞象如何,已不可得知。關於「匪人」,屈萬里曰:

> 鄭訓「匪」爲「非」,是;而以疑問語氣說之則非也。匪人之語,周
> 易中兩見。……比六三爻辭云:「比之匪人。」象傳說之曰:「比之
> 匪人,不亦傷乎!」「比」者,親近之謂;親近「匪人」而云「可傷」,
> 則「匪人」之義甚顯。蓋「匪人」者,猶今語「不是人」,斥人之惡
> 用是語,傷己之遇亦用是語。〈四月〉憾先祖之靈不能救己之困,故
> 以惡語詈之。(〈詩三百篇成語零釋〉收林慶彰先生編之《詩經研究
> 論集》)

以爲「匪人」,乃人在艱困絕望時所出之惡語,無關祭祀,故謂鄭《箋》以疑
問語氣爲說不確;而王《注》從之,皆誤也。

　　(2)〈小雅・漸漸之石〉:「漸漸之石,維其高矣。山川悠遠,維其勞矣。」
鄭《箋》曰:

> 山石漸漸然高峻,不可登而上,喻戎狄眾彊而無禮義,不可得而伐
> 也。山川者,荊舒之國所處也,其道里長遠,邦域又勞勞廣闊,言
> 不可卒服。(卷十五之三,頁7)

王《注》曰:

> 言遠征戎狄,戍役不息,乃更漸漸之高石,長遠之山川,維其勞苦
> 也。(同上,《正義》引)

《序》云:「戎狄叛之,荊舒不至,乃命將帥東征,役久病於外」,言及「戎
狄」與「荊舒」,鄭玄遂謂此四語分指二事:「漸漸之石,維其高矣」,以山高
不可登喻戎狄不可得而伐,孔《疏》謂鄭《箋》以「興」釋之;「山川悠遠,
維其勞矣」,視「勞」爲「遼」之借字,以賦釋之,直陳荊舒之地理形勢。必
有興賦之別,蓋《序》雖兼言戎狄、荊舒,卻僅云東征,是知《詩》唯述征
伐荊舒事,故以「山川悠遠,維其勞矣」爲述荊舒地理形勢。《正義》曰:

> 以漸漸高不可上,故喻戎狄彊不可伐也。知非戎狄之國高山者,以
> 《序》唯言戎狄叛之,不言征伐戎狄,則不得歷其國之高山,又荊
> 舒之地,山川悠遠而尚伐之,不得言戎狄山高不可伐,故以喻其眾
> 彊也。

所言或近於《箋》旨。

　　王《注》以此四句爲一事,指「遠征戎狄,戍役不息」。山石高峻、山川
悠遠係記其經歷,以見行役之艱難勞苦,視爲賦體,與鄭《箋》有別。

第二節　思想觀念之歧異

　　本節擬自史事認知、禮俗依據、讖緯思想、對待三家《詩》態度四方面述康成、子雍思想觀念之歧異。

一、史事認知之歧異

　　鄭、王二人於周文王受命年限、周公攝政始於何時、有否出居東都之史實，認知皆有不同。詳見〈豳譜〉《正義》引鄭、王二家《尚書·金縢》之《注》。此種偏差導致二人對〈豳風〉各篇著成年代及《詩》旨意見之分歧。茲述其大要如下：〈金縢〉篇云：

　　　　武王既喪，管叔及其群弟乃流言於國，曰：「公將不利於孺子」，周
　　　　公乃告二公曰：「我之弗辟，我無以告我先王。」周公居東二年，則
　　　　　罪人斯得。于後，公乃爲詩以貽王，名之曰〈鴟鴞〉。

此節經文，鄭、王二《注》差異有三，皆見〈豳譜〉《正義》所引：

　　（一）「武王既喪」，鄭《注》曰：「周公免喪」，訓「既喪」爲「免喪」，是謂除三年之喪。王《注》則稱武王「九十三而崩，以多十二月。其明年稱元年，周公攝政遭流言。」武王崩於十二月，明年周公隨即攝政，是爲攝政元年。對「既」字雖無明訓，然細繹其意，似解爲「既已」之常，非謂三年喪後也。

　　（二）「我之弗辟」、「居東二年」，鄭《注》曰：「我今不辟孺子而去」、「居東者，出處東國待罪，以須君之察己。」謂避管、蔡將不利於成王之流言而居東都。王《注》則云：「周公攝政遭流言，作〈大誥〉而東征。」謂「居東」爲東征之事，據其意，當以「辟」爲「辟」，《說文》曰：「辟，法也」，「我之不辟」，孫星衍曰：「謂我不以法治管、蔡」。〔註13〕

　　（三）「罪人斯得」，鄭《注》曰：「罪人，周公之屬黨，與知居攝者。周公出，皆奔，今二年盡爲成王所得。」謂「罪人」爲周公之黨羽。王《注》則云：「二年克殷，殺管、蔡。」謂「罪人」乃管、蔡也。

　　今爲便於查看計，擇鄭、王《注》之重要者，按年排比，表列於下：

〔註13〕孫星衍《尚書今古文注疏》卷一三曰：「辟者，《說文》作『辟』，云：『法也。
　　　　周書曰：『我之不辟。』』今本《說文》『法』作『治』。《釋文》引『治』作『法』。
　　　　許氏言我之不法，謂我不以法治管、蔡，則天下畔周，無以告我先王。」

鄭 玄		王 肅	
文王受命七年	文王受命七年而崩，年九十七，武王年八十三，明年成王生。	文王受命九年（成王三歲）	文王受命九年而崩，年九十七，武王年八十三。
成王十歲	武王崩	成王十三歲	武王崩
成王十一歲		成 王 十 四 歲（攝政元年）	逢管、蔡流言，作〈大誥〉而東征。
成王十二歲	服喪畢，遭管、蔡流言。	成 王 十 五 歲（攝政二年）	克殷，誅殺管、蔡。
成王十三歲	成王踐阼。周公避居東都，即居東之第一年。	成 王 十 六 歲（攝政三年）	返歸周京，始制禮作樂。
成王十四歲	居東二年，成王收捕周公之黨屬。	成王十七歲	
成 王 十 五 歲（攝政元年）	大熟，遭雷風之變，……迎周公返。居攝之元年。	成王十八歲	
成王十七歲		成 王 二 十 歲（攝政七年）	營洛邑，作〈康誥〉、〈洛誥〉，致政成王。
成 王 十 八 歲（攝政四年）	封康叔，作〈康誥〉	成王二十一歲	
成 王 十 九 歲（攝政五年）	作〈召誥〉	成王二十二歲	
成 王 二 十 一 歲（攝政七年）	作〈洛誥〉	成王二十四歲	

　　成王生年之說，鄭較王晚三年，鄭《注》成王十歲，即王《注》成王十三歲之年。凡本表列於同行者，屬同一年發生之事。鄭、王解釋〈豳風〉之異可藉此以明，茲論述如下：

　　1. 七月

　　《詩序》云：

　　　　七月，陳王業也。周公遭變，故陳后稷先公風化之所由，致王業之
　　　　艱難也。（卷八之一，頁7）

　　鄭《箋》云：

　　　　周公遭變者，管、蔡流言，避居東都。

　　謂《詩序》「周公遭變」指管、蔡流言於國一事，周公為免竊位之謗，不得不

避居東都。《詩譜》云：

> 成王之時，周公避流言之難，出居東都二年，思公劉大王居豳之職，
> 憂念民事至苦之功，以比序己志。（《毛詩正義》卷八一之一，頁 2
> 引）

此周公作〈七月〉之意。「思公劉」以下數語緊接「出居東都二年」之後，似
謂居東第二年方爲此詩，然《正義》云：

> 此句說其作《詩》之意，欲明〈七月〉之作在此二年之中，因《尚
> 書》有二年之文，故言之耳。非謂居東二年始作〈七月〉也。何則？
> 《序》云：周公遭變即作，不應坐度二年方始爲《詩》，〈七月〉之
> 作當是初出之年也。（卷八之一，頁 2）

其說甚是。鄭以爲此《詩》作於周公終三年喪之明年（避居東都之第一年），
即成王十三歲時。王《注》則以爲其時成王十六歲，周公已東征返周京，制
禮作樂。王《注》論及〈七月〉著作年代之文已佚，《序》：「周公遭變」，據
上表，知「遭變」爲成王十四歲時，周公逢管、蔡流言事，《正義》曰：

> 王肅之意以爲周公以公劉太王能憂念民事，成此王業，今管、蔡流
> 言將絕王室，故陳豳公之德，言己攝政之意，必是攝政元年作此〈七
> 月〉。（卷八之一，頁 6）

周公遭管、蔡流言之謗變，隨即帶兵東征。因憂念流言將有毀王室之基業，
故陳豳公憂念民事、創基立業之艱難。今逢此難，欲法先公之精神，故作〈七
月〉。則《詩》作於武王崩之明年，即攝政元年，時成王年十四。鄭玄以爲武
王崩之明年，成王十一歲，無大事可記。

2. 鴟鴞

鄭、王解〈金縢〉篇之分歧，可由「罪人斯得」以上數句經文之注解看
出，前者終三年之喪而後避居東都；後者武王崩之明年往伐管、蔡，此種不
同，影響「罪人」所指。鄭玄注解〈金縢〉，無關東伐管、蔡一事，則「罪人」
不指管、蔡甚明，所指斥者實「周公之屬黨與知居攝者」；而王之所指，衡諸
上文，必爲管、蔡無疑。〈金縢〉篇「公乃爲《詩》以貽王，名之曰〈鴟鴞〉」
一語又承「罪人斯得」而有，故二人對〈豳風・鴟鴞〉理解不同，實屬必然。

「鴟鴞鴟鴞，既取我子，無毀我室」，鄭《箋》記敘周公作《詩》之由，
曰：

> 鴟鴞言已取我子者，幸無毀我巢，我巢積日累功作之甚苦，故愛惜

之也。時周公竟武王之喪，欲攝政成周道，致太平之功。管叔蔡叔
等流言云：「公將不利於孺子」，成王不知其意而多罪其屬黨。（卷八
之二，頁2）

成王不知周公之志，周公遂避居，據〈金縢〉鄭《注》，知其黨羽亦相率出奔。
成王遷怒其黨，二年盡得，欲加之以罪，周公爲《詩》營救之。鄭《箋》又
云：

此諸臣乃世臣之子孫，其父祖亦勤勞有此官位、土地，今若誅殺之，
無絕其位、奪其土地，王意欲誚公，此之由然。（同上）

鄭《箋》以爲作〈鴟鴞〉之目的在阻止成王殺伐無辜。鄭注〈金縢〉云「二
年盡爲成王所得」，又於「於後公乃爲《詩》」《注》云「於二年後也」，則爲
《詩》之年，後於得「罪人」之年，當在居東三年，成王十五歲時。是年秋，
成王即迎周公返京，是爲攝政元年。

王《注》云：

周公非不愛惜此二子，以其病此成王。（《毛詩正義》卷八之二，頁
3引）

周公東征，往伐管、蔡，惟恐成王惑於其言，因爲〈鴟鴞〉以明己志。《正義》
陳述王肅對〈鴟鴞〉著時之意見，曰：「居東二年，既得管、蔡，乃作〈鴟鴞〉」，
〈金縢〉「居東二年」，王氏《注》曰：「或曰《詩序》三年而歸（按：此《詩
序》，〈東山序〉也），此言居東二年，其錯何也？曰：《書》言其罪人斯得之
年，《詩》言其歸之年也。」（《毛詩正義》卷八之一，頁6引），周公東征前
後歷時三年，返京後，成王即委以制禮作樂之重任，似〈鴟鴞〉之表態已產
生效用，故知其《詩》必作於東征二年罪人盡得以後至東征三年歸周京之前，
即攝政二、三年間，時成王年十五六。是年，鄭玄以爲周公值遇流言而避居
東都。成《詩》背景之差異，牽動全《詩》面貌，今列二說於下，俾便比較。

鴟 鴞	鄭 箋	王 注
恩斯勤斯，鬻子之閔斯。	鴟鴞之意，殷勤於此，稚子當哀閔之。此取鴟鴞子者，指稚子也。以喻諸臣之先臣亦殷勤於此，成王亦應哀閔之。	勤，惜也。周公非不愛惜此二子，以其病此成王。
迨天之未陰雨，徹彼桑土，綢繆牖戶。	此鴟鴞自說作巢至苦如是，以喻諸臣之先臣亦及文武未定天下，積日累功以固定此官位與土地。	鴟鴞及天之未陰雨，剝取彼桑根以纏綿其牖戶，以興周室積累之艱苦也。

今汝下民，或敢侮予。	我至苦矣，今汝我巢下之民，寧有敢侮慢欲毀之者乎？意欲恚怒之，以喻諸臣之先臣固定此官爲土地，亦不欲見絕奪。	今者，今周公時。言先王致此大功至艱難，而其下民敢侵侮我周道，謂管蔡之屬不可不遏絕，以全周室。
曰予未有室家。	我（按：指先臣）作之至苦如是者，曰我未有室家之故。	我（按：指周先王）爲室家之道至勤苦，而無道之人弱我稚子，易我王室，謂我未有室家之道。
予室翹翹，風雨所飄搖，予維音嘵嘵。	巢之翹翹而危，以其所托枝條弱也。以喻我今子孫不肖，故使我家道危也。風雨喻成王也。音嘵嘵然，恐懼告愬之意也。	言盡力勞病以成攻堅之巢，而爲風雨所飄搖，則鳴音嘵嘵然而懼，以言我周累室積德。

　　鄭以「鴟鴞」喻諸臣屬之父祖；王以之喻周先王（周公）、周王室。爾後出現數次的「予」字、「我」字，二人俱將之等同於鴟鴞，併視「恩斯勤斯」、「迨天之未陰雨，徹彼桑土，綢繆牖戶。」爲鴟鴞謂語。整首詩藉描述鴟鴞築巢、護巢之艱難以爲譬喻。《毛傳》：「鴟鴞，鸋鴂也」，〈晨風〉「有鴞萃止」、〈泮水〉「翩彼飛鴞」傳《皆》云：「鴞，惡聲之鳥也」，據《說文》、《字林》，「鴞」即「鴟鴞」，又名「鸋鴂」，惡聲之鳥；又三章《傳》云：「手病口病，故能免乎大鳥之難」，經無大鳥文，此就鴟鴞言，則《毛傳》所謂鸋鴂實爲惡鳥也。臣屬之父祖有功王室，豈能比之於惡鳥？若以喻周先王尤爲不倫，是鄭、王皆未達毛旨。朱子《詩集傳》另作解釋：

　　　　爲鳥言以自比，託爲鳥之愛巢者呼鴟鴞而謂之曰：「鴟鴞鴟鴞既取我之子矣，無更毀我之室也。」（卷八）

所謂「呼鴟鴞而告之」者，宋黃櫄《毛詩李黃集解》曰：

　　　　鴟鴞，惡鳥，故破群鳥之巢而食其子，鳥之護其巢者，呼鴟鴞而告之曰：「汝既先取我子矣，無更破我之巢也，……」（卷十八，頁6，《通志堂經解本》）

毛義或當如二人所言也。

　　3. 東山、破斧、伐柯、九罭、狼跋諸篇

　　標目諸《詩》之順序，今傳本如此，若係依作時先後排比，則鄭《箋》之說不然也，鄭氏以〈伐柯〉先作。

　　〈伐柯·序〉云：

　　　　〈伐柯〉，美周公也。周大夫刺朝廷之不知也

　　鄭《箋》云：

成王既得雷雨大風之變，欲迎周公，而朝廷群臣猶惑於管、蔡之言，
不知周公之聖德，疑於王迎之禮，是以刺之。（卷八之三，頁3）

鄭《箋》以此《詩》作於居東三年，〈鴟鴞〉之後也。

〈九罭〉：「九罭之魚鱒魴」。

鄭《箋》云：

設九罭之罟，乃後得鱒魴之魚，言取物各有器也。興者，喻王欲迎
周公之來，當有其禮。（卷八之三，頁6）

「公歸無所，於女信處。」

鄭《箋》云：

時東都人欲周公留不去，故曉之云「我西歸而無所居，則可就女誠
處是東都也。」（卷八之三，頁7）

據鄭《箋》此詩作時大致與〈伐柯〉相當。

〈破斧・序〉曰：

〈破斧〉，美周公也。周大夫以惡四國焉。

鄭《箋》云：

惡四國者，惡其流言毀周公也。（卷八之三，頁1）

「周公東征、四國是皇。」

鄭《箋》云：

周公既反攝政，東伐此四國，誅其君，罪正其民人而已。（同上）

其時已攝政，復東伐四國，其作在〈九罭〉之後。

〈東山・序〉曰：

〈東山〉，周公東征也。周公東征，三年而歸，勞歸士，大夫美之，
故作是詩也。

鄭《箋》曰：

成王既得金縢之書，親迎周公，周公歸攝政，三監及淮夷叛，周公
乃東伐之，三年而後歸耳。（卷八之二，頁6）

按《尚書・金縢》「王與大夫盡弁」鄭《注》云：「天子、諸侯十二而冠，成
王此時年十五，于禮已冠。而爵弁者，承天變，故降服也。」成王開金縢之
匱，查考先王舊章，得周公願代武王得疾之誓，在成王十五歲，同年反周京
攝政，是為攝政元年，適逢三監淮夷作亂，隨即往伐之，攝政三年始返京師，

大夫作〈東山〉以歸美之，則此《詩》成於〈破斧〉後。

〈狼跋〉：「公孫碩膚，赤舄几几。」

鄭《箋》云：

> 公，周公也。孫讀當如「公孫于齊」之孫，孫之言遜，遁也。周公
> 攝政七年，致大平，復成王之位，孫遁辟此成功之大美，欲老，成
> 王又留之以爲大師，履赤舄几几然。（卷八之三，頁9）

以此《詩》美周公攝政七年致太平且歸政於成王，既陳攝政七年時事，則〈豳風〉諸《詩》，此爲最晚成者。如據鄭《箋》所言，按成《詩》先後排比，則諸《詩》順序，當爲：〈伐柯〉、〈九罭〉、〈破斧〉、〈東山〉、〈狼跋〉。

子雍謂諸《詩》著成之時則與康成大爲不同。按〈伐柯·序〉曰：「大夫刺朝廷之不知」，王肅云：「朝廷，刺成王也」，又云：

> 或曰〈東山〉既歸之時，而朝廷不知，猶在下何？曰同時之作。〈破
> 斧〉惡四國而其辭曰：「周公東征、四國是皇」猶追而刺之，所以極
> 美周公。（《正義》卷八之一，頁6引）

〈東山〉之作，王肅同於《詩序》：「周公東征三年而歸，勞歸士，大夫美之」之說，俱以爲作於東征而歸之時。然周公既歸，成王當已悟周公有成就周道之心，何以〈伐柯〉猶刺成王之惑，其《詩》反列〈東山〉之後？故王肅以爲〈伐柯〉乃東歸後追述之詞，並舉〈破斧〉亦追述之《詩》爲證，其意唯在美周公而已。王肅所謂「或曰」者，設或人之問以答之也。據此可知，王氏以爲〈豳風〉諸《詩》順序，乃按成《詩》先後排列，故謂「破斧」爲「追而刺之」，以追述之作視之，以避免其間之矛盾。或者各《詩》依成《詩》先後排比，爲當時學者之共識，故王肅須加說明。此其與鄭玄極不同處。

〈豳風〉各《詩》之排列順序既有時間上之前後關係，則〈九罭〉王《注》云：

> 以其周公大聖，有定命之功，不宜久處下土，而不見禮迎。（《正義》
> 卷八之三·頁7引）

> 未得所以反之道。（同上）

亦視之爲東征歸後追述之詞。而〈狼跋〉詩王《注》曰：

> 〈狼跋〉，美周公。遠則四國流言；近則成王不知。進退有難，而不
> 失其聖。當是三年歸後，天下太平，然後美其不失其聖耳。最在後

作，故以爲終。（《正義》卷八之一，頁 6 引）

謂其《詩》最晚著成也。其順序一如《詩序》所言。

如上所述，鄭、王二家對史事認知不同，造成〈豳風〉諸《詩》解釋之歧異。影響所及，二人對〈周頌〉部份詩篇敘事年代之意見亦隨之不同。今舉例明之。

〈閔予小子・序〉曰：「嗣王朝於廟也。」鄭《箋》云：

嗣王者，謂成王也。除武王之喪，將始即政，朝於廟也。（卷十九之三，頁 17）

據前表，鄭玄以爲成王年十二服喪畢，明年十三歲始踐祚，則鄭謂此《詩》所述爲成王十三歲踐祚朝於廟之事。據王肅，則此年爲周公攝政三年，成王時年十六。王《注》云：

此篇爲周公致政，成王嗣位，始朝於廟之樂歌。（《正義》卷十九之三，頁 18 引）

王肅不信周公有避居東都之事，武王崩之明年即爲周公攝政元年，成王時年十四，至攝政七年，成王年二十，周公始致政成王，致政而後朝廟，因知此《詩》所述爲成王二十歲時事。依鄭玄對史事之認知，是年成王十七歲。不僅〈閔予小子〉有此差距，〈訪落〉、〈敬之〉二《序》分別曰：「訪落，嗣王謀於廟也」、「敬之，群臣進戒嗣王也」皆用「嗣王」一詞，雖王《注》不存，然鄭、王於二《詩》敘事年代之歧見或當如〈閔予小子〉。

二、禮俗依據之歧異

鄭《箋》、王《注》同重禮之效用，唯對禮俗之依據時或有別，解《詩》遂有歧異。舉例如下：

1. 〈唐風・綢繆〉：「綢繆束薪，三星在天。」

鄭《箋》：

三星，謂心星也。心有尊卑，夫婦父子之象，又爲二月之合宿，故嫁娶者以爲候焉。昏而火星不見，嫁娶之時也。（卷六之二，頁 1）

王《注》：

三星在天，謂十月也。（同上）

關於嫁娶之正時，鄭、王二人持義不同。〈唐風・綢繆・序〉云：「綢繆，刺晉亂也。國亂則婚姻不得其時焉」，鄭玄《注》曰：「不得其時，謂不及仲春

之月」；又〈東門之楊〉主刺婚姻失時之事，其《詩》云：「東門之楊，其葉牂牂」，《箋》云：「楊葉牂牂，三月中也。興者，喻時晚也。失仲春之月」，則鄭玄謂農曆二月爲婚姻之正期。《周禮・地官媒氏》云：「中春之月，令會男女」，鄭《注》云：「中春陰陽交以成婚禮，順天時也」（《周禮正義》卷十四，頁15），則仲春爲婚時，其意本乎《周禮》。

然王《注》之說法不同。〈綢繆〉次章「三星在隅」，王《注》云：「謂十一月、十二月也」；三章「三星在戶」，王《注》曰：「謂正月中也」，又《家語・本命》篇：

> 群生閉藏爲陰，而爲化育之始，故聖人以合男女、窮天數也。霜降而婦功成，嫁娶者行焉；冰泮而農業起，昏禮殺於此。（卷六）

王《注》：

> 二月農事始起，會男女之無夫家者，奔者不禁，期盡此月故也。

王肅主張嫁娶始於霜降、終於農事起。以爲《周官》「中春會男女之無夫家者」，非謂仲春始行嫁娶，仲春者，嫁娶末期，不及備禮，奔則不禁。〈東門之楊〉《傳》曰：「男女失時，不逮秋冬」、「三星在戶」《傳》曰：「參星，正月中直戶也」，秋冬，婚期正時，如今男女失時，故曰「不逮」；又云「正月中」，大抵毛、王俱主初春猶可嫁娶也。前此尚有《荀子》主此說。〈大略〉篇云：「霜降逆女，冰泮殺止」，其說或有所據。王肅《聖證論》曰：「吾幼爲鄭學之時，爲謬言尋其義，乃知古人皆以秋冬。」（《太平御覽》卷五四一引）其所舉證，除《毛傳》、《荀子》、《孔子家語》，又引董仲舒、《韓詩傳》等爲證，[註14]復云：「自馬氏（馬融）以來，乃因《周官》而有二月」以爲期盡仲春之本。

鄭、王各據一說爲解，釋《詩》遂有不同。古代觀星象以定時節，〈綢繆〉關乎婚事，則「三星」爲婚時之表徵。鄭謂婚姻正時在仲春，因訓「三星」爲「心星」曰：「心有尊卑，夫婦父子之象，又爲二月之合宿，故嫁娶者以爲候焉。」候者，孔《疏》曰：「謂候其將出之時，行此嫁娶之禮也」，則婚姻行於心星將出未出之時。然《詩》云「在天」，《箋》因謂「三月之末、四月之中見於東方」，謂婚時已過。王氏則取毛氏「三星，參也」之訓，稱秋冬之候可爲婚姻。參星，十月始見東方，此正婚時也。「三星在天」下緊接「今夕

〔註14〕董仲舒曰：聖人以男女陰陽，其道同類天道，向秋冬而陰氣來，向春夏而陰氣去，故古人霜降逆女，冰泮殺止。與陰俱近，與陽遠也」、《韓詩傳》：「古者霜降逆女，冰泮殺止，士如歸妻，迨冰未泮。」

何夕，見此良人」，鄭云：「今夕何夕者，言此夕何月之夕乎？而女以見良人，言非其時」；王云：「婚姻不得其時，故思詠嫁娶之夕，而欲見此美室也」，今夕，一以為非善時；一以為善時，因所據禮說不同，遂有此差異。

又〈小雅‧我行其野〉：「昏姻之故，言就爾居」，亦與婚姻相關。首章言「蔽芾其樗」、次章言「言采其蓫」、三章言「言采其葍」，「樗」、「蓫」、「葍」，《毛傳》以「惡木」或「惡菜」釋之，我行其野所見無非鄙惡植物。《毛傳》訓惡，或當有隱喻。《莊子‧逍遙遊》：「吾有大樹，人謂之樗。其大木臃腫而不中繩墨；其小枝卷曲而不中規矩。」樗為惡木，或可用以喻人行為舉止不中規矩繩墨。王《注》曰：「行遇惡木，言已適人遇惡夫也。」申毛頗得其旨。此《詩》敘述婚姻之事，鄭《箋》遂謂「樗」、「蓫」、「葍」指婚時，曰：「樗之蔽芾始生，謂仲春之時，嫁娶之月，婦之父、婿之父相謂婚姻。」此亦因對婚時主張不一，致二人說《詩》不同例。

2. 〈齊風‧著〉：「尚之以瓊華乎而」。

鄭《箋》：

> 尚猶飾也。飾之以瓊華者，謂懸紞之末，所謂瑱也。人君以玉為之。
>
> 〔註15〕瓊華，石色似瓊也。（卷五之一，頁8）

王《注》：

> 以美石飾象瑱。（《正義》卷五之一，頁9引）
>
> 王后織玄紞，天子之玄紞，一玄而已，何云具五色乎？（同上，頁9，《正義》引。馬國翰輯為《毛詩義駁》）

此《詩》上句云：「充耳以素乎而」，《箋》云：「我視君子則以素為充耳，謂所以懸瑱者，或名為紞，織之人君五色、臣則三色而已。此言素者，目所先見而云。」謂懸瑱之繩又名「紞」，於繩末懸以瓊華美石，是謂「尚之以瓊華乎而」，紞繫物為「充耳」。以《詩》自「充耳」至「瓊華」完整描述耳飾。《毛傳》：「素，象瑱」，言「素」為象瑱，非懸瑱之繩，王氏承之，釋「尚之以瓊華」曰：「以美石飾象瑱」，以「尚之」之「之」指象瑱，與鄭《箋》視「充耳」至「瓊華」記耳飾之美同。然同中有異，王以為「瓊華」，非用以為瑱，不過為象瑱飾耳。此鄭、王對耳飾之制瞭解之差異。

鄭《箋》、王《注》雖有異，然視首章《毛傳》「士之服」、次章「卿大夫

〔註15〕「之」字本無，據《阮校記》補。

之服」、末章「人君之服」（鄭氏一律以人君視之，無等級之分）總釋「充耳以素乎而，尚之以瓊華乎而」則並同。與《正義》以爲《毛傳》不但略去懸紞之繩，且對耳飾只作塞耳之描寫，「尚之以瓊華」轉而美君子服上之佩飾，故云「瓊華，美石，士之服也。」有別。今《十三經注疏》本，《注》文置於《經》文下，《傳》「士之服」等分別在《經》「瓊華」、「瓊瑩」、「瓊英」下，似不得兼釋「充耳以素乎而」，鄭、王之說不免令人起疑。若知《經》《傳》原本別行，自無此疑慮。既別行爲文，則《傳》文「瓊華，美石。士之服也」在「素，象瑱」下，「士之服也」總結「素，象瑱；瓊華，美石」，文勢一氣呵成。服，非但衣服之謂，《正義》過泥。《南山傳》云：「冠緌，服之尊者」，服者，謂冠冕，則凡人身上之衣著、裝飾皆可謂「服」，此指士者於耳飾宜有之裝飾。《正義》所言，恐待商。

　　鄭《箋》謂《詩》以素爲懸瑱之繩，蓋因人君之紞本以五色織之，此僅就目見泛稱，非謂實有素紞。王肅駁之，謂玄紞，一玄而已，此又兩人對紞制認知不同而意見相左。鄭《箋》以「素」、「青」、「黃」所指爲紞，別於《毛傳》；王《注》或得於《傳》旨。

　　3. 〈邶風・綠衣〉：「綠兮衣兮，綠衣黃裡。」

鄭《箋》：

> 綠兮衣兮者，言褖衣自有禮制也。諸侯夫人祭服之下，鞠衣爲上，展衣次之，褖衣次之。次之者，眾妾亦以貴賤之等服之，鞠衣黃、展衣白、褖衣黑、皆以素紗爲裡，今褖衣反以黃爲裡，非其禮制也，故以喻妾上僭。（卷二之一，頁8）

王《注》：

> 夫人正嫡而幽微，妾不正而尊顯。（同上，頁9《正義》引）

鄭注《詩序》云：「綠當爲褖，故作褖。轉作綠，字之誤也。」以爲作「綠衣」，因「綠」、「褖」形近而誤，當以「褖」字爲是。康成以禮箋《詩》，「褖衣」之說出自《周禮》，〔註16〕唯《周禮》未言褖衣之色，康成謂「褖衣黑」，或以今制推之。

　　《禮記・玉藻》云：「衣正色，裳間色」，於禮，衣以正色，裳以間色。《毛傳》「綠，間色；黃，正色」，恃《禮記》爲說，《詩》云「綠衣黃裡」、「綠衣黃

〔註16〕《周禮・天官・內司服》：「內司服掌王后之六服：褘衣、揄衣、闕狄、鞠衣、展衣、褖衣。」

裳」，大違常理，是妾蒙寵、嫡見疏之象。王肅以綠衣喻妾不正而尊顯、黃裡喻夫人正嫡而幽微，可謂得於《傳》旨，與《詩序》「妾上僭，夫人失位」之意合。鄭氏雖亦以「褖衣黃裡」喻妾上僭，然改綠爲褖，恐與《傳》旨有別。又《箋》於「綠衣黃裳」句云：「婦人之服不殊，衣裳上下同色。今衣黑而裳黃，喻亂嫡妾之禮」，〈玉藻〉之文似可正其謂衣、裳同色之誤。《正義》述毛云：

> 不正之妾今蒙寵而顯，正嫡夫人反見疏而微，綠衣以邪干正，猶妾
> 以賤陵貴，夫人既見疏遠，故心之憂矣。（同上）

據王申說，不用鄭《箋》。

　　4.〈鄘風・干旄〉：「良馬五之」。

鄭《箋》：

> 五之者，亦謂〔註17〕五見之也。（卷三之二，頁5）

王《注》：

> 古者一轅之車，駕三馬則五轡，其大夫皆一轅車，夏后氏駕兩，謂
> 之麗，殷益以一騑，謂之驂，周人又益一騑，謂之駟。本從一驂而
> 來，亦謂之驂。經言驂，則三馬之名。（同上，頁6《正義》引）

《毛傳》：「驂馬五轡」，王肅申毛，以爲殷時大夫有三馬五轡之制，因承夏朝一轅車駕兩服馬而益之以一驂馬，故此三馬之制謂之「驂」。《五經異義》引逸《禮》〈王度記〉：「天子駕六，諸侯與卿同駕四，大夫駕三，士駕二，庶人駕一。」（陳壽祺《五經異義疏證》，《皇清經解》卷一二五〇，頁18）王肅大夫駕三之說同於〈王度記〉，而以爲殷制，則〈王度記〉所無。其說或有所本，當非憑空捏造。鄭玄《駁異義》云：「〈王度記〉曰：『大夫駕三』，經傳無此言，是自古無駕三之制也。」（同上）故釋《詩》云：「五之者，亦謂五見之也」，此與〈著〉詩人君五色之紞，唯云素者同，皆就目見而言，非舉成數也。首章「良馬四之」，《箋》云：「又識其善乘馬，四之者，見之數也」，則「四」、「五」俱馬數，非指轡數。二家說異。

　　鄭之弟子王基引〈商頌〉「約軝錯衡，八鸞將將」云：「是則殷駕四，不駕三也」（《正義》，卷三之二，頁6引）以「八鸞將將」證殷大夫實駕四。孔晁云：「作者歷言三王之法，此以述《傳》，非毛旨也。何則？馬以引重，左右當均，一轅車以兩馬爲服，傍以一馬驂之，則偏而不調，非人情也。」（同上）此就想像謂駕三則轅車必偏而不調。《正義》疏《傳》云：

〔註17〕「謂」本作「爲」，據《阮校記》改。

大夫以上駕四，四馬則八轡矣，驂馬五轡者，御車之法，驂馬內轡納於觖，唯執其外轡耳。驂馬，馬執一轡，服馬則二轡，俱執之，所謂六轡在手也。此經有四之、五之、六之，以御馬喻治民，馬多益難御，故先少而後多。（卷三之二，頁5）

《正義》先說大夫以上駕四馬，又說「六轡在手」，則末章「良馬六之」方指大夫駕車之制，其他「四之」、「五之」不過用以喻治民而已，並非大夫實有「駕二」、「駕三」制。御車喻治民，其說甚堂皇，毛意然否？胡承珙《毛詩後箋》云：

夫御馬固可喻治民，然此大夫方來禮賢，末句始爲賢者慮其「何以畀之」（按：首章「何以畀之」，《傳》曰：「畀，予也。」），豈有先告以治民之法。」（卷四，頁29）

其說是矣。《正義》治民之喻，恐非必是。

又《傳》云：「驂馬五轡」，因未見古有駕三制，使鄭《箋》易《傳》、《正義》別解。然考古籍所述，未必無駕三之制。《說文》云：「驂，駕三馬也」，《左傳》莊公十八年：「王賜虢公晉侯馬三匹」，胡承珙云：「晉侯馬三匹，疑古必有駕三之制，故賜以三馬」（同前，卷四，頁32）。《禮記·檀弓》：「孔子之衛，遇舊館人之喪，說驂而賻之」，陳奐云：「或孔子在路，偶亦用驂歟」（《詩毛氏傳疏》卷四，頁17），「駕三」之說《經》《傳》雖無明文，上述資料則可間接證明其制，故陳奐並存「駕三」、「駕四」，曰：「大夫乘四，其常乘也；驂非常乘。」（同上）1989年湖北省文物考古研究所於湖北宜城璞河鎮掘出春秋時期楚國車馬坑，內有戰車七輛與馬十八匹，其中四號車係四馬駕駛，五、六號車則各爲三馬，其餘均爲二馬，〔註18〕可證春秋時實有「駕三」之制也。王《注》以時代與駕馬數相配合，〈干旄〉乃周《詩》，據王《注》當駕四馬，而云「驂馬五轡」，蓋夏二、商三、周四不過泛指較普遍之駕馬的情形而已。此說自以王《注》爲長。

三、讖緯棄取之歧異

1. 〈大雅·生民〉《正義》引《大戴禮·帝繫》云：

帝嚳卜其四妃之子皆有天下。上妃，有邰氏之女曰姜嫄，而生后稷。

〔註18〕見民國78年11月18日中央日報。

次妃，有娀氏之女曰簡狄，而生契。次妃，陳鋒氏之女曰慶都，生帝堯。下妃，娵訾之女曰常儀，生摯。

此段文字，認爲商始祖契與周始祖稷不但有父而生，且爲同父異母兄弟。《正義》引之，謂王肅以爲然。〈生民〉「時維姜嫄」《傳》曰：「后稷之母配高辛氏帝」、《商頌·玄鳥傳》曰：「有娀氏女簡狄配高辛氏帝」，張晏曰：「高辛，所興地名。嚳，以字爲號」（《毛詩正義》卷十七之一，頁3引），高辛帝即帝嚳，則王說同毛。〈生民〉《正義》又謂司馬遷〈五帝本紀〉、劉歆、班固、賈逵、馬融、服虔、皇甫謐等皆用焉（同上）。鄭《箋》別釋「姜嫄」曰：「當堯之時爲高辛氏之世妃」，按《春秋命歷序》載古代世次爲：

> 黃帝一曰帝軒轅，傳十世二千五百二十歲；次曰帝宣，曰少昊，一曰金天氏，則窮桑氏，傳八世五百歲；次曰顓頊，則高陽氏，傳二十世三百五十歲；次曰帝嚳，即高辛氏，傳十世四百歲……乃至堯。
> （馬國翰《玉函山房輯佚書》冊二）

謂五帝傳承非一人傳一人，嚳（高辛氏）、堯間已隔十代四百歲。〈生民〉《正義》曰：

> 堯非嚳子，稷年又小於堯，則姜嫄不得爲帝嚳之妃。故云：「當堯之時爲高辛之世妃」（卷十七之一，頁3）

鄭據讖緯立說，故謂堯、稷非嚳子。

〈商頌·玄鳥〉：「天命玄鳥，降而生商」，《箋》：

> 鳦遺卵，娀氏之女簡狄吞之而生契。（卷二十之三，頁14）

〈大雅·生民〉：「履帝武敏歆」，《箋》：

> 帝，上帝也。有大神之跡，姜嫄履之，足不能滿，履其拇指之處，心體歆歆然，其左右所止住，如有人道感己者也。（卷十七之一，頁2）

謂契以卵生、稷以跡生，皆用感生之說。《詩緯推災度》曰：「契母有娀浴于玄丘之水，睇玄鳥銜卵過而墜之。契母得而吞之，遂生契」（《玉函山房輯佚書》）、《尚書中候》曰：「玄鳥翔水，遺卵于流。簡狄吞之，生契，封商」（同上）；《河圖》曰：「姜嫄履大人跡，生后稷」（同上）、《春秋緯元命苞》：「周本后稷；姜嫄遊閟宮，其地扶桑，履大人跡而生后稷」（同上），鄭《箋》之說，本諸緯立論。

然《毛傳》與鄭玄有別，《玄鳥傳》曰：

> 春分玄鳥降湯之先祖，有娀氏女簡狄配高辛氏，帝率與之祈于郊禖

而生契，故本其爲天所命，以玄鳥至而生焉。

生民《傳》曰：

　　帝，高辛氏之帝也。從於帝而見于天，將事齊敏也。

契、稷之興無關巨跡、鳥卵。王肅奏云：

　　稷、契之興，自以積德累功於民事，不以大跡與燕卵也（《正義》卷
　　十七之一，頁9引）

王說同毛，不用緯候之說。

　　　商、周先祖誕生之史，姜嫄，爲帝嚳元妃；契、稷是否感天而生，此王
《注》與鄭《箋》相異者也。鄭《箋》似完全採緯說，唯詳細比對，卻又不
盡然。姜嫄、簡狄爲同夫之婦，契、稷皆有父，並同出帝嚳，此派古史傳說
爲王肅採用。《春秋緯元命苞》曰：「殷，黑帝之子」；《尚書中候稷起》曰：「蒼
耀稷生感跡昌」、《春秋緯元命苞》曰：「周，蒼帝之子」，殷、周分別爲黑帝、
蒼帝之子，則其本無父而感天生者也，此緯書系統與王肅一派主張有父不感
天而生之最大不同處。以今日的有限之知識判斷，無父感天或可斥爲荒誕不
經。後世流行之履大跡、吞燕卵等傳說，或非與稷、棄之生並起，蓋後代子
孫就果說因之附會，乃後人尊崇先祖而將之神化之結果，顧頡剛即謂：「感生
的目的只在說明帝王是天神的化身」（《中國上古史研究講義》頁 285）。王肅
一系顯然已運用人皆有父而生之知識修改先民傳說；鄭玄雖採緯書說，猶謂
姜嫄：「當堯之時爲高辛氏之世妃」，則其雖採緯書感生說，卻亦用當時已具
備之知識更動緯說之本來面貌，謂姜嫄爲高辛氏之世妃，變無父感天而爲有
父感天。

　　2. 〈商頌·長發〉：「長發，大禘也。」

鄭《箋》：

　　大禘，郊祭天也。《禮記》曰：「王者禘其祖之所自出，以其祖配之」
　　是謂也。（卷二十之四，頁1）

王《注》：

　　大禘爲殷祭，謂禘祭宗廟，非祭天也。（同上，《正義》引）

鄭《箋》謂祭天；王《注》謂祭祖。鄭、王所以異解，實因二人對〈喪服小
記〉與〈喪服大傳〉：「王者禘其祖之所自出，以其祖配之。」一語解說不同
之故。鄭玄本緯說以爲「始祖感天神靈而生，祭天則以祖配之。」感天神靈
指感「太微五帝之精以生」；《禮記·祭法》「殷人帝嚳」，《正義》曰：「王肅、

孔晁云：虞夏出黃帝；殷商出帝嚳」，是王肅以爲「帝嚳」係殷人之祖所出，
則此《詩》當爲祭帝嚳詩。二人之別大致如此。

　　以上爲讖緯棄取直接影響《詩》說例，又有間接受其影響而致說《詩》
不同者。

　　鄭玄《詩譜》：

> 又問〈小雅〉之臣何以〔註19〕獨無刺厲王？曰有焉。〈十月之交〉、〈雨
> 無正〉、〈小旻〉、〈小宛〉之《詩》是也。漢興之初，師移其第耳。（《正
> 義》卷九之一，頁13引）

〈十月之交·序〉：「大夫刺幽王也」，鄭玄云：「當爲刺厲王，作詁訓傳時移
其篇第，因改之耳」，則《詩譜》「師移其篇第」之「師」實指毛公。毛公以
此四篇述幽王事，〈正月序〉云：「大夫刺幽王也」，故移此四篇於〈正月〉後。
鄭玄云其所以知《毛傳》易其篇次並改「厲」爲「幽」事曰：

> 〈節〉刺師尹不平，亂靡有定；此篇（〈十月之交〉）譏皇父擅恣，
> 日月告凶。〈正月〉惡褒姒滅周；此篇疾艷妻煽方處。又幽王時司徒
> 乃鄭桓公友，非此篇所云番也。是以知然。（卷十二之二，頁1）

《正義》申之曰：

> 〈節〉刺師尹不平，亂靡有定；此篇譏皇父擅恣，日月告凶，專〔註
> 20〕國家之權、任天下之責，不得並時而有二人，彼是幽王，知此非
> 幽王也。〈正月〉惡褒姒滅周；此篇疾艷妻煽方處，敵夫曰妻，王無
> 二后，褒姒是幽王所嬖，艷妻非幽王之后。〈鄭語〉云：「幽王八年
> 桓公爲司徒」，此篇云：「番維司徒」，一官不得二人爲之，故又云：
> 「幽王時司徒乃鄭桓公友爲之，非此篇所云番。是以知之。」

然艷妻果非褒姒？幽王朝司徒自始自終是否僅鄭桓公友一人？俱需再加論
證。康成之言雖不明確，然其稱《毛傳》更易篇次、改「幽」爲「厲」者，
實有所本。《中候摘雒戒》〔註21〕曰：

> 昌受符，厲倡嬖，期十之世權在相。（《正義》卷十二之二，頁1引）

又曰：

> 剡者配姬以放賢，山崩水潰納小人，家伯罔主異載震。（同上）

〔註19〕「以」本作「也」，據《阮元校記》改。
〔註20〕「專」本作「事」，據《阮元校記》改。
〔註21〕「戒」本作「貳」，據《阮元校記》改。

《正義》曰：

> 自文數之，至厲王，除文王爲十世也。刺與家伯與此篇事同。「山崩
> 水潰」即此篇「百川沸騰，山冢崒崩」是也。（同上）

孫毓亦云：「《尚書緯》說艷妻謂厲王之婦，不斥褒姒」（《正義》卷十二之二・
二頁 2 引），則鄭《箋》本緯說以言也。緯說僅能說明〈十月之交〉爲刺厲王而
作，至幷〈雨無正〉、〈小旻〉、〈小宛〉而言之，實大有可疑。《正義》申之，云：

> 以《序》皆言大夫，其文大體相類。〈十月之交〉、〈雨無正〉卒章，
> 說己留彼去，念友之意全同；〈小旻〉、〈小宛〉卒章說佈畏罪辜，恐
> 懼之心如一，似一人之作，故以爲當刺厲王也（同上）

以文之相類、似一人之作爲言，《正義》於鄭《箋》非無疑義也。鄭玄用緯說
解〈十月之交〉，並及〈雨無正〉等三詩一併更易；王《注》則依《傳》爲說，
謂此四篇正刺幽王（《正義》卷十二之二，頁 2 引），解詩遂有出入。

〈小雅・雨無正〉曰：「周宗既滅，靡所止戾。」

鄭《箋》：

> 周宗，鎬京也。是時諸侯不朝王，民不堪命，王流於彘，無所安定
> 也。（卷十二之二，頁 11）

王《注》曰：

> 周室爲天下所宗，其道已滅，將無所止定。（同上，《正義》引）

武王滅殷，遷都鎬京，謂之宗周。康成以此《詩》刺厲王，厲王暴虐奢傲，
終於臣民叛之，因出奔彘，鄭《箋》謂「宗周既滅，靡所止戾」記此事，則
以「周宗」爲「宗周」。王肅以此《詩》刺幽王，幽王殘虐無道，耽於荒樂，
棄先主累積之功業而不顧，故謂周室本爲天下所宗，然傳至幽王，其道已滅。
此鄭、王因信與不信緯說致說《詩》有別之證也。

〈十月之交〉刺厲或刺幽之問題，前人已論之。阮元《揅經室集》云：

> 大衍術日蝕議曰：〈小雅・十月之交〉，梁虞𠜱以術推之，在幽王六
> 年。……蓋自來推步家未有不與緯說異者。本朝時憲書密合天行，
> 爲往古所無，今遵後編法，推幽王六年十月朔，正得入交。（《皇清
> 經解》卷一○七○，頁 17）

〈十月之交〉：「十月之交，朔月辛卯」，此記日食事，歷來天文學者推得幽王
六年十月曾有日食，故知康成據緯說改易《毛傳》，實不可從。〈十月之交〉
刺厲王，其餘三詩亦當如是。如阮元所論，王《注》之言可從。

四、取用三家《詩》態度之歧異

王氏既藉《毛傳》復聖人元意，或以爲《毛傳》多得聖人之意，故凡鄭《箋》改字或釋義不從《毛傳》者，多不以爲然，則刪奪鄭《箋》易《傳》之處自爲其要務。然由於王肅之目的在得聖人元意，凡其以爲合於此意之《詩》說者，自可採用，故王肅除緯說外，並不排斥三家《詩》說，因而釋《詩》亦摻雜三家。故本小節擬分二部份，前者舉例以明鄭從三家而王氏據毛難鄭；後者則舉例以明王用三家以難鄭。

（一）鄭《箋》或以三家易毛，王《注》則據毛申說

1. 〈陳風・衡門〉：「泌之洋洋，可以樂飢」，《毛傳》：「樂飢，可以樂道忘飢。」

鄭《箋》：

> 泌水之流洋洋然，飢者見之，可飲以療飢，以喻人君愨愿，任用賢臣則政教成，亦猶是也。（卷七之一，頁7）

王《注》：

> 洋洋泌水可以樂道忘飢，巍巍南面可以樂治忘道。（正義卷七之一，頁7引）

此條是鄭《箋》不言其讀而但於訓釋中改其字以顯之之例，前人或因一時不察，遂多生歧解，茲略述如下：

「樂」，《釋文》一本作「療」，鄭《箋》直云：「可飲以療飢」，因謂鄭所從之本作「療」。《正義》云：

> 今定本作「樂飢」，觀此傳亦作「樂」，則毛讀與鄭異。

又說：「《箋》以經言『泌之洋洋，可以療飢』」云云，亦以爲經文原作「療飢」。此說清人頗以爲然。李黼平《毛詩紬義》云：

> 鄭云經破字必云當作某字，今箋不言，是鄭作《箋》時，經本作療也。（《皇清經解》卷一三三八，頁16）

嚴可均《唐石經校文》曰：

> 鄭直云「療飢」，不云「樂當爲療」，是經實作「療」，非鄭改字。（卷二，頁6）

因崇鄭之故，遂謂「療飢」即《毛詩》。李氏曰：

> 今汲古閣本經文作「樂飢」，是校書者據釋文本及定本改之，當改作

「瘵」。（同上）

然經文若原作「瘵」，則《毛傳》何以用「可以樂道忘飢」爲解？嚴可均遂謂：

　　疑引王肅、孫毓云，則「樂道忘飢」爲王肅語，後混入《毛傳》耳。

　　（同上）

以爲後人誤混王《注》入《傳》；至若盧文弨、臧鏞堂則變本加厲，以臆想爲事實，云：

　　《正義》引王肅、孫毓皆云可以「樂道忘飢」，是《傳》中「樂道忘飢」之言非毛氏本文，乃肅所私撰，而孫毓從之。

盧文弨亦以此句屬之王肅而議刪之。〔註22〕此因崇鄭貶王之心作祟，至不能得鄭《箋》改字之例故也。阮元《毛詩校勘記》於批評盧文弨之餘，並云：

　　鄭非於毛外別有本，但可易《傳》義耳，……《箋》不云「樂讀爲瘵」者，以「樂」爲「瘵」之假借，而於訓釋中改其字以顯之也。（《皇清經解》卷八四二，頁 10〜11）

此說可謂有見之言，可正前舉諸說之失。〈鄭風・山有扶蘇〉「山有喬松」《箋》云：「山有橋松」，視「喬」爲「橋」之假借，遂於訓釋中改字，此其顯例也。

　　再則或有謂經文本作「瘵」，「樂道忘飢」乃後人據王《注》混入或王肅竄改《毛傳》，其說亦不可靠。沈重云：「舊皆作『樂』字，晚詩本有作广下樂。」（《釋文》卷六，頁 1 引），若非沈言屬實，陸氏當有辨證，陸氏不言，可見作「瘵」是晚出之本，舊唯作「樂」而已，故謂王《注》錯亂經文，恐不足信也。且經文若原作「瘵飢」，王肅以申毛爲說，卻捨此而易以與經無涉之「樂道忘飢」釋《詩》，豈不乖離？孫毓撰《毛詩異同評》，細如王肅「巍巍南面」之說，猶且駁斥之，〔註23〕若王氏果有改經竄亂事，孫毓豈肯輕易放過。

　　經文本作「樂飢」，毛、王讀如字；鄭《箋》讀「樂」爲「瘵」，實本三家。《列女傳・賢明》篇與《韓詩外傳》引《詩》皆作「可以療飢」，劉向所

〔註22〕《龍城札記》「王肅解經故與康成異」條曰：「《正義》引王肅、孫毓皆云：『可以樂道忘饑』，是《傳》中樂道忘饑乃王肅所撰，而孫毓從之。『樂饑』二字本相連成文，乃今截『樂』字爲『樂道』；截『饑』字爲『忘饑』，毛公必不如是之支離也。」（《皇清經解》卷三八九，頁 7〜8）

〔註23〕王肅云：「洋洋泌水，可以樂道忘饑；巍巍南面，可以樂治忘亂。」孫毓難曰：「既巍巍矣，又安得亂？此言臨水歡逝，可以樂道忘饑，是感激立志慷慨之喻，猶孔子曰：『發憤忘食，不知老之將至云爾。』」（《正義》卷七之一，頁 7 引）

用爲魯詩,《說文》云:「療,治也。或從寮」,療者,「療」之或體,因知鄭
《箋》本魯、韓《詩》以易《傳》。《韓詩外傳》曰:「雖居蓬戶之中,彈琴以
詠先王之風,有人亦樂之,無人亦樂之;亦可發憤忘食矣。詩曰:『衡門之下,
可以棲遲。泌之洋洋,可以療飢。』」黃焯謂發憤忘食即「樂道忘飢」之意(《詩
疏平議》,頁 187)。《列女傳》:「君子謂老萊妻果於從善」陳奐曰:「從善即樂
道之意」(《詩毛氏傳疏》卷一二,頁 4),知魯、韓《詩》字雖異於毛,其義
則同。鄭氏雖據之改字,卻未從其義。

　　2. 〈小雅・常棣〉:「常棣之華,鄂不韡韡」,《傳》曰:「鄂猶鄂鄂然,言
外發也。韡韡,光明也。」

鄭《箋》:

> 承華者曰鄂,不當作柎,柎,鄂足也。鄂足得華之光明則韡韡然盛。
> 興者,喻弟以敬事兄,兄以榮覆弟,恩義之顯亦韡韡然。古聲不、
> 柎同。(卷九之二,頁 13)

王《注》:

> 不韡韡,言韡韡也。以興兄弟能內睦外禦,則強盛而有光耀,若常
> 棣之華發也。(《正義》卷九之二,頁 13 引)

鄭、王之異,在於鄭視「鄂」、「不」二字爲名詞,鄭以爲「鄂」者,萼之借
字,花萼也;「不」係「柎」字之誤,柎,鄂足也。王則視「不」爲語助詞,
且云「常棣之華發」,則「鄂」字承《傳》「外發」之訓,用以修飾常棣之花。
蔡邕〈姜伯淮碑〉:「有棠棣之華,萼韡之度」、〈彈棊賦〉:「萼不韡韡」,《藝
文類聚》引《韓詩》亦作萼,鄭《箋》花萼之訓正本魯、韓。詞語訓解不同,
興意自異,鄭謂花與萼足相互輝映似兄弟相互敬事榮顯之依存關係;王則謂
花之發放喻兄弟團結則強盛。《正義》據王《注》以說毛詩:「言兄弟和睦,
實強盛而有光輝也。」然棄其「不」字爲語詞之說,謂:

> 華鄂鄂然外發之時,豈不韡韡而光明乎?……兄弟眾多而相和睦,
> 豈不強盛而有光輝乎?

以反詰語氣釋之,則「不」有「豈不」之意。全句之大意雖與王無殊,然訓
解之取徑則不一。王引之《經傳釋詞》云:

> 「不」字乃語詞,鄂不韡韡,猶言「天之沃沃」耳。(《皇清經解》
> 卷一二一七,頁 3)

其說以「不」字無義,全句爲肯定語氣,似可申明王《注》。惟王引之於此等

例所收太廣，諸反詰句多以助詞無義說之，久爲楊樹達所駁耳。〔註24〕

又《正義》論鄭《箋》易《傳》之因曰：「以華之外發取眾多爲義，未若取相承爲喻，辭理切近。」其說似亦近，然鄭《箋》實有不妥，王引之又曰：

> 《詩》詠草木之華，皆直美其花之色，無以鄂足言之者。且韡韡光明，花色則然。鄂足隱在花下，安所見其韡韡哉！鄭亦知鄂足不得言韡韡，乃爲之說云：「鄂足得華之光明，則韡韡然盛」。迂回而難通矣。（同上，頁 3～4）

其說足以明鄭《箋》之不可從也。

（二）王《注》採用三家

1. 〈召南‧鵲巢〉：「之子于歸，百兩御之」，《毛傳》：「百兩，百乘也。諸侯之子嫁於諸侯，送御皆百乘。」（卷一之三，頁 13）

鄭《箋》：

> 御，迎也。是如鳲鳩之子，其往嫁也，家人送之，良人迎之，車皆百乘，象有百官之盛。

王《注》：

> 御，於據反，侍也。（《經典釋文》卷五，頁 6 引）

鄭以「迎」訓「御」，視「御」爲「迓」之借字，「御」假借爲迓，古書慣用。「御」之訓爲「侍」，如《書‧五子之歌》：「厥弟五人，御其母以從」、《商君書‧更法》篇：「孝公平畫，公孫鞅、甘龍、杜摯三大夫御於君。」皆訓「御」作「侍」，「御，侍也。」亦爲常訓。

《廣雅‧釋言》曰：「御，侍也」，王《注》與《廣雅》合，張揖習《齊詩》，王先謙《詩三家義集疏》因謂王肅用三家。《論語義疏》：「卑者在尊者之側曰侍」，依王說，「百兩御之」指女方以百輛之車隨侍在側，下章「百兩將之」《傳》：「將，送也」指女方以百兩之車送之，如此，遂有兩種可能：

（1）上文「御之」即下文「將之」，重複爲文，皆說明諸侯之女嫁於諸侯，送侍百輛。

（2）上下文各自成說，則諸侯嫁女送侍便有兩百兩之多。

考「百兩御之」《傳》「送御皆百乘」，顯合次章「將之」而總釋其義，既用「皆」字，則「送」、「御」各自爲說，以第二種假設近似。然《詩》之末章以「之

子于歸，百兩成之」作結，其《傳》云：「能成百兩之禮也」，若諸侯國爲嫁女一事出車二百兩，焉得僅謂之「成百兩之禮」？故知王說非傳意，當以鄭《箋》訓「御」作「迎」爲是。「百兩御之」指往迎之男方，〈韓奕〉篇：「韓侯迎止，百兩彭彭」，是諸侯百兩迎之之證；「百兩將之」指往送之女家，「送」、「御」指雙方相對舉動，故《傳》云「送御皆百乘」。雙方送迎各以車百輛，以成此美好之婚禮，故曰「百兩成之」。王《注》用三家述毛，恐不可從。

2. 〈衛風・氓〉：「桑之落矣，其黃而隕。」

鄭《箋》：

> 桑之落矣，謂其時季秋也。復關以此時，車來迎己。（卷三之三，頁4）

王《注》：

> 言其色黃而隕墜也，婦人不慎其行，至於色衰，無以自託。（《正義》
> 卷三之三，頁5引）

《易林・履之噬嗑》曰：「桑之將落，隕其黃葉。失勢傾側，而無所立」，〈泰之無妄〉、〈剝之震〉、〈小過之復〉同有此語。據王先謙等之考證，《易林》所用爲《齊詩》。「無所立」謂人失勢傾側，自立無所。王肅稱婦人色衰失勢以致見棄而自託無所，意同於此，是本《齊詩》以釋《傳》也。上章「桑之未落，其葉沃若」，王《注》不存，以此推彼，其或以未落與桑落喻婦人容色之盛衰。

桑之「未落」、「沃若」；「既黃」、「隕落」，鄭《箋》分別曰：「謂其時仲秋」；「謂其時季秋」，以之爲節候表徵。然秋季非桑葚時節，胡承珙《毛詩後箋》曰：

> 桑葚是孟夏時物，若謂沃若是仲秋，其時安得有葚，乃云「鳩以非
> 時食葚，猶女子非禮行嫁」，義殊迂曲。（卷五，頁18）

因首章「將子無怒，秋以爲期。」《箋》曰：「請子無怒，秋以與子爲期」，爲兩相呼應，遂用季節爲釋，謂：「復關以此時（季秋）車來迎己」，似過泥於「秋以爲期」一語。此《詩》記婦人，事桑乃婦人事，取桑之未落、既落喻容貌盛衰實較節候之喻爲優，王《注》據三家而釋，似較得之。

3. 〈小雅・斯干〉：「斯干，成王考室也。」

鄭《箋》：

> 考，成也。……宣王於是築宮廟群寢，既成而釁之，歌斯干之詩以
> 落之，此之謂成室。宗廟成則又祭祀祖先。（卷十一之二，頁2）

王《注》：

　　宣王修先祖宮室，儉而得禮。（《正義》卷十一之二，頁 2～3 引）

劉向〈昌陵疏〉曰：

　　周德既衰而奢侈，宣王賢而中興，更爲儉宮室、小寢廟。詩人美之，

　　斯干之詩是也。上章道宮室之如制，下章言子孫之眾多也。

宣王嘗有儉宮室、小寢廟之舉，然〈斯干〉非併美宣王築宮廟群寢，故劉向
特別申明「上章道宮室之如制」，其以〈斯干〉獨美宣王脩築宮室儉而中禮。
陳啓源《毛詩稽古篇》引之而曰：「寢廟并言，與鄭說相符」（《皇清經解》卷
七一，頁 14），恐非。楊雄〈將作大匠箴〉曰：「詩詠宣王，由儉改奢」、張衡
〈東京賦〉：「改奢即儉，則合美乎〈斯干〉」，薛綜《注》曰：「〈斯干〉，謂宣
王儉宮室之詩也」，以上皆《魯詩》說，俱稱美宣王儉宮室而已。又《漢書·
翼奉傳》曰：「亡復繕治宮館不急之費，歲可餘一年之蓄。必有五年之蓄，然
後大行考室之禮」，顏《注》引〈斯干〉爲証，翼奉習《齊詩》，則齊說同於
《魯詩》，王《注》或出於三家。

　　4.〈小雅·雨無正〉：「舍彼有罪，既伏其辜。若此無罪，淪胥以鋪。」

鄭《箋》：

　　鋪，徧也。言王使此無罪者見牽率相引而徧得罪也。（卷十二之二，

　　頁 10）

王《注》：

　　鋪，病也。（《經典釋文》卷六，頁 21 引）

《後漢書·蔡邕傳》：「下獲薰胥之辜」，李賢《注》引《詩》曰：「若此無罪，
勳胥以鋪」，曰：「……痛，病也。言此無罪之人而使有罪者相帥而病之，是
其大甚。見《韓詩》。」，王《注》曰：「鋪，病也」，說與《韓詩》同，或即
以爲說。《正義》則援引鄭《箋》述毛曰：

　　反舍彼有罪、既伏其辜者而不戮，若此無罪之人，王枉濫之，使牽

　　率相引而徧得罪。（卷十二之二，頁 11）

謂舍彼有罪，罪此無辜。焦循《毛詩補疏》以爲如此言，則「既伏其辜」四
字爲不詞矣。且「牽率相引」爲誰所牽率耶？因而重新申毛，曰：

　　當讀「彼有罪既伏其辜」七字爲一貫，若曰除有罪伏辜者不論外，

　　而無罪之人亦爲彼有罪者所牽率而遍入于罪。（《皇清經解》卷一一

　　五四，頁 13）

是說可以糾《正義》之誤。然猶有可說，「鋪」字取鄭《箋》爲說，非《毛傳》本義也。阮元、胡承珙、馬瑞辰俱取《詩三百》相類文句比較，以證鄭《箋》「鋪，徧也。」之非。﹝註25﹞〈小旻〉「無淪胥以敗」、〈抑〉「無淪胥以亡」皆與「淪胥以鋪」句式相同，如《箋》訓「鋪，徧也」，則徧與「敗」、「亡」之義不類，且〈江漢〉「淮夷來鋪」《傳》曰：「鋪，病也」，《毛傳》亦有訓「鋪」爲「病」之例。此處如從王《注》，「敗」、「亡」、「病」義近，謂無罪者亦爲有罪者所牽率而病苦，或較鄭《箋》得於《詩》旨。

5. 〈周頌·昊天有成命〉：「成王不敢康」。

鄭《箋》：

> 文王武王受其業，施行道德，成此王功，不敢自安逸。（卷十九之二，頁1）

王《注》：

> 成王，如字。（《經典釋文》卷七，頁24引）

《鹽鐵論·未通》：「周公抱成王聽天下，……《詩》云：『夙夜基命宥密』」，王先謙曰：「桓寬治《齊詩》，『成王』，即指其身，不以爲『成王功』」；《新書·禮容》篇引《詩》並釋之曰：「二后，文王、武王也。成王者，武王之子、文王之孫也」，王先謙謂賈誼時惟有《魯詩》，故《新書》，魯說。又《漢書·匡衡傳》亦引此《詩》，云：「昔者成王思述文武之道，休烈盛美皆歸之二后，而不敢專其名。」匡衡習《齊詩》，因知齊、魯《詩》皆以「成王」指其身。《釋文》稱王氏讀「成王」如字，則其以「成王」指周成王，不同於鄭《箋》之「于況反」。《國語·周語》叔向告單子之言全引此篇，韋昭《注》曰：「謂文武修己自勤，成其王功，非謂周成王身也。鄭賈唐說皆然」，韋氏因見有解作「周成王」者，故引鄭玄、賈逵、唐固諸人之言以證成己說。賈逵，古學大家；韋昭，治《毛詩》，所釋「成王」一詞皆同鄭《箋》，則王《注》或當出於三家。

〈周語下〉叔向引是《詩》，謂：

> 是道成王之德也。成王，能明文昭、定武烈者也。夫道成命而稱昊
> 天，翼其上也；二后受之，讓於德也；成王不敢康，敬百姓也。

「文昭」、「武烈」指「文王」、「武王」。依鄭《箋》，成此王功謂文武，以之

﹝註25﹞ 參看《揅經室集》（《皇清經解》卷一○七○，頁 24）、《毛詩後箋》卷一九，頁36、《毛詩傳箋通釋》卷二○，頁26。

施於「成王，能明文昭、定武烈者也」句，殊不可解。「成王」恐指周成王爲是。馬瑞辰《毛詩傳箋通釋》亦曰：

> 成王不自謂能受天命，而曰文、武受之，故以爲讓於德。若不指周
> 成王，則「二后受之」何謂讓於德乎？（卷二八，頁9）

鄭《箋》一派皆以「成王」爲謚號，《正義》亦同，故云：「此以太平之歌，作在成王之初，非是崩後，不得稱成之謚」，以「成王」爲謚號，遂據《箋》申毛，然「成」恐非謚號。李黼平《毛詩紬義》曰：

> 〈周書・酒誥〉馬融本「成王若曰」《注》云「言成王者未聞也，俗
> 儒以爲成王骨節始成，故曰成王。或曰：以成王爲少成二聖之功，生
> 號曰成王，沒因爲謚。」……生稱成王，馬融不信，然其說非全無本。
> 伏生《書傳》：「奄君蒲姑謂祿父曰：武王已死矣，成王尚幼矣。」《史
> 記・魯世家》周公戒伯禽曰：「我文王之子，武王之弟，成王之叔父。」
> 是漢初諸儒皆謂生稱成王。（《皇清經解》卷一三五二・頁9）

足證成王生時，時人因美其德，故以成號冠之。王《注》似較得之。

　　6.〈大雅・文王有聲〉：「詒厥孫謀，以燕翼子。」

鄭《箋》：

> 詒猶傳也。孫，順也。以之爲事，故傳其所以順天下之謀，以安其
> 敬事之子孫。（卷十六之五，頁14）

王《注》：

> 孫，如字。（《經典釋文》卷七，頁7引）

《後漢書・班彪傳》引《詩》而曰：「武王之謀遺子孫也」、《韓詩外傳》四：「周之子孫，苟不狂惑，莫不爲天子顯諸侯」末引此《詩》作結。王先謙以爲彪習《齊詩》，則齊、韓《詩》俱讀「孫」如字，王《注》從之。

　　「孫」字，《說文・段注》：「子卑於父，孫更卑焉，故引申之義爲孫順」，鄭《箋》即取其引申義。《禮記・表記》引《詩》，鄭《注》曰：「乃遺其後世之子孫以善謀，而安翼其子也」，從「孫」字本義爲釋，鄭注三禮多用今文《詩》說，此《注》一則可做爲今文說證，再則可見鄭氏注《禮》到箋《詩》見解上之轉變。後說較前說未必可取。陳奐《詩毛氏傳疏》曰：

> 上言「謀」，下言「燕翼」；上言「孫」，下言「子」，皆互文以就韻
> 耳。（卷二三，頁45）

以爲王《注》、鄭玄《禮注》較優。

　　觀鄭、王於訓詁方法及解說上之差異，實各有優點，亦各有局限。若欲自逐條考辨之結果論二者《詩經》學之優劣，實非易。蓋評斷立場不同，褒貶則異。就發明《傳》旨而論，王《注》大體從《毛傳》訓詁以衍申之，鄭《箋》容或破字、易字，說《詩》亦或有可與《毛傳》相成者。就得於《詩》旨而論，可發明《傳》意，未必合《詩》旨，則鄭《箋》別於《毛傳》且較之合理者，於發明《傳》旨上，固有其失；然於使《詩》義合乎情理上，則有其功。

　　訓詁方法及解說上形成之歧異，固難藉以伯仲二氏之《詩》學；思想觀念之歧異，尤為不可據以評第者也。以感生說為例，據今日科學立場衡量，王《注》得之，鄭《箋》則荒誕不經，惟以今日觀點議論古人思想觀念之是非，殊無意義，經學並非一成不變，所有轉變俱有其背景，與其以今議古而徒勞無功，不若考其差異形成之因，或較為穩安。

　　以鄭為準而擁鄭；以王為準而擁王，皆失公允。後世所以多擁鄭抑王，《正義》擇《箋》為《疏》及鄭《箋》以足本留存，自使其佔盡優勢；而歷史上學養與人品合一之要求，乃王肅之致命傷，此或亦間接助長擁鄭之勢。

　　子曰：「無求生以害人，有殺生以成仁」。「生」與「義」不可得兼，孟子曰：「舍生而取義者也」，此為儒家對士人志節之要求，以之為基礎，又發展出臣節，范曄曰：

> 夫稱仁人者，其道弘矣，立言踐行，豈徒徇名安己而已哉，將以定去就之節，正天下之風，使生以理全，死與義合也。夫專為義則傷生，專為生則騫義，專為物則害智，專為己則損仁。若義重於生，舍生可也；生重於義，全生可也。上以殘闇失君道，下以篤固盡臣節。臣節盡而死之，則為殺身以成仁，去之不為求生以害仁也。（《後漢書‧李杜列傳》）

「上以殘闇失君道，下以篤固盡臣節」足以說明歷史上逢遇政敗君昏時，儒者以為人臣事君必須奉守之原則。而臣節、士節亦成為後儒評價人臣、士人之準則。自漢王朝特意標舉五經，孔子與經書之非常關係，使其聖人地位自此確立不移。忠君、尊孔二事，儒者特重者也，王肅生平事跡，變節、作偽之嫌觸此大忌，遂受訾議，學養與人品雙重之要求，或使其學亦不免受貶抑。

　　司馬景王（司馬師）將廢帝，執意已定，方知會太后，終立高貴鄉公，司馬氏掌權專橫，於此可窺一二。王肅「持節兼太常，奉法駕，迎高貴鄉公

於元城」，後人以爲難脫黨司馬氏之嫌，皮錫瑞《經學歷史》曰：

> 兩漢經學極盛，而前漢末出一劉歆，後漢末生一王肅，爲經學之大
> 蠹。……肅女適司馬昭，黨司馬氏簒魏，但早死不見簒事耳。二人
> 黨附簒逆，何足以知聖經。

即據其黨附事以難其學。

《孔子家語》爲王肅僞造，自宋王柏《孔子家語考》、范家相《孔子家語證》迄陳士珂《孔子家語疏證》，眾人言之鑿鑿，似已成定論。造僞事因成眾矢之的。姚姬傳曰：

> 欲與鄭爭名，僞作古書，曲傅私說，學者由是習爲輕薄。

孫志祖曰：

> 說經而不尊信康成，宜大道歧而卮言出也。背康成由王肅；信王肅
> 由宋人。王肅之背經誣聖，由僞造《家語》、《孔叢子》及作《聖證
> 論》改易漢以上郊祀宗廟喪紀之制。

馬宗霍《中國經學史》曰：

> 康成既有重名，子雍以後進而思攘袂，恐不相勝，乃僞造《孔子家
> 語》……斯則欲蓋彌章，貽譏於後世耳。

皆謂子雍「背經誣聖」之「輕薄」行徑致遺譏後世。此其背聖造僞不見容後世例。

以上諸人之評，承繼歷史評價士人之傳統，俱以人品爲論斷學養之要素。擁鄭者據難王學，王學受此牽累，遂難復鄭學爭短長矣。

第五章　鄭《箋》、王《注》思想之主要區別

第一節　東漢經學家與讖緯思想

　　以陰陽五行、災異禎祥、符命說天人相感，是讖緯發展之基礎和主要思想。陳槃菴謂讖緯當「溯源於騶衍及其燕、齊海上之方士」(〈讖緯溯源上〉)，又云：

> 方士之思想、性行，綜而論之，特異之點，厥有五端……五者，詐偽是也。讖緯者，則方士詐偽成績之大結集也。(〈戰國秦漢間方士考論・方士之思想與性行〉)

讖緯之附會言論本為方士因應詐偽之需而生之便辭巧說。武帝頗好方術；〔註1〕又採用董仲舒「罷黜百家、獨尊儒術」議，方術與儒術皆其所喜，遂使方士與儒者結合。朝廷尊儒，方士為榮顯其身與固守其學，因「喜以儒學為文飾」；〔註2〕讖緯多談符應災異，為漢王朝之奪天下建立順應天命之依據，此

〔註1〕《後漢書・方術傳》：「漢自武帝頗好方術，天下懷協道藝之士，莫不負策抵掌，順居焉。」

〔註2〕武帝兼好方術與儒術，固為方士「喜以文學為文飾」之因，然《史記》附〈騶衍傳〉於〈孟荀列傳〉，則方士與儒術或本有關聯。《史記・孟子荀卿列傳》述騶衍學云：「以為儒者所謂中國者，於天下乃八十一分，分居其一分耳。……然要其歸，必止乎仁義節儉，君臣上下六親之施，始也濫耳」，呂凱《鄭玄之讖緯學》引之云：『既曰「以為儒者」，又曰「止乎仁義」，是為騶子之學，不得謂衍與儒家無干。其學之要歸既止乎仁義，則與孔孟之說何異。……太史公以騶衍附於〈孟荀列傳〉，似非無因，而騶衍之顯於諸侯，史公復以之與孔孟相比，苟其學無相同之處，史公竟以不類相較哉。由是推之，則騶衍之學，或與儒家有某點相通之處。……方士既襲騶說，而騶衍又與儒家有關，據此

亦王者所喜，儒者為投帝王所好，援引讖緯以說經，兩家因而雜揉合流，形成漢代經學之特色。陳槃菴即謂兩漢三國為讖緯盛行之時代。〔註3〕惟讖緯廣為流行，實有賴王莽泛用符命證明新朝之立為天意使然。〔註4〕故顧頡剛云：

> 這種東西是王莽時的種種圖讖符命激出來的。零碎的讖固然早已有了，但是具有緯的形式，以書籍的體制發表它的，決不能早於王莽柄政的時代。（《漢代學術史略》頁128）

則東漢政治、學界所以瀰漫濃厚讖緯之風，實由王莽導出。

《隋書·經籍志》云：

> 起王莽好符命，光武以圖讖興，遂盛行於世。……俗儒趨時，益為其學，篇卷第目轉加增廣。言五經者皆憑讖為說；唯孔安國、毛公、賈逵之徒獨非之，相承以為袄妄，亂中庸之典，故因漢魯恭王、河間獻王所得古文，參而考之以成其義，謂之古學。

一則說明王莽、光武起，讖緯大興，俗儒引以說經之泛濫；再則說明摻雜神秘虛妄之讖緯說經者為今文經學者，而非古文經學家。《詩經》學者兼治讖緯者，如翟輔，本〈傳〉曰：「四世傳《詩》，輔好老子，尤善圖讖（《後漢書·卷七十八》）；如景鸞，《後漢書·儒林傳》：「景鸞字漢伯，能理《齊詩》，兼受河洛圖緯，作《易》說及《詩》解，文句兼取河洛」；如薛漢，《後漢書·儒林傳》：「薛漢，世習《韓詩》，少傳父業，尤善說災異讖緯」，多為今文《詩經》學者。

今文學者說經固不免憑讖為說，即古文學對待讖緯之態度亦有歧異。《後漢書·鄭玄傳》：

> 會融集諸生考論圖緯，聞玄善算，乃召見樓上，玄因從質諸義。

馬融雖為古文學家，亦曉圖讖；而賈逵為尤有甚者，為求《左傳》立學官，竟不惜附會圖讖，於章帝時上奏曰：

> 五經家皆無以證圖讖明劉氏為堯後者，而左氏獨有明文。五經家皆言顓頊代黃帝，而堯不得為火德。左氏以為少昊代黃帝，即圖讖所謂帝宣也。如令堯不得為火，則漢不得為赤。其所發明，補益實多。

則「方士以喜文學為文飾」可謂有由矣。』（頁31～33）

〔註3〕〈論早期讖緯及其與鄒衍學說之關係〉，中央研究院歷史語言研究所集刊第二十三本。

〔註4〕詳參《漢書·王莽傳》。

　　（《後漢書》卷三六）

光武帝以「赤伏符」受命，〔註5〕謂漢爲堯後，《史記‧五帝本紀》曰：「黃帝崩，其孫昌意之子立，是爲帝顓頊」，顓頊接黃帝即位之說法爲五經學者所崇信，黃帝爲土德，顓頊於其後，則爲金德，而後高辛氏爲水德，堯繼高辛氏而有，爲木德，此說不但無以證圖讖，且或與圖讖所言衝突。《左傳》昭公十七年：

　　　黃帝氏以雲紀，……我高祖少昊氏摯之立也；鳳凰適至，故紀於
　　　鳥……自顓頊以來不能紀遠，乃紀於近。

於黃帝後、顓頊前插入少昊氏，在五德轉移上，從顓頊始皆須後移，於是堯乃火德，漢爲其後，自是火德，則光武帝受命「赤伏符」正順應天理。漢爲赤，雖於讖緯有徵，然經書若能補益讖緯，與之呼應，爲漢之取天下爲理所當然又尋得一有力之依據，自是章帝所樂見。章帝少好古學、〔註6〕《左傳》明言君臣尊卑之序；君主之喜好、經書內容符合鞏固政權之需要，固是提升古文經之要因，然賈逵深知帝王之心，明揭《左傳》與讖緯君權神授相符恐亦是章帝推廣古文學不可忽視之因。《後漢書‧張衡傳》：「往者侍中賈逵摘讖互異三十餘事，諸言讖者皆不能說」，則賈逵當爲熟悉讖緯而不迷信讖緯者，因其附會圖讖而蒙帝眷，後世遂譏爲「媚世」、「曲學阿世」，〔註7〕然其藉讖使時主重視古文經，在當時學術環境下，或者不失爲推廣古文經之捷徑。

　　賈逵附讖事件，同時反映出時主極度重讖之心態，否則賈逵無法由此貴顯。遍觀東漢帝王，似無一人不重讖。光武命群臣講圖讖，〔註8〕廣求天下通讖之人，〔註9〕甚至於中元元年宣佈圖讖於天下；〔註10〕明帝依讖緯制樂、〔註11〕

〔註5〕　《後漢書‧光武帝紀》：「同舍生彊華自關中奉赤伏符，曰：『劉秀發兵捕不道，四夷雲集龍鬥野，四七之際火爲主。』（章懷〈注〉曰：四七二十八也。自高祖至光武帝初起，合二百四十八年，即四七之際也；漢火德，故火爲主也。）群臣因復奏曰：『受命之符，人應爲大，萬里合信，不議同情，周之白魚，曷足比焉？今上無天子，海內淆亂，符瑞之應，昭然著聞，宜答天神，以塞群望。』光武於是命有司設壇場於鄗南千秋亭五成陌。」

〔註6〕　《後漢書‧賈逵傳》：「肅宗（章帝）立，降意儒術，特好古文《尚書》、《左氏傳》。」

〔註7〕　參戴靜山《梅園論學續集‧兩漢經學思想的變遷——詩經部分》。

〔註8〕　《後漢書‧朱浮傳》：「七年（光武帝建武七年），轉太僕，浮又以國學既興，宜廣博士之選。乃上書曰：『……臣浮幸得與講圖讖……』」

〔註9〕　《華陽國志》曰：「建武初，天下求通內讖二卷者，不得。」（卷十中）

〔註10〕《後漢書‧光武帝紀》：「是歲（中元元年）初起明堂、靈臺、辟雍，及北郊

於永平元年命以讖記正五經異說；〔註12〕章帝依之制禮、定曆、〔註13〕又仿石渠閣會議欲統一經說，使「永爲後世則」，因召開白虎觀會議，集諸儒講論經義爲「白虎通義」，其內容據金發根考證：

> 如果將白虎通義的文句和散引於各書的讖緯文句對照，幾乎各篇百分之九十的內容都出於讖緯。（《沈剛伯先生八秩榮慶論文集‧讖緯思想下的東漢政治和經學》）

可見諸儒阿附時主所好，援讖證經之泛濫。和帝以後諸帝，於其詔書亦屢稱引讖緯，〔註14〕亦反應諸帝好讖之態度。上有好者，下必甚焉。故其時鮮有不附讖之經學家，在讖緯神秘氣氛籠罩下之經學界，甚至如古文大家馬融、許慎亦精通讖緯。許慎著《說文》嘗引《禮》緯文；馬融則引《春秋》緯以注《尚書‧洪範》、引《易》緯以注《禮記‧檀弓》，此古文學家引讖緯注經例。

　　自劉歆以後，今古文經成爲相對之陣營，當今文家與讖緯結合，古文經學家應變方式，則有用讖，如賈逵者；有順流俗，偶引讖緯說經，如許慎、馬融者；有堅守立場，如鄭興、尹敏、桓譚與張衡者。《後漢書‧鄭興傳》：

> 帝嘗問興郊祀事，曰：「吾欲以讖斷之，何如？」興對曰：「臣不爲讖。」帝怒曰：「卿之不爲讖，非之邪？」興惶恐曰：「臣於書有所未學，而無所非也。」帝意乃解。興數言政事，依經守義，文章溫雅，然以不善讖，故不能任。

兆域，宣佈圖讖於天下。」

〔註11〕《後漢書‧曹襃傳》：「帝問制禮樂云何？充對曰：『河圖括地象曰：「有漢世禮樂文雅出。」尚書璇機鈐曰：「有帝漢出，德洽作樂，名予。」』帝善之下詔曰：『今且改太樂官曰太予樂，歌詩曲操，以俟君子。』」

〔註12〕《後漢書‧樊儵傳》：「永平元年，拜長水校尉，與公卿雜定郊祠禮儀，以讖記正五經異說。」

〔註13〕《後漢書‧曹襃傳》：「元和（章帝年號）二年下詔曰：『河圖稱：「赤九會昌，十世以光，十一以興（按自高祖起，章帝爲第十一代）。」尚書璇機鈐曰：「述堯理世，平制禮樂，放唐之文……」』此章帝據讖緯制禮之證。

《後漢書‧律曆志中》：「至元和二年，太初（按：太初，武帝年號。自太初元年始用三統曆）失天益遠，日、月宿度相覺浸多……遂下詔曰：『……祖堯岱宗，同律度量，考在璣衡，以正曆象，庶乎有益。春秋保乾圖曰：「三百年，斗曆改憲。」……今改行四分，以遵於堯，以順孔聖……」』此章帝依讖緯定曆證。

〔註14〕如殤帝延平元年六月詔書引佐助期文（《後漢書‧章帝紀》）、安帝永初六年詔書引圖讖（《後漢書‧馮異傳》）

同書〈儒林傳〉：

> 帝以敏博通經記，令校圖讖，使蠲去崔發所爲王莽著錄次比。敏對
> 曰：「讖書非聖人所作，其中多近鄙別字，頗類世俗之辭，恐疑誤後
> 生。」帝不納。敏因其闕文增之曰：「君無口，爲漢輔。」帝見而怪
> 之，召敏問其故。敏對曰：「臣見前人增損圖書，敢不自量，竊幸萬
> 一。」帝深非之，雖竟不罪，而亦以此沉滯。

同書〈桓譚傳〉：

> 是時帝方信讖，多以決定嫌疑。……譚復上疏曰：「臣前獻瞽言，未
> 蒙詔報，不勝憤懣，冒死復陳。愚夫策謀，有益於政道者，以合人
> 心而得事理也。凡人情忽於見事而貴於異聞，觀先王之所記述，咸
> 以仁義正道爲本，非有奇怪虛誕之事。蓋天道性命，聖人所難言也。
> 自子貢以下，不得而聞，況後世淺儒，能通之乎！今諸巧慧小才伎
> 數之人，增益圖書，矯稱讖記，以欺惑貪邪，詿誤人主，焉可不抑
> 遠之哉？……帝省奏，愈不悅。其後有詔會議靈臺所處，帝謂譚曰：
> 「吾欲讖決之，何如？」譚默然良久，曰：「臣不讀讖」，帝問其故，
> 譚復極言讖之非經。帝大怒曰：「桓譚非聖無法，將下斬之。」譚叩
> 頭流血，良久乃得解。

又同書〈張衡傳〉：

> 衡以圖緯虛妄，非聖人之法，乃上疏曰：「……立言於前，有徵於後，
> 故智者貴焉，謂之讖書。讖書始出，蓋知之者寡。自漢取秦，用兵
> 力戰，功成業遂，可謂大事，當此之時，莫或稱讖。……凡讖皆云
> 黃帝伐蚩尤，而詩讖獨以爲「蚩尤敗，然後堯受命。」……一卷之
> 書，互異數事，聖人之言，勢無若是，殆必虛僞之徒，以要世取資。……
> 宜收藏圖讖，一禁絕之，則朱紫無所眩，典籍無瑕玷矣。

尹敏譏評讖緯「近鄙別學」、桓譚冒死陳言讖緯非經，凡「奇怪虛誕」之事，
皆造僞之作、張衡力陳高祖之取秦，全由武力奮戰，實與讖緯無涉，三人
皆以讖緯非聖人所作，張衡且就讖緯矛盾處證之，皆欲人主抑遠或禁絕。
考東漢經學界反讖言論之興起，實與當時人文精神之復甦，對天之新認識
有關，如桓譚、張衡、王充即提出以自然天取代人格天之觀點（詳下文）。
既明東漢經學家與讖緯思想之關係，即可進而討論鄭玄箋《詩》時對待讖
緯之態度。

第二節　鄭《箋》之讖緯神學思想

鄭玄身處東漢學者紛紛以緯釋經之洪流中，學風所趨，亦精通讖緯。《後漢書·鄭玄傳·戒子益恩書》曰：

> 游學周、秦之都，往來幽、并、袞、豫之域，獲覲乎在位通人，處逸大儒，得意者咸從捧手，有所受焉。遂博稽六藝，粗覽傳記，時睹祕書緯術之奧。

《世說新語·文學》第四劉孝標〈注〉引《鄭玄別傳》曰：

> 玄少好學書數，十三誦五經，好天文占候風角隱術。……年二十一，博極群書，精歷數圖緯之言，兼精算術。

本〈傳〉所載，陳澧嘗申之曰：

> 六藝，則曰博稽；傳記，則曰粗覽；祕緯，則曰時睹；三者輕重判然。（《東塾讀書記》卷十五，《皇清經解續編》本）

讖緯較之於六藝固有輕重之別，其精通讖緯，終無可諱。讖緯之作用與經典之關係，鄭玄嘗於《六藝論》言之：

> 河圖、洛書皆天神言語，所以教告王者也。

既說「天神言語」，則鄭玄相信天、人之可以相感，河圖、洛書正天神下達之旨意，〔註15〕目的在藉以教告人主，讖緯既有督導監視時政之作用，焉可不治？《六藝論》又云：

> 六藝者，圖所生也。

聖人六經，生於圖讖，則六經原本圖讖。六經與讖緯關係如此密切，治經若不治讖緯則經義不能明，精研讖緯實發揚經義所必備。既知鄭玄以為讖緯於時政中當起之作用及六經與讖緯關係之態度後，便不難理解鄭玄大量注經之時，何以又大量注解緯書。〔註16〕既認定經與讖緯本是互通、互明，則注經

〔註15〕「讖」、「緯」、「圖」、「書」雖名稱不同，所指則一。顧頡剛《漢代學術史略》云：「（讖緯）在名稱上好像不同，其實內容沒有什麼大分別，實在說來，不過讖是先起之名，緯是後起的罷了。除了這兩名之外，還有圖和書。最早的圖書是什麼呢？他們說……河圖和洛書，一定是最古的讖緯，因此，讖緯裡以屬於河圖和洛的為最多，……因為有圖、有書、有讖、有緯，所以這些的總稱，或是圖讖、或是讖緯、或是讖記、或是緯書。」陳槃〈讖緯先後說〉云：「（讖緯）名義雖有先後之不同，而實則一而已已。古人不拘，義各有取，仍其本名，則曰河圖洛書；由其驗書，則曰讖；從其附經則曰緯，然則但取讖緯二名，亦足以賅其稱矣。」

〔註16〕鄭玄注緯書，數量繁多。詳可參李雲光〈鄭康成遺書考〉，香港聯合書院學報

注緯之際，或援經入讖、或援讖入經亦屬理所當然。

　　東漢後期古文學家雖偶有引讖緯以注解經書例，但讖緯之學是附於今文經學而發展，《隋書・經籍志》便稱經學者，如孔安國、毛公等人獨不取讖緯。鄭玄爲《毛詩》作注，自稱注《詩》「宗毛爲主」，容或時採三家《詩》說以補《毛傳》之不足，然於《毛傳》不取讖緯之平實精神不能保持，此固鄭玄受經與讖緯一體觀念之影響，於是，鄭《箋》乃時現神祕之讖緯色彩，不同於《毛傳》平實之《詩》說。讖緯之學簡言之，即是一種天人相感之思想，而漢時天人相感又與《詩經》中原始之天人相感思想有別。〈大雁・皇矣〉：

> 皇矣上帝，臨下有赫。監觀四方，求民之莫。……上帝耆之，憎其
> 式廓。乃眷西顧，此維與宅。（卷十六之四，頁 2）

〈大雁・文王〉：

> 文王在上，於昭于天。周雖舊邦，其命維新。有周丕顯，帝命不時。
> 文王陟降，在帝左右。（卷十六之一，頁 6）

〈周頌・昊天有成命〉：

> 昊天有成命，二后受之。成王不敢康，夙夜基命宥密。（卷十九之二，
> 頁 1）

凡此諸例皆表現單純之人格天對世間之約制與主宰，似未雜陰陽五行觀念。勞思光云：

> 五行觀念，本可視爲對宇宙萬物之元素之解釋，……但因加入一「天
> 人關係」之觀念，一切人事均以「五行」爲符號而論其盛衰演變，
> 且引生預言吉凶之說，遂與古代卜筮合流。（《中國哲學史・漢代哲
> 學》頁 13）

又云：

> 陰陽五行之說爲一切預言立一理論基礎，故言圖讖者必接受陰陽五
> 行之說。漢代經生對預言特別重視，因此無不喜言圖讖。陰陽五行
> 之說遂通過圖讖而深入人心。（同上，頁 16）

勞氏所謂陰陽五行結合天人關係再與經學結合之思想，即漢朝天人之學。注者所以明經，既明《詩經》中原始天人相感與漢代天人相感之差異，則凡《詩》中有關人格天之部份，鄭《箋》循原始天人相與思想解之者，皆爲明經，實不可謂鄭玄用神祕讖緯解《詩》。所謂鄭《箋》表現神祕讖緯色彩者，實指其

　　一期：呂凱《鄭玄之讖緯學》，臺灣商務印書館出版。

中夾雜漢代天人思想說《詩》部份，今取數例明之。

1. 〈小雅・十月之交〉：「十月之交，朔月辛卯。日有食之，亦孔之醜」，鄭《箋》曰：

> 周之十月，夏之八月也。八月朔日，日月交會而日食。陰侵陽，臣侵君之象。日辰之義，日爲君，辰爲臣。辛，金也。卯，木也。又以卯侵辛，故甚惡也。（卷十二之二，頁 2）

變不妄生，人道若悖於下，則效驗將見於天，臣侵君，而「日有食之」，正效驗之顯現。辛卯本用以計日，鄭《箋》以陰陽五行爲說，遂有「卯侵辛」之語，充滿神祕之意味。《毛傳》僅云：「之交，日月之交會。醜，惡也」，並無陰陽五行之神祕氣息。鄭氏此《箋》實援引讖緯解經，《詩推災度》曰：

> 十月之交，氣之相交。周十月，夏之八月。……及其食也，君弱臣強，故天垂象以見微。辛者，正秋之王氣；卯者，正春之臣位。日爲君，辰爲臣。八月之日交，卯食辛矣。辛之爲君幼弱而不明；卯之爲臣秉權而爲政。故辛之言新，陰氣盛而陽微，主其君幼弱而任卯臣也。（《毛詩正義》卷十二之二，頁 3 引）

此即鄭《箋》所本。

2. 〈周頌・思文〉：「貽我來牟，帝命率育。無此疆爾界，陳常于時夏」，鄭《箋》曰：

> 貽，遺；率，循；育，養也。武王渡孟津，白魚躍入于舟，出涘以燎。後五日，火流爲烏，五至，以穀俱來。此謂「遺我來牟」，天命以是循存后稷養天下之功，而廣大其子孫之國。無此封竟於女今之經界，乃大有天下也，用是故陳其久常之功，於是夏而歌之，夏之屬有九，《書》說烏以穀俱來云，穀紀后稷之德。（卷十九之二，頁 12）

《正義》曰：「武王渡孟津至以穀俱來皆《尚書》文」，《文選》李善《注》引《七略》曰：「武帝末，有人得〈泰誓〉於屋中者，獻之；與博士使讀說之」，鄭《箋》所引即漢壁內所出之〈泰誓〉。馬融曰：「〈太誓〉後得，案其文，似若淺露」，並舉五事證之，[註17] 此一漢出〈泰誓〉，馬融已疑其非眞。此僞〈泰誓〉得於武帝末年，其文充滿瑞應思想，鄭玄曰：

> 白魚入舟，天之瑞也。魚無手足，象紂無助；白者，殷正也。天意若曰：「以殷予武王」當待無助，今尚仁人在位，未可伐也。得白魚之

〔註17〕詳參《尚書正義》卷十一，頁 2～3。

瑞，即變稱王，應天命定號也。（《毛詩正義》卷十九之二，頁 12 引）

《尚書中候合符后》亦有白魚躍入王舟之符應說。鄭玄又曰：

> 後五日而有火爲烏，天報武王以此瑞。《書》說曰：「烏有孝名，武
> 王卒父業，故烏瑞臻；赤，周之正，穀記后稷之德。」（同上）

張逸嘗問禮《注》曰：「《書》說者，何說也？」鄭答云：「《尚書緯》也。當爲
注時在文網中，嫌引祕書，故所牽引圖讖，皆謂之說云」（《禮記正義》卷十，
頁 15 引），則此處「《書》說」與鄭《箋》所引之「《書》說」俱指《尚書緯》
文，據《正義》考爲《尚書旋璣鈐》之文，復見於《尚書中候合符后》（《尚書
正義》引）。僞〈泰誓〉之與緯書若合符節，恐係成於方術化儒生之手，鄭玄篤
信災異符驗，見《詩》曰：「貽我來牟」，來牟者，麥也，因取讖緯之穀瑞以注
《詩》。《毛傳》作：「牟，麥」當是「來牟，麥也」刪脫，[註18] 否則「來」字
費解，然並無神祕氣息。

3. 〈小雅・正月〉：「正月繁霜，我心憂傷。民之訛言，亦孔之將」，鄭《箋》
曰：

> 夏之四月，建巳之月，純陽用事而霜多，急恆寒若之異，傷害萬物，
> 故心爲之憂傷。訛，僞也。人以僞言相陷入，使王行酷暴之刑，致
> 此災異，故言亦甚大也。（卷十二之一，頁 9）

民之僞言，使王行酷政，天因降「恆寒」之災異予以懲戒。《漢書・五行志》
引《五行傳》「厥罰恆寒」釋之曰：「盛冬日短，寒以穀物，政迫促，故其罰
常寒也」，鄭《箋》釋《詩》正本《五行傳》中天人感應之思想。與《毛傳》：
「正月，夏之四月。繁，多也。將，大也。」大不相同。

4. 〈小雅・節南山〉：「不自爲政，卒勞百姓」，鄭《箋》曰：

> 昊天不自出政教，則終窮苦百姓，欲使昊天出圖書，有所授命，民
> 乃得安。（卷十二之一，頁 7）

圖書即指讖緯書河圖洛書之類。此謂幽王暴虐，欲天出圖書重新授命，易主
爲政。此正讖緯之思想。

5. 〈大雅・棫樸〉：「芃芃棫樸，薪之槱之」，鄭《箋》曰：

> 白桵、相樸，屬而生者。枝條芃芃然，豫斫以爲薪；至祭皇天上帝

[註18] 《說文》：「來，周所受瑞麥來麰也。二麥一夆，象其芒朿之形，天所來也，
故爲行來之來。《詩》曰：『詒我來麰』……」段玉裁《注》云：「《毛詩傳》
曰：『牟，麥也』，當是本作『來牟，麥也』……後人刪來字耳。」

及三辰，則聚積以燎之。（卷十六之三，頁 1）

《禮記・月令》「以共皇天上帝」《注》云：「皇天，北辰耀魄寶；上帝，太微五帝。」（卷十六，頁 9）此當與彼同，所謂耀魄寶、太微五帝，皆讖緯學下產物，《毛傳》僅云：「山木茂盛，萬民得而薪之；賢人眾多，國家得用蕃興」，並無祭祀皇天上帝及三辰之意。

6. 〈周頌・昊天有成命〉：「昊天有成命」，鄭《箋》曰：

昊天，天大號也。有成命者，言周自后稷之生而已有王命也。（卷十九之二，頁 1）

《正義》申《箋》曰：

以此郊天之歌，言其所感蒼帝，蒼帝非大帝，而云昊天，昊天與帝名同，故解昊天是天之大號，故蒼帝亦得稱之也。后稷以大跡而生，是天之精氣。中候苗興稱堯受圖書已有稷明在錄，言其苗裔當王。是周自后稷之生已有王命，言其有將王之兆也。

此亦展現讖緯思想之一例也。關於以緯入經一事，前人有所評論，朱彝尊《經義考》曰：

鄭玄出，集大成，有大功於經學，惟其意主博通，故於三統、九章、大傳、中候及易書、禮緯靡不有跡，然其箋傳，經自爲經，緯自爲緯，初不相雜第。蓋緯侯亦有醇駁之不同，康成所取特其醇者耳，災異神異之說未嘗濫及。（卷二三九）

此謂鄭玄取捨讖緯堅持唯取其醇的原則，未嘗濫及於雜駁者，而所謂雜駁者，即災異神異之說。徐養原《經義叢鈔》曰：

康成之信緯，非信緯也：信其與經義有合者耳。（《皇清經解》卷一三九）

謂鄭玄所取讖緯，必與經義合。鄭《箋》於讖緯之取捨確有原則，就今所見，取者多爲感生、受命六天帝之屬。即如此，實亦不脫「災異神異」之神秘氣息，若必謂經書不得雜有人情以外之解說，則鄭《箋》實難以精醇稱之。白魚入舟、感精而生諸論與後世所謂純粹之經義不合，朱、徐所評，恐非的論。王應麟曰：

鄭康成釋經，以緯書亂之。（《困學紀聞》卷四）

以《毛傳》之質樸衡之，所評差得其實。然謂其不能守《毛傳》則可，必推而言其「亂經」，則恐待商。今、古文經本爲兩種不同思想體系，鄭玄學貫今

古，合二者爲一，自不再視之爲對立思想，其融合處即表現在其注經雜糅今古之上，自無盡棄讖緯之理。故合緯入經，實鄭玄應有之表現，非其缺失，反見其融合之功也。

第三節　反對讖緯之內在因素

自西漢末年起，即陸續出現儒者反對讖緯、反對天命之言論，此種趨向於理性之思考態度，實根源於對天、對人之重新認識，此種觀點直可視爲荀學之承繼。

《史記・孟荀列傳》：

> 荀卿嫉濁世之政，亡國亂君相屬，不遂大道，而營於巫祝、信機祥。

荀卿之學起於治亂世之紛濁，巫祝、機祥即時弊之一，爲鍼時弊，荀卿提出應對之策，〈天論〉即其一。荀卿對天提出異於往昔儒者如孟子所言道德天之見解，而云：

> 列星隨旋，日月遞炤，四時代御，陰陽大化，風雨博施，萬物各得
> 其和以生：各得其養以成，不見其事而見其功，夫是之謂神，皆知
> 其所以成，莫知其無形，夫是之謂天。（〈天論〉）

其所謂天，實取其自然意義。日月星辰之運行有常，乃「不爲而成，不求而得」（〈天論〉），自然而然也。此天之常道，故天「不爲人之惡寒也輟冬」（同上）。天無意識，則機祥不可信，故云：

> 星隊木鳴，國人皆恐，曰：是何也？曰：無何也。是天地之變，陰
> 陽之化，物之罕至者也，怪之可也，而畏之非也。夫日月之有蝕，
> 風雨之不時，怪星之黨見，是無世而不常有之。（同上）

星墜木鳴、日月之食，俱天之自然現象，無關吉凶之兆，故可怪而不可畏。破除天人相感之迷信後，遂進而表明致吉凶者，惟人而已。荀子又云：

> 天行有常，不爲堯存，不爲桀亡，應之以治則吉，應之以亂則凶。
> 彊本而節用，則天不能貧；……修道而不貳，則天不能禍，故水旱
> 不能使之饑渴，……祅怪不能使之凶。本荒而用侈，則天不能使之
> 富；……倍道而妄行，則天不能使之吉，故水旱未至而饑……受時
> 與治世同，而殃禍與治世異，不可以怨天，其道然也。故明於天人
> 之分，則可謂至人矣。（同上）

堯桀興亡自取，非天爲之。世治，天災不可危；世亂，即無天災，亦將趨於滅亡，國之興亡吉凶，實人致之。明此天人之分，則將致力於人事。其云：

> 大天而思之，孰與物畜而治之；從天而頌之，孰與制天命而用之；
> 望時而待之，孰與應時而使之；……故錯人而思天，則失萬物之情。
> （同上）

言物雖生於天，實成於人。故君子當「敬其在己者，而不慕其在天者」（同上）。自然天之提出，一則斥天人之學，再則導出其重人事、制天用天之積極人文精神。

荀卿與諸經之關係，汪中云：

> 蓋自七十子之徒既歿，漢諸儒未興，中更戰國暴秦之亂，六藝之傳賴以不絕者，荀卿也。周公作之，孔子述之，荀卿子傳之，其揆一也。（王先謙《荀子集解》卷首引）

極推崇荀卿傳經之功。據汪中〈荀卿子通論〉、胡元儀〈荀卿別傳〉所考，《毛詩》，《魯詩》、《左傳》、《穀梁傳》、《二戴禮》俱其所傳，又通《韓詩》、《易》等，則漢之今古文經與其關係密切。雜讖入經之今文學，其發展實與荀卿所倡天人之分有別；古文之質樸，不取天人學說之精神，或荀學之裔孫。今文摻雜讖緯；古文說經平實，兩漢今古文之爭，若自另一方面言之，似亦可視爲天人之學與人文之學之爭，今古文之消長，或即爲天人、人文之消長。荀卿雖提出自然天之觀念，惟未詳申論，其云：

> 惟聖人爲不求知天。（〈天論〉）

知天之運行變化爲自然現象即可，聖人所致力者，但爲人事耳。重點落於人事，於自然天自不必詳細論證。迨至東漢讖緯之說猖獗，僅倡人文精神，已不足以相抗衡，對自然天需加論證以明其本爲無意志之天，故古文學者如揚雄、桓譚等紛紛著論以證天之自然，以用來做爲推廣人文精神之基礎，逮其與王充、仲長統等思想家結合，重人事輕天命遂漸蔚爲風氣。

揚雄生存於兩漢交際，其對天的概念至少有二種，自然天與道德天。〔註19〕同時並持有二說，固反應其對天之概念尚未釐清，然自然天之提出，在當時盛行讖緯之風氣下，無疑是一大進步。時人問揚雄曰：「雕刻眾形者，匪天與？」

〔註19〕《法言・孝至》：「無天何生，無地何成」、《法言・問道》：「吾於天與，見無之爲矣」，此二處表現生成意義自然天之觀念；《法言・學行》：「天之道不在仲尼乎」、《法言・修身》：「聖人樂天知命」，則表現道德意義之天。

雄答曰：「吾于天與，見無爲之爲矣。以其不雕刻也；如物刻而雕之，焉得力而給諸？」（《法言‧問道》）以「焉得力而給諸？」證天之無爲以破時人天雕刻眾形之觀念，此處對天之認識正取其自然意義。

類似揚雄之思想，於桓譚《新論》中亦可見到。桓譚嘗執渾天說以難揚雄蓋天說，〔註20〕可見其對天體運行有深入之認識，故天命以及祭祀則蒙福佑等諸說，〔註21〕俱不爲其所信。〈袪蔽〉篇曰：

> 余與劉子駿言養性無益，其兄子伯玉曰：「天生殺人藥，必有生人藥也。」余曰：「鉤吻不與人相宜，故食則死，非爲殺人生也。譬若巴豆毒魚、礜石賊鼠、桂害獺，杏核殺豬，天非故爲作也。」

劉伯玉，劉歆之姪。相信術士神仙之論，而謂人世間必有服之而可長生不死之藥，以爲天既降殺人之藥，以此推彼，則必有生人之藥，故信之不疑。其所知之天爲有意志之人格天，主控人間世事，此典型讖緯學說影響下所形成天人相感觀之顯例。桓譚不以其說爲然，以爲殺人藥實非天所生，乃物自生，毒草使人至死，因草性與人體不合，非天使之毒殺人，觀其蓋天說及不信祭祀蒙天佑諸論，則「天非故爲作也」之天實爲無意志之自然天，與時人對天之了解大異其趣。如此則災異之發生自可得合理之解釋，其云：

> 災異變怪者，天下所常有，無世而不然。（〈譴非〉）

災異既爲常有現象，無世不有，則讖緯學者藉自然災異所生附會之辭當然不可信。

擺脫災異之說後，遂轉而要求人君當勵精圖治，桓譚云：

> 逢明主賢臣、智士仁人，則修德善政、省職慎行以應之，故咎殃消亡，而禍轉爲福焉。（同上）

災異非天降之懲戒，乃是自然現象，但未必不可避免，若明主擇任賢臣，修明政教，則災異不但消亡，甚且轉禍爲福。並舉例云：

> 武丁有雊雉升鼎之異，身享百年壽；周成王遇雷風折木之變，而獲反風歲熟之報。（同上）

以證「轉禍爲福」於史有徵。其目的在突顯推行善政之重要性，然既譴責讖緯災異說之虛妄而鼓勵人主圖治，而不云圖治必國富民強，國富民強則足以應變；乃反謂圖治則「咎殃消亡，而禍轉爲福」，顯示其尚未完全擺脫天人相

〔註20〕參《新論‧離事》篇。
〔註21〕桓譚不信祭祀可蒙天福佑之例可參《新論‧識通》篇。

－109－

應思想之影響。此固新思想初起時必有之混雜現象。

考揚雄、桓譚對於天之觀念所以異於時人之故，肇因於對天文之興趣。《新論‧離事》篇兩度提及揚雄好天文，如上文所言，桓譚並嘗持渾天說以難揚雄之蓋天說，可知二人對天文知識之造詣。其後張衡反對讖緯，亦奠基於所掌握之豐厚自然科學知識。〔註22〕此古文學者論證自然之天，而推廣人文精神，以圖糾正天人感應風潮之事例。

其後王充等思想家亦思索天之問題，古文學派得此助力，故提倡人文精神之勢力得以壯大。

王充對揚雄、桓譚等人極為推崇，嘗謂「劉子政父子、揚子雲、桓君山，其猶文、武、周公，並出一時也。」〔註23〕尤其深受桓譚影響，《論衡》一書時時論及之，如云：

> 挾桓君山之書，富於積猗頓之財。(〈佚文〉)

> 世間為文者眾矣，是非不分，然否不定，桓君山論之，可謂得實矣。

> 論文以察實，則君山漢之賢人也。(〈定賢〉)

稱美如此，又云：「眾事不失實，凡論不壞亂，則桓譚之論不起。」(〈對作〉)，謂其論乃矯時蔽而起，《論衡》一書所傳達之思想，如因對天之認識而反對天人相感、反對天命，俱與桓譚之論相似。王充首先提出「天體」理論：

> 夫天者，體也，與地同。天有列宿，地有宅舍。宅舍附地之體，列宿著天之形。(〈祀義〉)

天無意志、為自然物質，猶地無意志、為自然物質，故天乃「自然無為」：

> 天動不欲以生物，而物自生，此則自然也。施氣不欲為物，而物自為，此則無為也。(〈自然〉)

如何得知萬物之生非天為之，係萬物自生自為，其承繼揚雄「天若雕刻眾形，焉得力而給諸」之說而加以說明：

> 何以知天之自然也？以天無口目也。案有為者，口目之類也。口欲食而目欲視；有嗜欲于內，發之於外，口目求之，得以為利欲之為也。今無口目之欲，于物無所求索，夫何為乎？(自然)

> 物，自然也。如謂天地為之，為之宜用手，天地安得萬萬千千手，

〔註22〕張衡反對讖緯，見本章第一節。《後漢書‧張衡傳》載其自然科學之成就，曰：「作渾天儀，著靈憲、筭網論。」

〔註23〕見《論衡‧超奇》篇。

並爲萬萬千千物乎？（〈自然〉）

萬物有所爲，因爲有耳、目器官，有所感故有所爲，以此驗天，天無口目將從何而感？且若天造萬物，萬物之數難以數計，豈見天有眾手而製作之？以人之有爲所應具備之條件檢視天，因知天無意志。有「天地合氣，人偶自生。」（〈物勢〉）之認識後，方知儒者所論「天地故生人」（同上）皆妄言也。

讖緯立論之根基既已爲某些較開明學者所攻伐，則架構其上之感生、符瑞、譴告災異等虛妄說亦隨之受到懷疑，王充一一駁斥之曰：

堯、高祖審龍之子，子性類父，龍能乘雲，堯與高祖亦宜能焉。……堯、高祖之母受龍之施，猶土受物之播也，物生自類本種，夫二帝宜似龍也。且夫含血之類，相與爲牝牡。牝牡之會，皆見同類之物，……今龍與人異類，何能感於人而施氣？（〈奇怪〉）

物皆同類交會，龍與人異類，則堯與高祖感生之說不可信。不徒二說，凡讖緯書所載諸如此類異說莫不皆然。〔註24〕對於天降瑞應的神秘，亦加以推翻：

吉人舉事，無不利者，人徒不召而至，瑞物不招而來，黯然諧合，若或使之。出門聞吉，顧眄見善，自然道也。文王當興，赤雀適來；魚躍鳥飛，武王偶見，非天使雀至，白魚來也，吉物動飛，而聖遇也。

蓋瑞物之來純爲偶然巧合，諸如《尚書中侯我應》、董仲舒〈對策〉謂文武受命於天，天藉雀與魚傳告，〔註25〕皆屬附會，殊不足取。瑞應之反面即爲災異，王充亦有駁斥：

論災異者，謂古之人君爲政失道，天用災異譴告之也。災異非一，復以寒溫爲之效。人君用刑非時則寒，施賞違節則溫。天神譴告人君，猶人君責怒臣下也。……曰：此類也。夫國之有災異也，猶家人之有變怪也；有災異，謂天譴人君，有變怪，天復譴告家人乎？……夫天道自然也，無爲；如譴告人，是有爲，非自然也。（譴告）

天道原本自然無爲，若謂天可譴告人，則天非自然。由此可證王充反對天降瑞應災異之說，然瑞應是否偶合？《論衡》一書所論卻前後不一，時而以爲偶合；時而稱揚瑞應，似猶無法完全擺脫天人相感之束縛，可見《論衡》一

〔註24〕詳參《論衡・奇怪》篇。

〔註25〕《尚書中侯・我應》：「周文王爲西伯，……赤烏銜丹書入豐郭，止於昌戶，王乃拜稽首受最曰：姬昌，蒼帝子，亡殷紂也。」此王充「赤雀」所本。董仲舒對策曰：「白魚入王舟，有火復於王屋，流爲烏，此蓋受命之符也。」此王充「魚雀烏飛」之謂。

書對於天人相感之駁難尚不徹底。〔註26〕

　　以上所述為學者反對讖緯之內在因素之一。學者藉逐漸豐富之自然科學知識廓清對天之概念，因此對天命說提出質疑，進而反對讖緯學。較之當時讖緯學之強勢，此種思想雖尚未茁壯，然對王肅復古之學之興起當有一定影響，實不容忽視。

第四節　王《注》之人文精神

　　鄭玄雜揉古今以成一家之學，當其極盛時，王肅駁其學而欲取代之，起因於幼習鄭氏學，尋其文責其實，頗感鄭學「義理不安，違錯者多」，因此重新注解經書，所云：

　　　　聖人之門方壅不通，孔氏之路枳棘充焉，豈得不開而闢之哉！

其目的乃在恢復聖學之原貌。考其攻擊鄭氏最烈者，厥在引緯入經事，蓋以讖緯說實非孔學本真，鄭學雖合同今、古，卻不能排除讖緯思想，顯然背離孔學義理，此其所以謂鄭學「義理不安，違錯者多」也。

　　王氏《詩》注，宋已散佚不全，前人戮力輯佚，僅得二、三百條，頗難反應其反讖思想之全貌，是以在論述王《注》之人文精神時，必先了解其有關天命之概念，以證其《詩》注中之反讖思想實出於理性思索，非為反對而反對。

　　王肅對天之意見可於《聖證論》與《孔子家語注》中見之。《經典釋文・序錄》云：「肅又作《聖證論》難鄭玄」，則《聖證論》為王肅一家之言，今佚，馬國翰、王謨俱有輯本。《孔子家語》一書，清人孫志祖作《家語疏證》、范家相作《家語證偽》，指出其割裂古書，如《國語》、《左傳》等之竄亂痕跡，似《家語》之為王肅偽造已成定論。但鄭徒馬昭嘗言：「家語，王肅所增加」（《禮記・樂記・疏》引）、「家語之言，固所未信」（《通志》卷九十一引），皆未顯斥王肅偽作。不論增補或偽作，王肅既為之作《注》，則《注》語自可視為王肅思想之表現，故今即據此二書，述其對緯書中太微五帝與五精感生說之意見。

　　《家語・五帝德注》曰：

〔註26〕可參閱李偉泰《漢初學術及王充論衡述論稿》〈反對災異說與頌揚漢朝瑞應〉節，長安出版社。

一歲三百六十日，五行各主七十二日也，化生長育，一歲之功，萬
物莫敢不成。五帝，五行之神，佐天生物者。而讖緯皆爲之名字，
亦爲妖怪妄言。

讖緯家以蒼帝、赤帝、黃帝、白帝、黑帝爲五天帝，並具有人格意志，且冠
以名字：蒼帝靈威仰、赤帝赤熛怒、黃帝含樞紐、白帝白招拒、黑帝汁光紀。
五天帝之上又有天皇大帝耀魄寶，王肅以此爲妖怪妄言。認爲天有木、火、
金、水、土五行，此五種物質，化生長育。又云：

天至尊，物不可以同其號，亦兼稱上帝。上天以其五行佐成天事，
謂之五帝，以地有五行而其精神在上，故亦爲上帝。(《家語・五帝
注》)

地亦有五行，因此地與天同爲上帝，天地間之五行化萬物。《家語・五帝》
篇云：

古之王者易代而改號，取法五行。五行更王，終始相生，亦象其義。
故其爲明王者而死配五行，是以太皞配木，……黃帝配土，……五
行佐成上帝而稱五帝，太皞之屬配焉，亦云帝，從其號。

《注》云：

法五行更王，終始相生，始以木德王天下。其次以生之行轉相承。
而諸說乃謂五精之帝下生王者，其爲蔽惑無可言者也。

以爲五行佐天，因稱五帝，明王生時法五行，故死後配五行，因亦得以稱五
帝。而讖緯家乃在五帝之上造五精之帝，謂王者之先祖皆感五天帝之精而生，
實是妄言。是王肅所理會之天，或不具人格意志。《禮記・祭法・疏》引《聖
證論》曰：

《聖證論》以此「禘黃帝」是宗廟五年祭之名，故〈小記〉云：「王
者禘其祖之所自出，以其祖配之。」謂虞氏之祖出自黃帝，以祖顓
頊配黃帝而祭，故云「以其祖配之」。依五帝本紀，黃帝爲虞氏九世
祖；黃帝生昌意，昌意生顓頊，虞氏七世祖。以顓頊配黃帝而祭，
是「禘其祖之所自出，以其祖配之」也。

顧頡剛以爲：「這話看來似乎很平常，但實際是針對了鄭玄的感生說而講的」
〔註27〕其言可從。鄭玄《尙書大傳注》曰：

凡大祭曰禘。……大祭其先祖所由生，謂郊祀天也。王者之先祖皆

〔註27〕《中國上古史研究講義・孔子家語五帝篇》，頁350。

感太微五帝之精以生，蒼則靈威仰、赤則赤熛怒、黃則含樞紐、白則白招拒、黑則汁光紀，皆用正歲之正月郊祭之，蓋特尊焉。

鄭玄以為王者先祖皆感太微五帝而生，因此「禘祭」乃祭先祖之所從出；王肅不信感生說，以為王者之先祖為人所生，因易「禘祭」為祭祖之義。既知王肅與鄭玄對天之見解有別，則可知其表現於〈生民〉、〈玄鳥〉、〈長發〉等篇中之反讖思想實乃架構於對物質天之認識上。王充所作《論衡》，當時中土未有傳者，王朗為會稽太守，嘗得其書，受益匪淺，〔註28〕王朗與《論衡》既有此一關係，則王肅對物質天之認識或深受《論衡》之啟發。

馮友蘭《中國哲學史》云：

古文家之經學，其說經不用緯書、讖書，及其他陰陽家之言，一掃當時非常可怪之論，使孔子反於其師之地位。此等經學家，實當時之思想革命家也。

戴靜山亦以為古文學本是較「平凡的、實在的，合乎情理的經說」（《梅園論學集・兩漢經學思想的變遷》），是則王肅之說可視為對今文經奇怪之論之反省。今古文相爭，促成鄭玄融合今古文經為一爐之說經方式。大體而言，今文學混雜讖緯思想，鄭玄注經屢取讖緯，其所建立之一家《詩》學，顯係掌握今文經學之神髓。王肅則力倡恢復《毛詩》之主體精神，主要用意即在掃除鄭《箋》說《詩》違反人情常理之部分，使經說復歸於合理。則其建立之一家《詩》學，實以古文學之人文精神為本，此一精神既為其所掌握，說《詩》遂不復斤斤計較於必從《毛傳》，故其《詩注》亦兼採三家。

五帝非天神感生，則讖緯所強調之天人關係或不可依恃，減輕對天之依賴，自然轉而注重人事，此即「不言天而言人」（同上）之古文學精神。今略舉數例明之。

1. 感生之說，不外藉異於常人之神奇誕生以證人主之興實由天授。如此則易忽略人主自身之努力。稷、契之興，非由天授也，因此，王肅《毛詩奏事》云：

稷、契之興，自以積德累功於民事，不以大跡與燕卵也。（《正義》卷十七之一・頁9引）

讖緯之風不因改朝換代而寢息，曹魏亦賴之以取漢室，〔註29〕且藉讖緯以鞏

〔註28〕參《後漢書・王充傳・注》所引《袁山松書》。
〔註29〕詳參《三國志・魏志・文帝紀・注》引《獻帝傳》所載禪代眾事。

固權勢，當此之際，王肅上此奏事，實別具深意焉。

　　2.〈周頌・昊天有成命〉：「夙夜基命宥密」，王《注》曰：

　　　　言其修德常如始。易曰：「日新之謂盛德」。（《正義》卷十九之二，

　　　　頁2引）

稱人君修德行仁政始終如一，修德出於自覺，不待外力干涉。鄭《箋》則云：

　　　　早夜始順天命，不敢解倦，行寬仁安靜之政，以定天下。

謂人君受制於天，故不敢不行寬仁之政，此種天人相感之思想，與王《注》
著重於人本身之訴求頗有差距。

　　3.〈魯頌・閟宮〉：「是生后稷，降之百福，黍稷重穋，稙稺菽麥」，王《注》：

　　　　謂受明哲之性，長於稼穡。（《正義》卷二十之二，頁3引）

后稷受聰明睿哲之天性，專長於農作，播種百穀而得以大熟，此后稷以其專
長施於農事之結果。王肅解《詩》顯然淡化上天之主宰能力，而著重於人爲
之因素，與鄭《箋》之「天神多與之福，以五穀終覆蓋天下」，強調天之主宰
能力之態度不同。

　　戴君仁云：「即使從思想上看，毛詩的經說，也是用平易近人的經說，來
改變三家詩的神話性的經說。」（同上），平易近人，不雜讖緯原爲《毛詩》
特色，鄭玄箋《詩》受讖緯思潮之影響，雖言宗毛，實不以爲《毛詩》之主
體精神得於經旨，王《注》因而興起。王肅之反鄭，起因於對天人關係之重
新思辨，承繼東漢以來雖未大盛，卻持續不斷之理性反讖風氣，輕天命而重
人事，再度以平實之態度解《詩》，此種人本之復古精神，自當予以肯定。

　　王肅雖承繼東漢以來「人事爲本，天道爲末」（《群書治要》卷四十五引
仲長統之言）之人文精神，唯其一如王充等人，亦無法全然剔除符應思想。《三
國志・王肅傳》曰：

　　　　時有二魚長尺，集於武庫之屋，有司以爲吉祥。肅曰：「魚生於淵而
　　　　亢於屋，介鱗之物失其所也。邊將其殆有棄甲之變乎？」

《太平御覽》卷五百八十九：

　　　　王肅答詔問瑞表曰：「太和六年，上將幸許昌，過繁昌，詔問受禪碑
　　　　生黃金白銀應瑞否？肅奏以始改之元年，嘉瑞見忽踐祚之壇宜矣。」

《孔子家語・問玉注》：

　　　　有事將至，必有兆應之者也。

皆可爲證。然王肅尚殘存感應思想，其重人事之精神，卻未曾因而稍衰。《王

肅傳》曰：

> 是歲，白氣經天，大將軍司馬景王問肅其故，肅答曰：「此蚩尤之旗也，東南其有亂乎？君若修己以安百姓，則天下樂安者歸德，倡亂者先亡矣。」

天以白氣經天示警人世將有亂象，王肅以爲君若修德以安百姓，則可以掩亂。此正「人事爲本，天道爲末」之人文精神。《孔子家語·五儀解》：「天災地妖，所以儆人主者也；寤夢徵怪，所以儆人臣者也。災妖不勝善政；寤夢不勝善行，能知此者，至治之極也。」王肅無《注》，其當同意災妖寤夢不勝善政善行之論，此亦可爲王肅「輕天道，重人事」之旁證也。

第六章　鄭、王《詩經》學之流衍（一）
——二派之爭較

　　鄭氏《詩》學起於東漢末年，其初未見有反對之論著，三國始有起而抨擊者，於魏有王肅，前已屢言之矣。王肅之後，二家學說，互相詰難，頗不乏人。《經典釋文・序錄》「注解傳述人」云：

> 鄭玄作《毛詩箋》，申明毛義難三家，於是三家遂廢矣。魏太常王肅
> 更述毛非鄭；荊州刺史王基駁王肅申鄭義。晉豫州刺史孫毓爲《詩》
> 評，評毛、鄭、王肅三家異同，朋於王；徐州從事陳統難孫申鄭。

此一辯難風潮，似由王肅帶動，王基、陳統黨於鄭；孫毓又朋於王。陳統、孫毓俱爲晉人，二人而後，亦未見典籍續載二派辯難事，則此一辯難當大盛於魏晉。茲述其大要。

第一節　王基難王肅

　　王基，字伯輿，魏東萊曲城人。歿於景元二年（西元 261 年），年七十二。王肅則歿於甘露元年（西元 256 年），年六十二。兩人年歲相當，王學興起時，王基已持鄭學與之抗衡矣，本〈傳〉曰：

> 散騎常侍王肅著諸經傳解，及論定朝儀，改易鄭玄舊說，而基據持
> 玄義，常與抗衡

《隋書・經籍志》稱魏司空王基撰《毛詩駁》一卷，殘闕，梁五卷，據本〈傳〉，此書當針對毛《詩》而有；又有《毛詩答問》、《駁譜》，合八卷，亡。《毛詩駁》一書，《隋志》所見已殘缺不全，最後見載於《新唐書・藝文志》。今殘

文散見於《毛詩正義》與《經典釋文》，馬國翰《玉函山房輯佚書》有所輯錄。

馬氏於輯《毛詩駁》序云：

> 其說依鄭駁王，具有根柢。

頗肯定此書之價值。侯康補《三國藝文志》曰：

> 案基說之載於孔《疏》者，如采采苤苢一條，駁王肅出於西戎之說；充耳以素一條，駁肅玄紞無五色之說；侵鎬及方一條，駁王肅鎬京之說；不自爲政一條，駁王肅人臣不顯諫之說，皆極精當。惜全書久佚，可考見者無多也。

亦稱王基之駁精當。簡博賢考〈齊風・著〉「充耳以素」一條，以爲王基「逞臆肆辯」（《今存三國兩晉經學遺籍考》頁 272）。遂謂侯康：

> 習聞鄭學遺緒，而不辨異同之說；遂謂王基所駁，說皆精當。竊恐不足以服窮經之士也。（同上）

侯康所言是否皆當，固待商榷，然謂王基之駁爲「逞臆肆辨」，乃至「虛文演駁」（同上，頁 271），「非能稽考有徵」，恐亦難服侯康之心。

按〈齊風・著〉：「充耳以素乎而，尚之以瓊華乎而」，鄭《箋》云：

> 我視君子則以素爲充耳；謂所以懸瑱者，或名爲紞。織之人君五色，臣則三色而已。此言素者，目所先見而云。……飾之以瓊華者，謂懸紞之末，所謂瑱也。（卷五之一，頁 8）

鄭《箋》以爲素色絲繩（紞）懸以瓊華美石（瑱），總謂之充耳。〔註 1〕紞，雜色爲之，〈著〉三章分別曰「素」、「青」、「黃」，此就先見素紞、再見青紞、三見黃紞而言也。《國語》云：「王后親織玄紞」，王肅持以難《箋》，曰：

> 天子之玄紞，一玄而已。何云具五色乎？

既云「玄紞」，則當僅一玄色而已。以此駁鄭《箋》彩色「紞」之說。王基欲申鄭，則紞爲彩色，及玄紞不止一色爲其必須解決之問題，故其駁曰：

> 紞，今之絛。豈有一色之絛？色不雜不成爲絛。王后織玄紞者，舉夫色尊者而言之耳。（《正義》卷五之一，頁 9 引）

簡博賢評鄭《箋》曰：

> 鄭《箋》謂瑱又名紞，是謬於名而失於實矣。……紞而云織，明其所以垂瑱；非充耳之瑱也。（同上，頁 271）

〔註 1〕《左傳・桓公二年》：「衡、紞、紘、綖」，楊伯峻《春秋左傳注》：「紞，懸瑱之繩，織線爲之……下懸以瑱，……紞與瑱皆可謂之充耳。」

簡氏誤引鄭《箋》作「謂所以懸瑱者，瑱或名爲紞」，下衍「瑱」字，所引既誤，乃有「鄭《箋》謂瑱又名紞」之評，實則，「或名爲紞」就上文「素」（素色絲繩）字而言。非謂瑱也。

簡氏復評王基曰：

> 王基但持鄭義，虛文演駁；甚無謂也。考廣韻絛字下云：「編絲繩也。」
> 編絲成帶爲絛，以絛垂瑱，始名爲紞。蓋絛爲組紃之通名，紞則垂
> 瑱之專號；以紞爲絛，是猶執絲竹爲管弦；而管弦豈絲竹乎哉？王
> 基云：「紞，今之絛」。開宗明義，已乖立名之體；餘皆等檜之論矣。
> （同上）

「紞」既非「瑱」，則此一推論自亦難成立。然王基之駁，尚有可議，《國語》「王后親織玄紞」，恐不能如王氏訓爲五色之絛也。

〈小雅・六月〉，宣王北伐之《詩》，君王是否親征爲鄭、王二派爭議之焦點。王基駁子雍曰：

> 〈六月〉，使吉甫；〈采芑〉，命方叔；〈江漢〉，命召公，唯〈常武〉
> 宣王親自征耳。（正義卷十之二，頁2引）

未能言何以非宣王親征，可見王基「非能稽考有徵」，僅爲維護鄭學而強爲說詞，是則簡氏之評雖有瑕疵，然謂王基未達「論駁之作，貴於徵實有證」之準則，亦不無道理。

《毛詩駁》又有曲解王《注》之弊。王肅上奏陳鄭玄感生說之謬：

> 且不夫而育，乃載籍之所以爲妖，宗周之所喪滅。（《正義》卷十七
> 之一，頁9引）

王基駁曰：

> 誠如肅言，神靈尚能令二龍生妖女以滅幽王；天帝反當不能以精氣
> 育聖子，以興帝王也。此適所以明有感生之事，非所以爲難。肅信
> 二龍實生褒姒，不信天帝能生后稷。是謂上帝但能作妖，不能嘉祥；
> 長於爲惡，短於爲善。肅之乖戾，此尤甚焉。（《正義》卷十七之一，
> 頁9引）

王肅斥「不夫而育」之時，兼引妖女褒姒滅幽王之說，一併斥之云：「且不夫而育，乃載籍之所以爲妖，宗周之所以喪滅」。王基不知其意，以爲王肅「不夫而育」，卻又信妖女滅宗周，分明自相矛盾，因而難之。既已先誤解王《注》，所難自亦失當。正簡氏所謂「前提已謬，申駁皆失」也（簡書，頁274）。

　　唯自外在學術環境及王基本身偏善軍功觀之，前述局限似難避免。其時王學初起，鄭徒汲汲爲護鄭而斥之，或未深入了解王學，但爲駁斥而駁斥，難免情緒反應。加以新學成立之初，原本雄據學界之舊派學者起而反對，若非本身博學宏通，此種流於意氣之缺失尤其易見。如漢代今文學者面對初起之古文學，實亦多意氣之爭。據王基本〈傳〉，王氏雖屢持玄義與王肅抗衡，然史傳但善其軍功，對其治學之事鮮少著墨。則或非以學者視之。王氏學養或有未足，加以身逢王學初起之時，固難擺脫主觀之批判態度，以此，《毛詩駁》一書不免有所疏漏。然亦未必全爲糟粕，今存十五節，即不少能就《詩》本文或引他經以駁王《注》，雖持據稍嫌薄弱，但不可不謂稽考有徵。如：

　　〈鄘風・干旄〉「良馬五之」（按：鄭《箋》、王《注》原文前已俱引），王《注》以爲殷制三馬五轡，〈干旄〉用古制，「五」指三馬之轡數，異於鄭《箋》謂「五」就馬數而言。王基駁曰：

　　　　〈商頌〉曰：「約軝錯衡，八鸞鏘鏘」，是則殷駕四不駕三也（《正義》
　　　　卷三之二，頁6引）

王基所據爲〈商頌・烈祖〉。「鏘鏘」，《正義》作「鶬鶬」，《釋文》曰：「鶬，七羊反。本又作鏘」，則《毛詩駁》同於《釋文》所見之另本。八鸞則四馬，〈商頌〉爲商《詩》，商制非駕三，於《詩》文有徵，因知王《注》爲非。

　　〈小雅・六月〉：「侵鎬及方」，鄭《箋》云：

　　　　鎬也、方也，皆北方地名。（卷十之二，頁5）

王《注》云：

　　　　鎬，京師。（同上，《正義》引）

毛於「鎬」字無《傳》，鄭、王各自爲說，《毛詩駁》曰：

　　　　據下章云：「來歸自鎬，我行永久。」言吉甫自鎬來歸，猶春秋「公
　　　　至自晉」、「公至自楚」，亦自晉、楚來歸也。故劉向曰：〔註2〕千里
　　　　之鎬，猶以爲遠，鎬去京師千里。長安、洛陽代爲帝都，而濟陰有
　　　　長安鄉；漢中有洛縣，〔註3〕此皆與京師同名者也。（《正義》卷十
　　　　之二，頁5引）

王基以〈六月〉第六章曰：「來歸自鎬」，句型同《春秋》「公至自晉」，謂自遠處來歸，因知「鎬」非「鎬京」，此就經證經，以斥王《注》之非。《漢書・

〔註2〕「劉向曰」本作「知嚮曰」，據《阮校記》改。
〔註3〕「漢」下本無「中」字、「洛」下本有「陽」字。據《阮校記》改。

陳湯傳》，劉歆稱鎬地去長安千里。則周之邊區亦有名曰「鎬」者，此用古人說以見鄭《箋》有所本。而長安鄉、洛縣皆有與京師同名之實例，以之駁王《注》必稱「鎬」爲京師之蔽，所駁自有理據。

〈小雅·節南山〉：「不自爲政，卒勞百姓」，鄭《箋》有「欲使昊天出圖書，有所授命」云云；王肅《注》駁以：「人臣不顯諫」，「況欲天更授命」？以爲人臣進諫，不顯諫爲其原則，豈有寓寄「欲使天更授命」義於《詩》之理？蓋鄭《箋》所云，乃針對君主一人而發，謂其不堪爲王，冀天易姓掌國。以人情言之，其言實屬大逆不道，非人臣當言，故王肅不以鄭《箋》爲然。王基以經證經，批駁王《注》云：

> 「臣子不顯諫」者，謂君父失德尚微，先將順風喻；若乃暴亂將至危殆，當披露下情，伏死而諫，焉得風議而已哉？是以西伯戡黎，祖伊奔告於王曰：「天已訖我殷命」。古之賢者切諫如此，幽王無道將滅周京，百姓怨王，欲天有授命，……此正與祖伊諫同（《正義》卷十二之一，頁7～8引）

〈西伯戡黎〉祖伊奔告紂王，此直接責難紂王之辭。事有大小輕重之別，人臣勸諫理應依事而異其方式，幽王無道，勢同商紂，人臣百姓怨懟，遂欲天重新授命，人臣切諫於古有徵，故王基引之證鄭《箋》未必不可。立場不同，說解自異。子雍著眼於君臣之節；王基則就人臣忠君之道立說，實各有理據。

觀上述諸例，侯康稱《毛詩駁》四條「皆極精當」雖爲溢美之辭；而簡博賢謂王基「非能稽考有徵」亦嫌失當。

《毛詩駁》全貌雖不可得見，然觀其殘文，是書雖以鄭說爲圭臬，且頗疏漏，然亦有一己之主見，非全然盲目從鄭者。今舉一例以爲證。

〈小雅·鼓鍾〉：「鼓鍾將將，淮水湯湯，憂心且傷。」《傳》曰：「幽王用樂不與德比，會諸侯于淮上，鼓其淫樂以示諸侯，賢者爲之憂傷。」鄭《箋》曰：

> 爲之憂傷者，嘉樂不野合，犧象不出門。今乃於淮水之上作先王之樂，失禮尤甚。（卷十三之二，頁1）

鄭玄旨在申明《毛傳》「爲之憂傷」，所以憂傷，肇因於作先王樂於非所，此即《毛傳》「淫樂」之謂。王基則曰：

> 所謂淫樂者，謂鄭衛桑間濮上之音，師延所作新聲之屬。（同上，《正義》引）

《禮記·樂記》:「桑間濮上之音,亡國之音也。」王基據之以解《毛傳》「淫樂」,謂淫樂者,當就音樂本質言,如師延所作靡靡之音之類。與鄭《箋》所釋大異,可見其亦自抒己見,非一味附從鄭《箋》也。態度雖可取,唯此例頗有可商。胡承珙(《毛詩後箋》)曰:

> 《傳》言「幽王用樂不與德比」,此正與二章「淑人君子,其德不猶」
> 相對,謂其用先王之樂,而不知比於先王之德,即蘇氏《詩傳》所
> 謂「樂是人非」。

與二章對照,《毛傳》實非就音樂本質言,王基之言有其偏失不妥之處。

王肅曰:

> 凡作樂而非所,則謂之淫。淫,過也。幽王用樂不與德比,又鼓之
> 於淮上,所謂過也。桑間濮上亡國之音,非徒過而已。(正義卷十三
> 之二,頁 1 引)

就語氣上觀之,「桑間濮上王國之音,非徒過而已」係針對王基「淫樂」之解而有,〔註4〕王肅、王基時代相當,故有此雙向駁難,則其時唇槍舌劍之論辯亦可自此略窺梗概。

第二節　馬昭、孔晁互詰與張融平議

司馬炎於西元二六五年篡魏滅吳而有天下,晉王朝從此建立。司馬氏所立博士同於曹魏,〔註5〕時王肅之學與鄭玄之學並列於學官。王肅係司馬炎之外祖,貴為國戚,其學或因而更受推崇,如晉初郊廟之禮、喪服之制、七廟之禮便皆依準王說。〔註6〕然鄭學一派並未稍歇,此時經學猶為鄭、王相爭之局面,乃曹魏經學之延續。

《舊唐書·元行沖傳》記錄當時情況云:

> 子雍規玄數十百件,守鄭學者時有中郎馬昭上書以為肅謬,詔王學

〔註4〕檢《正義》同時引用王肅、王基語處,其排比方式置王基於前者,僅此一條;而王肅語氣似在駁斥王基,亦僅此條。《毛詩駁》旨在駁王肅《詩注》,當先有《毛詩注》,然後有《毛詩駁》,則似不當有此現象。唯二王著書不只一種,《正義》所引王基語可以不出於《毛詩駁》;所引王肅語亦可以是《毛詩駁》以後之詩作,此種現象,或不無可能。

〔註5〕《晉書·百官志》:「晉初承魏制,置博士十九人」、《宋書·百官志》亦曰:「博士,魏及晉西朝置博士十九人」。

〔註6〕詳參《晉書·禮志上》

之輩占答以聞。又遣博士張融案經論詰，融登召集，分別推處，理
之是非，具呈證論。

馬昭爲鄭學之徒。所謂「王學之輩」則指孔晁等人。馬國翰集《聖證論》序
曰：「以諸引馬昭、張融多參孔晁，說黨於王，則晁固王學輩之首選也。」則
孔晁爲王學一派之翹楚。晁撰有《尚書義問》，又注春秋外傳《國語》，〔註7〕
唯未見史傳有其關於《詩經》專著之記載。晁爲晉初人，〔註8〕馬昭、張融與
之同時，三人於正史無傳，《毛詩正義》及《通典》間存其說《詩》見解，則
三人必爲兼通《詩》學者。《周禮・媒氏・疏》與《通典・嘉禮》引有三人藉
《詩經》論難嫁娶節候之說，此爲今可見三人論辯資料中最完全者。以下略
論其說：

　　《詩經》時代嫁娶之正時，鄭依《周官》，主仲春（按：參〈召南・摽有梅〉、
　〈鄭風・野有蔓草〉、〈唐風・綢繆〉、〈陳風・東門之楊〉《箋》）；王準《荀子》、
　《孔子家語》而主秋冬。雙方辯難，至馬昭、孔晁猶未休。《詩》「東門之楊，
　其葉牂牂。」《傳》：「男女失時，不逮秋冬」、「三星在天」《傳》：「三星，參也。
　在天，謂始見東方。三星在天可以嫁娶矣」，參也，十月而見東方、《詩》「將子
　無怒，秋以爲期」，王《注》引此數條《經》、《傳》之文爲證。〔註9〕鄭徒馬昭
　非之曰：

　　　《周禮》仲春令會男女。〈殷頌〉：「天命玄鳥，降而生商。」〈月令〉：
　　　「仲春，玄鳥至之日，祀於高媒」，玄鳥孚乳之月，以爲嫁娶之候。
　　　（《通典》卷五九）

〈商頌・玄鳥・箋〉並未言及「玄鳥」至爲仲春時節一事，《禮記・月令・注》
則曰：「燕以施生時來巢人堂宇而孚乳，嫁娶之象也。媒氏之官以爲候。」馬
昭顯據此議論。孔晁駁曰：

　　　《周官》云：「凡娶判妻入子者皆書之」，此謂霜降之候，冰泮之時，
　　　正以禮婚者也。次言「仲春令會男女，奔者不禁」，此婚期盡，不待
　　　備禮。「玄鳥至，祀高禖」，求男之象，非嫁娶之候。（同上）

〔註7〕《隋書・經籍志》載《有尚書義問》三卷，鄭玄、王肅及晉五經博士孔晁撰；
　　　　《冊府元龜》則載「晁爲五經博士，撰《尚書義問》三卷」，《經義考》以爲
　　　　此書實「孔晁采鄭康成及肅參以己見者也」，《經籍志》又載「春秋外傳《國
　　　　語》二十卷，晉五經博士孔晁注」。
〔註8〕《晉書・傅玄傳》錄晉武帝詔原孔晁輕慢一事，則晁爲武帝時人。
〔註9〕詳參《周禮・媒氏・疏》。

易馬昭「玄鳥至，嫁娶之候」爲「求男之象」。〈玄鳥〉，《毛傳》云：「有娀氏女簡狄，配高辛氏帝，帝率與之祈於郊禖而生契。故本其爲天所命，以玄鳥至而生焉。」孔晁「求男之象」蓋本於此。昭續難曰：

> 《詩》云：「有女懷春，吉士誘之」（按：〈召南・野有死麕〉）；「春日遲遲，女心傷悲」（按：〈豳風・七月〉）；「嘒彼小星，三五在東」（按：〈召南・小星〉）；「綢繆束芻，三星在隅」（按：〈唐風・綢繆〉）；「我行其野，蔽芾其樗」（按：〈小雅・我行其野〉）；「倉庚于飛，熠熠其羽」（按：〈豳風・東山〉）。凡此皆興於仲春，嫁取之候。（同上）

鄭《箋》於〈野有死麕〉篇曰：「有貞女思仲春以禮與男會，吉士使媒人道成之」（卷一之五，頁 8）；於〈七月〉篇曰：「春女感陽氣而思男。悲則始有與公子同歸之志，欲嫁焉」（卷八之一，頁12），此二詩明著「春日」，鄭《箋》解作時逢仲春嫁娶正節，女欲往嫁。於〈小星〉篇曰：「心在東方，三月時也」（卷一之五，頁4）；於〈綢繆〉篇曰：「心星在隅，謂四月之末、五月之中」（卷六之二，頁3），此「心星在隅」謂不得仲春之月；於〈我行其野〉篇曰：「樗之蔽芾始生，謂仲春之時，嫁娶之月」（卷十一之二，頁1）；於〈東山〉篇曰：「倉庚仲春而鳴，嫁娶之候也」（卷八之二，頁 10）馬昭稱小星三五在東、樗之蔽芾、倉庚啼鳴皆春日物侯，故藉以喻婚時，所駁本於鄭《箋》。然〈小星〉「三五在東」《傳》、《箋》同義，無關嫁娶，乃喻妾侍從夫之事、〈綢繆〉「三星在隅」鄭《箋》亦不以爲仲春之候，馬昭取以爲例，蓋誤讀鄭《箋》。孔晁斥其所舉諸證，曰：

> 「有女懷春」，謂女無禮，過時故思；「春日遲遲」，蠶桑始起，女心悲矣；「嘒彼小星」，喻妾侍從夫；「蔽芾其樗」，喻行遇惡人；「熠熠其羽」，喻嫁娶盛飾。皆非仲春嫁娶之候。玄據期盡之教，以爲正婚，則奔者不禁，過於是月。（同上）

孔晁皆就《毛傳》與王《注》斥馬昭之非。「有女懷春」，《傳》曰：「春，不暇待秋也」，晁因謂「女無禮」；「春日遲遲，采蘩祁祁，女心傷悲」，《傳》曰：「蘩，所以生蠶。傷悲，感事苦也。」下文「殆及公子同歸」，「歸」字，王肅解爲「來歸」、鄭玄解作「歸嫁」，釋《詩》有異，晁從王《注》；「蔽芾其樗」，王《注》曰：「行遇惡木，言己適人遇惡夫也」，晁說本於此；「熠熠其羽」，王《注》云：「倉庚羽翼鮮明，以喻嫁者之盛」，此與鄭《箋》述時之謂有別，孔晁依準之。馬昭又曰：

肅引經「秋以爲期」，此乃淫奔之《詩》矣。（同上）

此稱〈氓〉「將子無怒，秋以爲期」爲男女相奔誘之辭，不得作爲嫁娶正時之據。

馬昭申鄭斥王、孔晁申王駁馬，雖各有依恃，然皆各執一偏，俱非古正禮。張融奉詔案經論詰，曰：

> 《春秋》魯送夫人、嫁女，四時通用，無譏文。然則孔子制素王之法，以遺後世，男女以及時盛年爲得，不限以日月。《家語》限以冬，不附於《春秋》之正經，如是則非孔子之言。嫁娶也以仲春，著在《詩》、《易》、〈夏小正〉之文，無仲春爲期盡之言……。國風〈行露〉、〈綢繆〉「有女懷春」、「倉庚于飛，熠熠其羽」、「春日遲遲」、「樂與公子同歸」之歌，〈小雅〉「我行其野，蔽芾其樗」之歎，此春娶之證也。孔晁……雖用毛義，未若鄭云「用仲春爲正禮」爲密也。然則……以二月爲得其實，惟爲有故者，得不用仲春。（《周禮正義》卷十四，頁15～16）

張融以春秋證婚期四時皆可，鄭馬、王孔各執一偏，然雖曰四時皆可，仲春之候則爲其常，故於《詩》說是鄭非王。張融所論尙有可議，其云：「爲有故者，得不用仲春」，此說似無根據，四時之候當皆適用，而無「有故」、「無故」之分。又雖以《春秋》證婚期，舉證則欠詳，是以，此一持續已久、爭論不已之問題直至束晳舉例詳論方得以解決。束晳云：

> 《春秋》二百四十年，魯女出嫁，夫人來歸，大夫逆女，天王娶后，自正月至十二月，悉不以得時失時爲襃貶，何限於仲春季秋以相非哉！夫春秋舉秋毫之善，貶纖芥之惡，故春狩於郎，書時，禮也；夏城中丘，書不時也。此人間小事猶書得時失時，況婚姻人倫端始，禮之大者，不議得時失時不善者邪？若婚姻季秋，期盡仲春，則隱二年冬十月，夏之八月，未及季秋，伯姬歸於紀；周之季春，夏之正月也，桓九年春，季姜歸於京師；莊二十五年六月，夏之四月也，已過仲春，伯姬歸於紀。或出盛時之前，或在期盡之後，而經無貶文，三《傳》不譏，何哉？凡詩人之興，取義繁廣，或取譬類，或稱所見，不必皆可以定時候也。又案：〈桃夭〉篇敍美婚姻以時，蓋謂盛壯之時，而非日月之時，故「灼灼其華」，喻以盛壯，非爲嫁娶當用桃夭之月。其次章云：「其葉蓁蓁，有賁其時，之子于歸」，此

豈在仲春之月乎？又〈摽有梅〉三章，《注》曰：「夏之向晚」；「迨冰未泮」，正月以前；「草蟲喓喓」，末秋之時。或言嫁娶，或美男女及時，然詠各異矣。《周禮》以仲春會男女之無夫家者，蓋一切配合之時，而非常人之節。〈曲禮〉曰：「男女非有行媒，不相知名，故日月以告君，齋戒以告鬼神。」若常人必在仲春，則其日月有常，不得前卻，何復日月以告君乎？夫冠婚笄嫁，男女之節，冠以二十為限，而無春秋之期，笄以嫁而設，不以日月為斷，何獨嫁娶當繫於時月乎？王肅云：「婚姻始於季秋，止於仲春」，不言春不可以嫁也。而馬昭多引春秋以為之證，反詩相難，錯矣！兩家俱失，義皆不通。通年聽婚，蓋古正禮也。（《通典》卷五十九）

所謂：「凡詩人之興，取義繁廣，或取譬類，或稱所見，不必皆可以定時候也。」最可正鄭玄、馬昭好以物類定節候之現象。不但舉《春秋》為例，同時亦就《詩經》本身舉證，論鄭、王兩派僅及春秋冬三季，獨缺夏季之失，因舉〈摽有梅〉例以見夏亦可以成婚。至此，古正禮通年聽婚，可成定論。今所見馬昭之難，皆就《周禮》、《詩》本身而論，束晳云：「馬昭多引《春秋》以為之證」，則《春秋》亦為馬昭所取，觀其與孔晁之爭辯，及堅持嫁娶節候唯仲春之態度，不難想見馬昭即使取用《春秋》，當亦僅汲取可助成其說者，恐不能客觀看待問題。

張融據《春秋》以定古禮嫁娶四時通用，鄭、王兩派對此一議題之爭辯至此稍歇；惟其又云：「惟為有故者，得不用仲春」，觀其申論，實不見《春秋》有此例，若非記載有闕，則張融恐有右鄭之心。檢張融《詩》說殘文，可見其雖非鄭學之徒，然於鄭《箋》似有所偏好。如〈豳風〉諸《詩》之排列，鄭學一派以為顛倒不次，並無時間先後次序之安排；王學一派則以為按著成先後排列。張融評曰：

簡札誤編，或者次《詩》不以作之先後。（《正義》卷八之一，頁5引）

由此語可知其於諸《詩》之了解或有同於鄭學者。再則〈大雅‧皇矣〉「阮徂共」為阮、徂、共三國或者阮、共二國之問題，孔晁曰：「周有阮徂共三國見於何書？」以此斥鄭，融則評曰：

《魯詩》之義以阮徂共皆為國名，是則出於舊說，非鄭之創造。（《正義》卷十六之四，頁11引）

亦為鄭說求據而不以孔說為然。又〈大雅‧生民〉周始祖后稷、〈商頌‧玄鳥〉

商始祖契誕生事，融評曰：

> 姜嫄履跡而生爲周始祖；有娀以玄鳥生商而契爲元王。即如《毛傳》
> 《史記》之說，嚳爲稷契之父，帝嚳聖夫、姜嫄正妃，配合生子，
> 人之常道。則《詩》何故但歎其母，不美其父？……周、魯何殊特
> 立姜嫄之廟乎？（《正義》卷十七之一，頁3引）

亦不以鄭玄感生之說爲非。其殘文未見爲王學尋證以駁鄭學事，則張融雖未
明主某方，實則似較偏於鄭學一派。

第三節　孫毓與陳統之交辯

　　孫毓，年代不明，大約晉初人士。〔註10〕《釋文・序錄》首稱孫毓朋於
王，後世皆無疑者。《四庫提要》曰：「孫毓作《毛詩異同評》，復申王說」、
皮錫瑞《經學歷史》稱其申王駁鄭、馬宗霍《中國經學史》謂「孫毓之于《詩》，
復黨于王」、本田成之《中國經學史》則稱其「以毛鄭比較，寧說取王肅之處
所不少」，眾人皆據《釋文・序錄》爲說。

　　惟據今存殘文觀之，此書重點在於比較《毛傳》、鄭《箋》、王《注》之
是非。於鄭、王異處，或申鄭、或申王；於《傳》、《箋》異處，則大抵以鄭
《箋》爲長。其評並非專主於一家，與《釋文》所謂「朋於王」似不類。故
簡博賢曰：

> 王肅難鄭，其駁子雍；證例昭然，無可非議矣。然謂毓朋於王，則
> 乖徵驗也。蓋毓評三家，愼言謹斷；……是以佚文所陳，多得蓋闕
> 之義。齊風疏引孫毓曰：「自哀至襄，其間八世；未審此詩指斥何公
> 耳？」十月之交疏引孫毓曰：「是以惑疑無以斷焉。」觀乎此言，則
> 知毓之所評，但抒其所得，而闕其所疑；是其愼也。云朋於王者，
> 殆皆膚泛之論，特人云亦云耳。（同上，頁259）

> 毓評三家，實以評爲作；所以發其治學所得，非有意於黨伐之間，
> 而肆其佞私之見也。（同上，頁261）

〔註10〕《魏書・臧霸傳》：「孫觀……子毓嗣，至青州刺史。」《經義考》曰：『《隋志》：
　　　　「孫毓，晉長沙太守。」陸德明曰：「晉豫州刺史」，又《隋志・別集類》有
　　　　「晉汝南太守孫毓集六卷……」一孫毓，嘗任四職，嚴可均調曰：孫毓，
　　　　字仲，泰山人……仕至青州刺史。一云字休朗，北海平昌人。入晉爲太常博
　　　　士，歷長沙汝南太守，有《毛詩異同評》十卷。

簡氏所論，或不無可能，然僅據現存殘文論事，誠不免有證據不全之歉。今存佚文，幾全賴《正義》保存，《正義》引《毛詩異同評》解《詩》，所為取捨固依其需要而定，恐亦有剪裁之處，欲以此少數殘文而下定論，終有可疑。且是書原為十卷，今馬氏輯本釐為三卷，原書如何，已不得而知，三卷雖近百條，然較之十卷，相差甚巨。即今《詩評》佚文三卷，簡氏雖謂「頗多以鄭為長；其從毛、王者，殆不及申鄭之半」（簡書，頁261），亦難遽斷孫毓非王學之徒也。蓋學派相爭，至成熟階段時，學者批評對方、或申說己學，不免就對方之觀點，以子之矛攻子之盾；或引對方之論據，轉申己說，持論愈益趨向客觀。其態度或有別於初期之唯己為是也。今所見孫毓之申鄭，未嘗不可如是觀。其論學態度雖趨向客觀，唯其學派之基本精神則不變。今如欲論孫毓是否黨於王，自可以王學之基本精神衡之，則真象將不難考見。

　　讖緯之取捨，使鄭、王二派壁壘分明。若以此檢視孫毓之論，則其非王學輩甚明。今殘存之《毛詩異同評》主張讖緯處，凡兩例，分見於〈小雅・十月之交〉及〈大雅・生民〉。

　　〈十月之交〉鄭《箋》謂刺厲王；《詩序》、王《注》稱刺幽王。孫毓評曰：

> 毛公大儒，明於詁訓，篇義誠自刺厲王，無緣橫移其第，改為幽王。鄭君之言亦不虛耳，是以惑疑，無以斷焉。（按：馬氏引文僅及於此，簡氏從之，因舉以證孫毓「闕其所疑」，以見其評之謹慎。然馬、簡二人皆誤也。）竊以褒姒龍齘之妖所生，褒人養而獻之，無有私黨皇父以下七子之親，而令在位若此之盛也。又《尚書緯》說豔妻謂厲王之婦，不斥褒姒。鄭《箋》皆謂厲王流于彘之後，於義為安。（按：《正義》於「於義為安」下云：「是其言雖不能決，而其意謂鄭為長也。」故知「竊以褒姒」以下至「於義為安」，亦孫毓之言也。）（《正義》卷十二之二，頁2引）

孫評，實主鄭《箋》。褒姒，龍齘之妖所生，為王肅所不信；緯書，王學之大忌，而孫氏竟引以為證，此其非王氏之徒之一證。

　　〈大雅・生民〉鄭、王感生之爭，孫評曰：

> 天道徵祥，古今有之，皆依人道而有靈助。劉媼之任高祖，著有雲龍之怪，褒姒之生由於元黿之妖；巨跡之感，何獨不然？而謂自履其夫帝嚳之跡，何足異而神之。……鄭說為長（《正義》卷十七之一，

頁 9 引）

據《詩緯含神霧》云：「後赤龍感女媼，劉季興」，謂高祖亦感天而生，孫毓
信之，並引以駁王《注》，此其非朋於王之又一證。蓋孫毓之學欲打破鄭、王
兩派相爭之局面，猶如東漢末年混同今、古文之鄭玄。故簡氏曰：

> 孫毓《詩》學，以評爲作，而無所專主；故或近鄭《箋》，或從王說，
> 要皆孫氏一家之學也。（簡書，頁 262）

孫毓既不偏主鄭、王，自非奉守鄭學或王學，蓋其或欲自調合中建立一家之
學。

　　陳統，字元方，晉人，嘗任徐州從事，《釋文·序錄》謂其「難孫申鄭」。
其著作，《隋志》著錄《難孫氏毛詩評》四卷，及《毛詩表隱》二卷。前者，
兩《唐志》俱無「毛」字。二書今皆不存。《毛詩異同評》有申鄭、有從王，
陳統殆不滿孫毓從王之部分，故據鄭《箋》非難之。馬國翰輯《難孫氏毛詩
評》，計二十七條，除《隋書·音樂志》與杜佑《通典》引用其釋〈周南·關
雎〉「鐘鼓樂之」之論明標陳統名外，餘皆輯自《毛詩正義》，而《正義》並
未明示陳統之名，馬國翰所以冠以《難孫氏毛詩評》名者，其於〈周南·采
蘋〉「于以奠之，宗室牖下。誰其尸之，有齊季女。」條下曰：

> 此節不明標陳統之名，而逐句駁王肅，而末以孫毓爲謬，是隱用統
> 義也，據補。下皆仿此。

凡《正義》引孫毓而不以爲然者，馬氏俱以爲陳氏之論。此種方式，頗遭後
世非議。江瀚即批評曰：

> 按此未明標陳統姓名，當是孔穎達語。而國翰以其逐句駁王肅，又
> 末以孫毓爲謬，是隱用統義，遂仞爲陳書，以下皆仿此，強輯成卷，
> 其失甚矣。（《續修四庫全書提要·難孫氏毛詩異同評一卷》）

簡博賢曰：

> 所輯諸條，皆不能確證爲陳統難孫之佚文；蓋國翰以意取之耳。
> 除《隋書·音樂志》所載牛弘引陳統之說一節，馬輯不誤外；其餘
> 或爲孔《疏》之說、或爲佚名之論；雖不能確考，然亦愈見馬輯之
> 無驗也。宜並刪之。

其言可從，故陳統之學如何，今已無由得知矣。

第七章　鄭、王《詩經》學之流衍（二）
——二派《詩》學對《毛詩正義》之影響

　　唐太宗以儒學多門、章句繁雜，爲使經說復歸統一，遂於貞觀年間詔中書侍郎顏師古考訂文字；詔國子祭酒孔穎達與諸儒撰定五經義疏，初名「義贊」，後奉詔更名爲《五經正義》，於高宗永徽四年始頒佈天下。《詩》宗《毛傳》、鄭《箋》，《新唐書・藝文志》曰：

> 《毛詩正義》四十卷，孔穎達、王德韶、齊威等奉詔譔，趙乾叶、
>
> 四門助教賈普曜、趙弘智等覆正。〔註1〕

是知《毛詩正義》體制宏大，卷帙繁多，乃經由多人之手，並幾經刪補修正而成。非孔穎達獨自撰述，冠以其名，因年高位尊故也。

　　漢人經學或可稱爲傳注之學，以解本經爲務，魏晉以來，學者漸轉以疏《注》爲事，如鄭、王後學之爭，即以明《注》爲主。至南北朝但守一家之《注》而詮解之；或旁引諸說而證明之，義疏之學由是展開。《毛詩正義》之前，《詩》義疏學已頗有成績，孔氏等人自有資取，〈序〉云：

> 近代爲義疏者，有全緩、何胤、舒瑗、劉軌思、劉醜、劉焯、劉炫
>
> 等，然焯炫並聰穎特達，於其所作疏內，特爲殊絕。今奉敕刪定，
>
> 故據以爲本。

焯著《毛詩義疏》；炫著《毛詩述義》，並注《詩序》，二人淵源於北學，《北史・儒林傳・序》曰：「漢世鄭氏並爲眾經註解，鄭《易》、《詩》、《書》、《禮》、

〔註1〕 此語本於《毛詩正義・序》。

《論語》《孝經》大行於河北」，則其《詩》學不能不受鄭《箋》影響。炫自述其學：「《毛詩》、《尚書》、《公羊》、《左傳》、《孝經》、《論語》孔鄭王何服杜等注，凡十三家，雖義有精粗，并堪講授」；焯於賈馬王鄭亦多所是非，是知二劉於《詩》兼治王學，非主一家，此其《詩》學之大要。孔氏諸人即以其時義疏之學爲稿本，完成《毛詩正義》。

　　《毛詩正義》於唐世定於一尊，影響所及，後世治《詩》者莫不從此著手。《朱子語類》評諸經義疏，謂《詩疏》僅次《周禮疏》，頗加推重。名曰義疏，《毛詩正義》雖主二劉，實兼采眾說、包羅繁富。佚書如《五經異義》、《駁五經異義》、《鄭志》、鄭氏《易注》《書注》、賈、服《左傳注》、崔靈恩《集注》等皆賴是以存一二。尤其引錄王肅《詩》說、鄭氏後學王基之駁難、孫毓調合二家之《毛詩異同評》等意見，使魏晉《詩》學上兩大派別之爭及跳脫爭辯並力圖尋求二派平衡點之治《詩》走向，由此可得梗概，並窺究竟。現存毛詩王《注》殘文，絕大部份賴《正義》以存，《正義》疏解亦間采王說，可見王《注》對《正義》之影響。今述鄭、王《詩》學，因兼及《正義》疏解《毛詩》時，對鄭《箋》、王《注》取捨之標準。

第一節　《正義》對鄭《箋》之運用

　　《正義》取鄭玄箋注本《毛傳》爲解《詩》之底本，鄭《箋》在《正義》中之作用，申《毛傳》之旨、說《詩》之義最爲大宗。以下分別舉例。

一、申《傳》旨

　　1. 〈邶風·谷風〉：「涇以渭濁，湜湜其沚。」（卷二之二，頁12）

《傳》：

　　涇渭相入而清濁異。

鄭《箋》：

　　喻君子得新昏故謂己惡也。己之持正守初如沚然，不動搖。

《正義》疏《傳》：

　　此以涇濁喻舊室，以渭清喻新昏，取相入而清濁異，似新舊相並而善惡別。

《正義》全據鄭《箋》以申《毛傳》「涇渭相入而清濁異」之義。

2.〈小雅‧鴻雁〉：「鴻雁於飛，肅肅其羽。」（卷十一之一，頁2）

《傳》：

> 興也。大曰鴻，小曰雁。肅肅，羽聲也。

鄭《箋》：

> 鴻雁知辟陰陽寒暑。興者，喻民知去無道就有道。

《正義》疏《傳》：

> 知避陰陽寒暑者，春則避陽暑而北；秋則避陰寒而南，故並言之。
> 此以所避興民避惡。既有所避，自然歸善。

所謂「既有所避，自然歸善」，正發揮鄭《箋》「去無道就有道」之義。

3.〈小雅‧車舝〉：「依彼平林，有集維鷮，辰彼碩女，令德來教。」（卷十四之二，頁14）

《傳》：

> 依，茂木貌。平林，林木之在平地者也。鷮，雉也。辰，時也。

鄭《箋》：

> 平林之木茂，則耿介之鳥往集焉。喻王若有茂美之德，則其時賢女
> 來配之與相訓告改修德教。

《正義》疏《傳》：

> 以雉有耿介之性喻女有貞惠之德。

《正義》以鳥之耿介喻女之賢惠，據《箋》義為說也。

二、說《詩》義

1.〈唐風‧杕杜〉：「嗟行之人，胡不比焉。」（卷六之二，頁4）

《箋》：

> 君所與行之人謂異姓卿大夫也。比，輔也。此人女何不輔君為政令。

《正義》說《詩》：

> 故又戒之云：嗟乎，汝君所與共行之人，謂異姓卿大夫之等，汝何
> 不輔君為政令焉，……同姓之臣既已見疏，不得輔君，猶冀他人輔
> 之，得使不滅。

此句無《傳》，《正義》據《箋》說《詩》。

2.〈小雅‧沔水〉：「鴥彼飛隼，率彼中陵。」（卷十一之一，頁8）

《箋》：

率，循也。隼之性待鳥雀而食，飛循陵阜者，是其常也。喻諸侯之
守職順法度者，是其常也。

《正義》說《詩》：

鴥然彼自在往之飛隼，當循彼中陵，是其常。以興自恣之諸侯亦當
守職慎法，是其常。言諸侯之不可起行妄伐，猶飛隼之不可飛揚妄
作也。

此處無《傳》，《正義》據以說《詩》者，鄭《箋》也。

3.〈大雅・抑〉：「其在于今，興迷亂于政。顛覆厥德，荒湛于酒。」（卷
十八之一，頁 10）

《箋》：

于今，謂今屬王也。興猶尊尚也。王尊尚小人迷亂於政事者，以傾
敗其功德，荒廢其政事，又湛樂於酒，言愛小人之甚。

《正義》說《詩》：

上言用賢可使四方順從，此言今之不能也，其在於今之屬王不能用
賢之故。而尊尚其小人，使迷亂於政教，以傾敗其功德，荒廢其政
事，又耽樂於酒，是愛小人之甚也。

此亦無《傳》，《正義》據《箋》以說《詩》。

第二節　《正義》對王《注》之運用

本節自申《傳》旨、衍《箋》意、陰用以釋《傳》、定版本是非四點述《正
義》對王《注》之運用。

一、申《傳》旨

《正義》據王《注》申《傳》例，如：

1.〈邶風・泉水〉：「遄臻于衛，不瑕有害。」（《正義》卷二之三，頁 8）

《傳》：

遄，疾；臻，至；瑕，遠也。

王《注》曰：

言願疾至於衛，不遠禮義之害。（《正義》卷二之三，頁 8 引）

《毛傳》以「瑕」為「遐」之借字，遂以其義釋之。〈二子乘舟〉「不瑕有害」

《傳》云：「言二子之不遠害」，〈泉水〉義當同之，王肅所述差得傳旨。《正義》疏《傳》曰：

> 我則乘之以行，而欲疾至衛，不得爲違禮遠義之害，何故不使我歸寧乎？

末以王《注》作結，謂衛女自謂我欲疾至於衛，然不得爲違遠禮義之害，何故不使我歸寧？《正義》似未了解王《注》之義。《序》云：「嫁於諸侯，父母終，思歸寧而不得。」衛女思歸寧，礙於禮制，無法成行，思之殷切，故出怨憤之辭，但望疾速至衛，不遠避違背禮制所遭之責難，此王《注》之義也。《正義》誤讀且以之疏《傳》，大悖王義，亦不合《傳》義。

2. 〈大雅・皇矣〉：「維此二國，其政不獲。維彼四國，爰究爰度。」（卷十六之四，頁2）

《傳》：

> 二國，殷夏也。彼，彼有道也。四國，四方也。究，謀；度，居也。

王《注》曰：

> 彼四方之國乃往從之謀，往從之居。（《正義》卷十六之四，頁3引）

又奏云：〔註2〕

> 《家語》引此《詩》乃云：「紂政失其道而執萬乘之勢，四方諸侯固猶從之，謀度於非道，天所惡焉。」（同上）

王《注》謂彼四方之國從紂行事，然《傳》曰：「彼，彼有道也」，從紂爲惡，焉得謂「有道」？《毛詩奏事》引《家語》解之，謂紂執萬乘之勢，即四方有道諸侯國，亦不得不從謀於非道。《正義》據以申《傳》，曰：

> 桀紂身爲天子，制天下之命，雖是有道之國，皆服而從之，與之謀爲非道。

此說雖迂遠，然亦可通。唯其時文王從屬於紂，爲四方諸侯之一，《序》云：「美周也。天監代殷莫若周；周世世休德莫若文王。」此《詩》美周人先祖，似無需記其嘗從紂行非道事。李黻平《毛詩紬義》曰：

> 下「此維與宅」《傳》云：「宅，居也。」此《傳》訓「度，居也。」
> 是毛以度亦爲宅。（《皇清經解》卷一三八四，頁7）

謂「度」字《毛傳》取其宅居之意，則「爰究爰居」所指何意？胡承珙《毛詩後箋》曰：

〔註2〕「奏云」本作「秦亡」，據《阮校記》改。

> 毛意當是爲殷夏之政不得民心，於是四方有道之國乃懼而各謀其所居。「爰究爰度」非對文，與《詩》「爰始爰謀」、「曰止曰時」等句同。（卷二十三，頁 51）

四方諸侯非從紂爲惡，乃各謀其居，自求多福。李、胡所申，似亦可成一說。

3. 〈大雅・卷阿〉：「鳳凰于飛，翽翽其羽，亦集爰止。藹藹王多吉士，維君子使，媚于天子。」（《正義》卷十七之四，頁 6）

《傳》曰：

> 鳳凰，靈鳥，仁瑞也。雄曰鳳，雌曰凰。翽翽，眾多也。藹藹猶濟濟也。

王《注》曰：

> 鳳凰雖亦高飛傅天，而亦集於所宜止，故集止以亦傅天（按：下章曰：「亦傅于天」），傅天〔註3〕亦集止。今能致靈鳥之瑞者，以多士也，欲其常以求賢，用吉士爲務也。（《正義》卷十七之四，頁 7 引）

王《注》以爲「鳳凰于飛，翽翽其羽，亦集爰止。」與「藹藹王多吉士」互爲因果關係，後者爲因，前者爲果。則「翽翽其羽」謂鳳凰也。《正義》據以疏《傳》，曰：

> 毛意不言眾鳥，則唯是鳳事。而言亦者，以鳳事自相亦也。

鄭《箋》謂「翽翽其羽」指眾鳥之從鳳凰者，釋與《傳》別，王《注》則申《傳》，故《正義》從之。

4. 〈周頌・我將〉：「伊嘏文王，既右饗之。」（《正義》卷十九之二，頁 4）

王《注》曰：

> 維天乃大文王之德，既佑助而歆饗之。（《正義》卷十九之二，頁 5 引）

毛於此無《傳》，王《注》訓「嘏」爲「大」，〈小雅・賓之初筵〉：「錫爾純嘏」及〈卷阿〉：「純嘏爾常矣」《傳》皆云：「嘏，大也」，此或子雍所本。《正義》據以申《傳》曰：

> 維天乃大文王之德，既佑助文王，於我周公、文王又歆饗之。

與王《注》同以「嘏」屬之於天。惟此《詩》主頌文王，是以王引之《經義述聞》曰：

> 嘏謂文王，不得屬之於天，王說亦非也。……《爾雅》曰：「嘏，假，

〔註 3〕「亦集止」上脫「傅天以」三字，據《阮校記》改。即《毛詩奏事》。

大也」，「假哉皇考」、「伊嘏文王」，皆贊美之詞。「伊嘏文王」、「思文后稷」、「於皇武王」，上一字皆發語詞，猶言「有嘏文王」耳，「伊嘏文王，既右饗之。」言大哉文王，既佑助後王而饗其祭也。（《皇清經》解卷一一八六，頁15～16）

《述聞》之說或較王《注》近於《傳》旨。

二、衍《箋》意

1. 〈唐風‧羔裘〉：「豈無他人，維子之故。」（卷六之二，頁5）

《箋》曰：

> 此民，卿大夫采邑之民也，故云：「豈無他人可歸往者乎？我不去者，乃念子故舊之人。」

王《注》曰：

> 我豈無他國可歸乎？維念子與我有故舊也。（同上，頁6《正義》引）

鄭謂往歸他人；王謂往歸他國。《正義》則據《箋》以申《傳》意，曰：

> 卿大夫於民如此，民見君子無憂民，今欲去之，言我豈無他人賢者可歸往之乎？維子之故舊恩好，不忍去耳。

惟「他人賢者」，未指某特定對象，故《正義》又云：

> 作《詩》者雖是采邑之民，所恨乃一國之事。何則？采邑之民與故舊尚不存恤，其餘非其故舊，不恤明矣。〈序〉云：「在位不恤其民』，謂在位之臣莫不盡然，非獨食采邑之主偏苦其邑，豈無他人可歸往者，指謂他國可往，非欲去此采邑適彼采邑也。故王肅云：「我豈無他國可歸乎？維念子與我有故舊也。」

據〈序〉申《箋》未盡之意，並以王《注》補之，謂不僅指采邑事而已，實一國事，融會二家以為說也。

2. 〈秦風‧晨風〉：「山有苞櫟，隰有六駁。」（卷六之四，頁7）

《傳》云：

> 櫟，木也。駁如馬，倨牙，食虎豹。

《箋》云：

> 山之櫟，隰之駁，皆其所宜有也。以言賢者亦國家所宜有之。

王《注》云：

> 言六，據所見而言也。倨牙者，蓋謂其牙倨曲也。言山有木，隰有

獸，喻國君宜有賢也。（同上，頁 8，《正義》引）

鄭《箋》於「櫟」、「駁」二字未有注解，蓋同意《毛傳》，然《傳》《箋》所釋不全，有待補充者，正義即據《王注》補之。則「六駁」，《傳》、《箋》、《注》三者義同。〔註4〕

3. 〈小雅・巧言〉：「躍躍毚兔，遇犬獲之。」（卷十二之三，頁 12）

《箋》曰：

> 遇犬，犬之馴者，謂田犬也。

王《注》曰：

> 言其雖騰躍逃隱，其跡或適與犬遇而見獲。（同上，頁 13《正義》引）

王《注》訓「遇」為「逢遇」，《正義》據以申鄭，曰：

> 遇犬者，言兔逢遇犬則彼獲耳，遇非犬名。故王肅云……是也。以
> 能獲兔，知是犬之馴擾者，謂田犬也。犬有守犬、田犬，故辨之。

《正義》謂「遇」非犬名，亦非用以修飾「犬」字之狀詞——馴順之謂。以為「犬之馴者，謂田犬也」，實解犬何以能獲兔，鄭《箋》當同王《注》以「遇」為「逢遇」，此《正義》據王《注》衍《箋》義例。唯觀鄭《箋》，或以「遇犬」為專稱。

4. 〈大雅・綿〉：「爰始爰謀」。（卷十六之二，頁 16）

《箋》云：

> 故於是始與豳人之從己者謀。

王《注》云：

> 於是始居之，於是先盡人事謀之於眾。（同上，頁 17《正義》引）

《正義》引王《注》，云：

〔註4〕《正義》云：『陸機《疏》云：「駁馬，梓榆也。其樹皮青白駁犖，遙視似駁馬，故謂之駁馬。」下章云「山有苞棣，隰有樹檖」，皆山隰之木相配，不宜云獸，此言非無理也。』其比較上下章經文，又陸《疏》以「駁」為木名，頗為近理，因懷疑毛、鄭、王說。此「駁」若為食虎豹之「駁馬」，則當活動於虎豹蹤跡出沒地，然「隰」乃下濕地，顯非虎豹出沒處。《詩三百》「山」、「隰」對舉者，有「山有榛、隰有苓」（〈邶風・簡兮〉）、「山有扶蘇、隰有荷華」、「山有橋松、隰有游龍」（〈鄭風・山有扶蘇〉）、「山有樞、隰有榆」、「山有栲、隰有杻」、「山有漆、隰有栗」（〈唐風・山有樞〉）等等，皆「山」、「隰」與植物連言例，一致取植物生長得其所為喻，獨此《詩》藉隰地之獸以喻，未免突兀。故「駁」宜如陸氏所云，為植物名。《正義》擇以釋《詩》，當得其實。

如《箋》之言，則「始」下一「爰」無所用矣，王肅云……，然則
《箋》云：「始與豳人從己者謀」，亦謂於是始欲居，於是與謀，但
《箋》文少略耳。

王《注》分「爰始」、「爰謀」為兩事，始謂始居之，謀謂謀之於眾；鄭《箋》
則解「爰始爰謀」為始與豳人之從己者謀，僅指一事。二人雖皆訓始作肇始
之始，釋義則不同。又王《注》云：「於是始居之」，則已居周原矣，既已居
之，其下似無需再云「爰契我龜」。故《正義》加「欲」字，謂「始欲居」以
疏王義，謂始有欲居之念，故先盡人事，謀之於眾，繼之灼龜而卜，以聽天
命焉。以此牽合鄭、王，然二家實有別也。

上舉諸例，《正義》據王《注》以申補鄭《箋》，可見一斑，餘若〈唐風・
葛生〉：「角枕粲兮，錦衾爛兮」，《箋》云：「夫雖不在不失其祭也，攝主主婦
猶自齊而行事」；《注》云：「見夫齊物感以增思」。〈小雅・何人斯〉：「伯氏吹
壎，仲氏吹篪」，《箋》云：「相應和如壎篪，以言俱為王臣宜相親愛」；《注》
云：「我與汝同寮長幼之官，如壎篪之相和」。〈周頌・昊天有成命〉：「夙夜基
命宥密」，《箋》云：「早夜始信順天命不敢解倦，行寬仁安靜之政以定天下；
寬仁所以止苛刻也，安靜所以息暴亂也」；《注》云：「言其修德常如始」。〈周
頌・載芟〉：「徂隰徂畛」，《箋》云：「隰謂新發田也；畛謂舊田有徑路者」；《注》
云：「有隰則有原，言新可見，美其陰陽和，得同時就功也」。〈魯頌・閟宮〉：
「是生后稷，降之百福」，《箋》云：「天神多與之福」；《注》云：「謂受明哲
之性，長於稼穡」等等，《正義》皆引《注》以明《箋》，不備舉。

三、陰用以釋義

《釋文》、《毛詩正義》俱引王《注》，有二書兼引者、有僅存於其一者。今
以《釋文》獨引部分檢視《正義》，則《正義》有陰用王《注》以釋義者。如：

1.〈小雅・南有嘉魚〉：「南有嘉魚，烝然罩罩。」（卷十之一，頁1）
《釋文》曰：

烝，之丞反。王：眾也。（卷六，頁13）

無《傳》，《正義》疏《傳》曰：

南方魚之善者，莫善於江漢之間，且言善魚者，謂大而眾多，……
重云罩罩者，非一也。

《正義》謂魚眾多，與《王注》同，暗用王《注》也。鄭《箋》曰：

烝，塵也。塵然，猶言久如也。言南方水中有善魚，人將久如而俱
罩之，遲之也。喻天下有賢者，在位之人將久如而並求致之於朝，
亦遲之也。遲之者，謂至誠也。

「烝，眾也」、「烝，塵也」均本《爾雅・釋詁》，《正義》雖取王義釋《毛》，
總疏《詩》義時則據《箋》爲說，似不以王《注》爲然。《正義》申《箋》云：

不言「烝」爲「眾」者，以此罩魚喻求賢久如，欲往罩之，是欲魚
之甚以興君子久如欲求賢，爲思遲之極。若以爲眾，止見求魚之多，
無聞思遲之義，則於「至誠」之事不顯。

〈詩序〉云：「南有嘉魚，樂與賢也。大平之〔註 5〕君子至誠，樂與賢者共之
也。」《箋》謂「遲之者，謂至誠也」，實配合〈詩序〉以爲說。《正義》據《箋》
以疏《詩》，而不用王《注》，亦以此故也。

　　2.〈小雅・角弓〉：「莫肯下遺，式居婁驕。」（卷十五之一，頁 14）
《釋文》曰：

遺，王申毛如字。婁，王力住反，數也。（卷六，頁 30）

鄭《箋》曰：

莫，無也。遺讀曰隨。式，用也。婁，斂也。今王不以善政啟小人
之心，則無肯謙虛以禮相卑下，先人而後己，用此自居處，斂其驕
慢之過者。

《箋》以「遺」字借爲「隨」，訓「婁」爲聚斂。按《說文》：「摟，曳也、聚
也。」蓋以「婁」爲「摟」之假借也。《箋》改字，與毛異，《正義》不從，
遂有別解，說《詩》曰：

此小人爲惡行，莫肯自卑下而遺去其惡心者，用此之故，其與人居
處，數爲驕慢之行。

說《箋》曰：

此二句毛不爲傳，但毛無改字之理，又「婁」之爲「數」乃常訓也。
故別爲毛說焉。

訓「遺」爲「遺去」、「婁」爲「數」，皆用字之本義。雖「莫肯下遺，式居婁
驕」與鄭《箋》同謂小人之惡行，然異於鄭《箋》之「以禮相卑下」、「斂其
驕慢之過」之說，檢視《釋文》，《正義》所謂「別爲毛說」，或正用王讀如字
之義也。

<hr>

〔註 5〕「之」字，據《阮校記》補。

　　3.〈大雅・綿〉：「度之薨薨」。（卷十六之二，頁18～19）

《釋文》云：

　　　　薨薨，……王云：亟急也。（卷七，頁3）

《傳》云：

　　　　度，居也。言百姓之勸勉也。

《正義》申之曰：

　　　　王者度地以居民，故度爲居也。「陾陾」（按：上文「捄之陾陾」《傳》
　　　　曰：「陾陾，眾也」）、「薨薨」皆是眾多之義，舉其眾多，言百姓相
　　　　勸勉者；築者，用力爲多。

謂王者量度土地以使民居，因「度」有「居」義之故也。此處《傳》訓「度」
爲「居」，則謂築牆事，《正義》總述《毛傳》義時云：

　　　　牆上之人受取而居板中，居之亟疾，其聲薨薨然。

謂「居」取「居貯」義。「薨薨」一詞《毛傳》、鄭《箋》俱不釋，唯《釋文》
引王《注》云「亟疾」，正見百姓之勤勉，此與《毛傳》合。《正義》云「居
之亟疾」實暗用王《注》。

四、定版本是非

　　王《注》對《毛詩正義》而言又有助於判定版本是非之功能。其例如下：

　　1.〈小雅・都人士〉：「充耳琇實」。（卷十五之二，頁4）

　　孔《疏》見定本《毛傳》作「琇，美石」，俗本則作「琇實，美石」，因
辨其是非，曰：

　　　　〈淇奧傳〉曰：「琇、瑩，美石」，《說文》云：「琇，美石，次玉也」，
　　　　然「琇」是美石之名耳。而此《傳》俗本云：「琇實，美石」者，誤
　　　　也。今定本毛無實字，《說文》直云：「琇，石次玉」，則「實」非玉
　　　　名。故王肅云：「以美石爲瑱，塞實其耳。」義當然也。

此例《正義》顯讀「琇實」爲句，故云：「實非玉名」，舉〈淇澳〉、《說文》
諸例以證載籍但有以「琇」爲美石，無以「琇實」者，又舉王肅之《注》，亦
不以「琇實」爲讀以爲證。此據王《注》以定《傳》文之無「實」字也。然
《傳》文亦可讀：「琇，實美石」，故王《注》云：「塞實其耳」正呼應《毛
傳》之「實」字也。是王《注》恰可證《毛傳》原有「實」字。又〈淇澳傳〉
之「琇瑩，美石」，然「瑩」實非美石名，《說文》：「瑩，玉色也。從玉，熒

省聲。逸《論語》曰：如玉之瑩」，則「瑩」爲狀詞，正狀「琇」之美。是以馬瑞辰《毛詩傳箋通釋》云：

> 《孟子》：「充實之謂美」，是「實」有美義，「充耳琇實」猶〈淇奧〉
> 詩「充耳琇瑩」。〈著〉詩「瓊華」、「瓊英」、「瓊瑩」皆狀其玉之美。
> 草木有榮、有英、有華、有實，狀玉之美曰瑩，曰英，曰華，亦可
> 曰實，其義一也。《傳》云「琇實，美石」，與《淇奧傳》「琇瑩，
> 美石」，詞義正同，是知傳本有「實」字者是也。（卷二三，頁 12
> ～13）

則《傳》文「琇實」爲讀，亦無礙其「美石」之義，《正義》謂俗本有「實」字者非，尚可斟酌。

2. 〈大雅・行葦〉：「或歌或咢」。（卷十七之二，頁 3）

《釋文》曰：「毛云：徒歌曰咢」（卷七，頁 9 引），《正義》從本則作「徒擊鼓曰咢」，關於版本問題，《正義》曰：

> 「徒擊鼓曰咢」，〈釋樂〉文。孫炎曰：「聲驚咢也」。王肅述《毛》
> 作「徒擊鼓」，今定本、《集注》作「徒歌」者，與《園有桃傳》相
> 涉誤耳。

《釋文》、《毛詩》定本、崔靈恩《毛詩集注》皆作「徒歌曰咢」。然〈魏風・園有桃〉：「我歌且謠」，《傳》曰：「曲合樂曰歌，徒歌曰謠」，說同《爾雅・釋樂》文，彼《傳》既云「徒歌曰謠」矣，則此《傳》不得云「徒歌曰咢」也。否則豈「謠」「咢」爲同義詞乎？又彼《傳》既同於《爾雅》，則此《傳》當亦同《爾雅》訓作「徒擊鼓曰咢」。《正義》據《爾雅》爲說，且舉王《注》爲證，其說可從。

第三節　《正義》疏《傳》取捨鄭《箋》、王《注》之考察

《毛詩正義》多據鄭《箋》闡申《傳》旨，然《正義》或以爲鄭《箋》亦有不合《傳》旨者；而王學雖被視爲鄭學之對立學派，然亦據《毛傳》作《注》，故《正義》間亦引以申《傳》，蓋《正義》實以是否符合《傳》旨爲取捨二家之標準。《正義》取捨二家之現象爲何？似有論述之必要，本節試爲考察於下。

一、《箋》、《注》訓詁相同，釋義有別，則取《箋》疏《傳》

　　鄭、王二家於《毛詩》之注解有字義訓詁同從《毛傳》，而申說句意則相異者，《正義》不取王《注》而取鄭《箋》以疏《傳》。舉例如下：

　　1. 〈大雅・綿〉：「柞棫拔矣，行道兌矣。」（卷十六之二，頁 22）

《傳》：

　　兌，成蹊也。

《箋》：

　　柞，櫟也。棫，白桵也。……今以柞棫生柯葉之時，使大夫將師旅
　　出聘問，其行道士眾脫然，不有征伐之意。

王《注》：

　　柞棫生柯葉拔然，時混夷伐周。（《正義》卷十六之二，頁 22 引）

二家皆云「生柯葉」，〈皇矣〉「柞棫斯拔，松柏斯兌」，鄭《箋》云：「使其山樹木茂盛」，《正義》申之云：「使山之所生之木柞棫拔然而枝葉茂盛，松柏之樹兌然而材幹易直」，則皆取「拔」之生長茂盛義。唯鄭謂此述聘問事；王則謂爲混夷伐周事。訓詁同，釋義異。《正義》申《傳》曰：

　　《傳》言成蹊者，以混夷之地野曠人稀，雖有舊道，當有荒穢，故
　　因士眾之過，得成蹊徑，以無征伐之事，故行得相隨成徑，與鄭同
　　也。《帝王世紀》云：「文王受命四年，周正丙子混夷伐周，一日三
　　至周之東門，文王閉門修德而不與戰。」王肅同其說，以申毛義。……
　　然則，周之正月，柞棫未生，以爲毛說，恐非其旨。驗《毛傳》上
　　下與鄭不殊。

棄王取鄭，此因混夷伐周爲正月事，周之正月，柞棫未生，王氏所言有誤，故取鄭《箋》聘問義申《傳》。

　　2. 〈大雅・公劉〉：「既順迺宣」。（卷十七之三，頁 7）

《傳》：

　　宣，徧也。

《箋》：

　　既順其事矣，又乃使之時耕。

王《注》：

　　徧謂廬井（《正義》卷十七之三，頁 8 引）

王《注》「廬井」二字非用以解釋「徧」字，乃用以說明宣字所以爲徧之含意，

謂遷豳之後努力墾荒以致遍爲盧井,「盧井」即徧字之所指。古代井田制八家共一井,故稱八家盧舍爲「盧井」〔註6〕此說與鄭《箋》謂「徧」指「時耕」有別。《正義》申《傳》曰:

> 「乃宣」之文在「既順」之下,「順」謂順事,則「宣」謂徧耕,意亦與鄭同。王肅云……毛意未必然也。

鄭、王皆從《毛傳》「徧」字釋義,所釋有別,《正義》棄王取鄭。

若「順」果爲「順事」,「宣」亦未必即是「徧耕」,且「順」未必指「順事」。此章僅述初相地事,恐未及時耕,時耕猶未及,遑論至於盧井,鄭《箋》、王《注》俱有可議。黃焯云《詩疏平議》云:

> 《正義》以時耕與宣徧同,殆是強合。案〈周語〉「宣所以教施也」,又云:「教施而宣則徧」,《傳》意即本〈周語〉,《詩》意蓋謂遷豳之始,既順民之情,乃又徧教之。(頁510)

《毛傳》之訓,或有憑據,《正義》據《箋》申《傳》;王《注》盧井之謂,皆非《傳》旨。

3. 〈大雅‧桑柔〉:「進退維谷」。(卷十八之二,頁8)

《傳》:

> 谷,窮也。

《箋》:

> 前無明君,卻迫罪役,故窮也。

王《注》:

> 進不遇明君,退不遇良臣,維以窮。(《正義》卷十八之二,頁9引)

鄭《箋》、王《注》皆就《毛傳》:「谷,窮也」爲說,於「進」「退」字亦無異訓,然說解則有出入,鄭謂「退」指「迫於罪役」;王則謂「不遇良臣」。《正義》曰:

> 王肅云……,《箋》不然者,以臣之佐君共成其惡,不宜分之爲二,故以施政本末爲進退。

《正義》據《箋》申毛。

4. 〈周頌‧小毖〉:「莫予荓蜂,自求辛螫。」(卷十九之四,頁1)

《傳》:

〔註6〕《漢書‧食貨志上》:「井方一里,是爲九夫,八家共之,各受私田百畝,公田十畝,是爲八百八十畝,餘二十畝以爲盧舍。」可證。

> 茾蜂，牽曳也。

《箋》：

> 群臣小人無敢我牽曳，謂爲譸詐誑欺不可信也。女如是，徒自求辛
> 苦毒螫之害耳，謂將有刑誅。

王《注》：

> 以言才薄，莫之藩援，則自得辛毒。（《正義》卷十九之四，頁2引）

此條鄭、王皆據《毛傳》推衍《詩》義，然所釋有別。《爾雅·釋訓》：「甹夆，
掣曳也。」《正義》謂「茾蜂」、「甹夆」爲古今字。據王《注》，成王自謂才
薄，冀得群臣牽引輔助以爲善，孫毓申之曰：「群臣無肯牽引扶助我」，然「甹
夆」一詞，《爾雅》孫炎《注》曰：「謂相掣曳入於惡也」，《正義》引之並謂
王肅、孫毓曰：「此二家以茾蜂爲掣曳爲善，……《傳》本無此意，故同之鄭
說。」疏《詩》意曰：

> 汝等群臣莫復於我掣曳，牽我以入惡道，若其如是，我必刑誅於汝，
> 是汝自求是辛苦毒螫之害耳。

即據《箋》申說。疏《箋》曰：

> 掣曳者，從傍牽挽之言。是挽離正道使就邪僻，故知謂譸詐誑欺不
> 可信，若管蔡流言之類也。

然「掣曳」但爲牽挽之意，自可牽挽之於善，亦可引之於惡，二者俱可通，
但觀上下文以判別耳。如鄭之訓，於《詩》雖無不可通，然〈序〉云：「嗣王
求助也」，鄭、王皆篤信《詩序》爲聖人之言，既爲求助，語氣自當謙虛和緩，
出以警戒之詞，於求助之意似不類，王、孫二說合於〈詩序〉。《正義》據《箋》
釋《毛詩》，恐不符〈詩序〉之旨。

二、《箋》與《傳》別，而義不可通，則取《注》疏《傳》

　　《正義》於鄭《箋》異《傳》且無法調合者，或據王《注》申《傳》，所
據王《注》多爲依《毛傳》以衍申《詩》義者。例如：

　　1. 〈秦風·蒹葭〉：「所謂伊人，在水一方。」（卷六之四，頁1）

《傳》：

> 伊，維也。

《箋》：

> 伊當作繄，繄猶是也。所謂是知周禮之賢人，乃在大水之一邊，假

喻以言遠。

王《注》：

> 維得人之道乃在水之一方。一方，難至矣。水以喻禮樂，能用禮則
> 至於道也。（《正義》卷六之四，頁2引）

「維」字，王肅當作發語詞，鄭《箋》則視「伊」爲「繄」之借字，當作指
稱詞。〈序〉云「刺襄公也。未能用周禮，將無以固其國焉」，襄公若用周禮
則國固民安。鄭氏以爲襄公新爲諸侯，未習周禮之法，當擇用知周禮之賢人，
助己治國，故以伊人喻賢人，此人則遠在水之一邊，得之不易。王氏以爲〈序〉
云：「未能用周禮」，即當身體力行，因說得民心之道，唯在禮樂，以水喻禮
樂。「伊」字見解有異，表面上王氏從毛；鄭氏易《傳》，致說《詩》大不相
同。鄭既易《傳》，則毛鄭有異，故《正義》說《毛詩》曰：

> 所謂維是得人之道乃遠在大水一邊，大水喻禮樂，言得人之道，乃
> 在禮樂之一邊。

據王《注》申毛，然胡承珙《毛詩後箋》曰：

> 此用王肅說申毛，非毛意也。〈小雅・白駒〉：「所謂伊人」與此正
> 同。……其上文《傳》云：「宣王之時，不能用賢，賢者有乘白駒而
> 去者」，則毛意伊人指賢人可知。彼《箋》亦云：「伊當作繄，繄猶
> 是也。所謂是乘白駒而去之賢人。」蓋所以申毛意也。（卷十一，頁
> 19）

且《傳》之「維」字，實爲指稱詞。陳奐《詩毛氏傳疏》云：

> 此篇及〈伐木〉、〈白駒〉曰「伊人」；〈烈文〉及〈雝〉曰：「維人」。
> 維，是也，猶言是人也。《箋》伊當作繄云云，亦申《傳》也。（卷
> 十一，頁9）

二說足補《正義》。

　　2.〈小雅・正月〉：「民之無辜，并其臣僕。」（卷十二之一，頁11）

《傳》：

> 古者有罪不入于刑，則役之圜土以爲臣僕。

《箋》：

> 辜，罪也。人之尊卑有十等，僕第九，臺第十。言王既刑殺無罪并
> 及其家之賤者，不止於所罪而已。《書》曰：「越茲麗刑并制」。

《傳》謂今民之無罪者亦使陷於罪，一如古之罪輕者役之圜土以爲臣僕，「臣

僕」，《傳》意指無辜之人所受之罰役；《箋》謂不但民之無辜者遭刑殺，並禍及其家中臣僕之賤者，則「民」與「臣僕」非一，臣僕不過隸屬於民之賤人，《傳》、《箋》明顯有異。王《注》：

> 今之王者好陷入人，罪無辜，下至於臣僕，言用刑趨重。（《正義》
> 卷十二之一·頁 11 引）

所言或得於《傳》旨。《傳》、《箋》差異之形成，起於對「其」字解釋之不同，《毛傳》謂「民之無辜」者即爲「臣僕」，此其字似爲語助詞，無義；鄭《箋》則視爲所有代詞，陳奐《詩毛氏傳疏》曰：

> 臣僕即罪人爲役者也。《書·微子》篇：「商其淪喪，我罔爲臣僕。」……
> 《晏子·雜篇上》：「越石父曰：吾爲人臣僕於中牟。」《史記》則云：
> 「在縲絏中」，此罪人爲臣僕之確證矣。（卷十九，頁 7）

《毛傳》之說或是。《正義》申《傳》：

> 此有罪者當然，今無罪亦令與有罪同役，故言并也。

末並以王《注》爲證，則《正義》或不以鄭《箋》爲然。

　　3. 〈小雅·楚茨〉：「或剝或亨，或肆或將。」（卷十三之二，頁 7）

《傳》：

> 肆，陳；將，齊也。或陳于樂，〔註7〕或齊其〔註8〕肉。

《箋》：

> 祭祀之禮各有其事，有解剝其肉〔註9〕者，有煮熟之者，有肆其骨
> 體於俎者，或奉持而進之者。

《傳》、《箋》皆釋「肆」爲陳，所陳之處則異，《傳》謂陳於樂（按：地官牛人注：「樂，若今屠家懸肉架」）；《箋》謂陳於俎。「將」者，《傳》訓爲齊；〈周頌·我將〉「我將我享」《箋》：「將猶奉也」，此處與之同，亦取奉持爲義，此《傳》、《箋》之別。王《注》：

> 分齊其肉所當用，則是既陳於樂，就樂上而齊之也。「或肆或將」其
> 事俱在「或亨」之前，以二者事類相將，故進「或亨」於上，以配
> 「或剝」耳。（《正義》卷十三之二，頁 8 引）

從《傳》，並說明詩人不循序而詠之由，《正義》即因之以申《傳》。

〔註7〕 「樂」本作「牙」，據《阮校記》改。
〔註8〕 「其」本作「于」，據《阮校記》改。
〔註9〕 「肉」本作「皮」，據《阮校記》改。

《正義》申《箋》云：

> 易《傳》者，以祭雖有炙，不施於既亨之後，非文次也。孫毓云：「此
> 章祭時之事，始於絜牛羊，成於神保享，各以次第也。既解剝則當
> 亨煮之於鑊，既煮熟當陳骨體於俎，然後奉持而進之為尸羞，不待
> 既亨熟乃分齊所當用也。《箋》義為長。」

引孫毓之言為說，則「箋義為長」之斷語，當亦是《正義》之意。二人以為
詩人為文「或剝或亨，或肆或將」漸次以進。祭祀雖有陳于炙、齊肉之步驟，
理當完成於亨煮之前，今「或肆或將」置「或剝或亨」之下，若從《毛傳》
為訓，則不可。其說似成理，然詩人為文不必皆循序而進，如王《注》理會
詩人設文，事多錯舉，因而調動《詩》文次序以釋《毛傳》，於情理似無不可。

縱觀此《詩》，通篇陳述祭禮，次第而行，王夫之《詩經稗疏》曰：

> 此《詩》一章言粢盛；二章言犧牲；三章言俎豆，俎豆陳而後及獻
> 酬；四章言致嘏；五章言尸謖；而六章終之。古祭禮之次第節文賴
> 此以存。（卷二，頁 18，《皇清經解續編》本）

如依鄭《箋》，獨就二章而言，不必更動《詩》文次序，於意便已完足，或較
王《注》變更後方有理可說為恰當。但就整體觀之，鄭《箋》「肆其骨體於俎」
不但與三章「為俎孔碩」重複，且與「奉持而進」同可畫為俎豆之事，詩人
無如此重疊之理，孫毓、《正義》之說不免顧小失大。秦惠田《五禮通考》尤
有詳說：

> 毛所言是殺牲，當朝踐時事；鄭所言是饋食時事。今案〈楚茨〉所
> 述禮儀節次頗分明，「絜爾牛羊」下只當言殺牲，至「執爨」以下方
> 言饋食時事，若方言絜牛羊，遽及饋食，則遺卻朝踐一節矣。

王《注》實較鄭《箋》為長，並得於《傳》旨，《正義》雖據以申《傳》，乃
以《箋》義為長，頗可商榷。

4.〈小雅・甫田〉：「以介我稷黍，以穀我士女。」（卷十四之一，頁6）

《傳》：

> 穀，善也。

《箋》：

> 介，助，穀，養也。……以求甘雨佑助我禾稼，我當以養士女也。

王《注》：

> 大得我稷黍，以善我男女，言倉廩實而知禮節也。（《正義》卷十四

之一，頁9引）

《傳》、《箋》「穀」字異解，「介，大」《傳》之常訓，此處無《傳》，王《注》因以爲訓，此或亦《傳》、《箋》不同處。王《注》從《毛傳》，《正義》因取以申《傳》，曰：

> 以大得我稷之與黍，其成熟，則人皆修飾以善我士之與女。

然字訓雖異，解說或可相通；字訓雖同，解說或有不同。此例王《注》雖用《毛傳》以申義，卻似未得《傳》旨；鄭《箋》之訓雖不同《毛傳》，然義似較王《注》尤近於毛。《正義》不察此意，遂取王《注》以申《傳》旨。

此《詩》「以御田祖」以下「以祈甘雨、以介我稷黍，以穀我士女。」皆祈年之辭。求天普降甘霖，無非助其禾稼；助其禾稼，無非期待豐收、大得稷黍也。「介，大也」，與「介，助也」義實相成。又「以祈甘雨」、「以介我稷黍」、「以穀我士女」三事環環相扣，期望豐收亦無非爲善養我士女，使之無匱於食。雨以潤黍稷；黍稷以養民，文通意暢。王《注》「倉廩實而知禮節」謂倉廩實，民無匱乏，乃有餘力習禮知義，不免多所轉折。且穀之訓善訓養，義本可通。黃焯《詩疏平議》云：

> 《爾雅・釋詁》：「穀，善也」；〈釋言〉穀訓生又訓祿；《廣雅》云：
> 「祿，善也」，郝懿行云：「善與生活義近，祿與生養義近，展轉相
> 訓，其義又同矣。」（頁389）

如黃氏所言，可見此《詩》「穀」字，《傳》、《箋》之訓「善」訓「養」，文雖不一，義實大同。

三、無《傳》，《箋》破字，則取《注》疏《傳》

《正義》每謂《毛傳》無破字之理。〈小雅・賓之初筵〉「式勿從謂」《疏》、〈大雅・雲漢〉「后稷不克」《疏》、〈商頌・玄鳥〉「肇域彼四海」《疏》皆明示此意。〈角弓〉「莫肯下遺、式居婁驕」《疏》則云：「毛無改字之理」，改字亦破字，名稱不同，所指則一。破字者，用本字以說明通假字或改正字誤。不破字初看似爲毛之通例，實則不然，如〈邶風・泉水〉「不瑕有害」，毛訓「瑕」爲「遠」，實借爲「遐」、〈魯頌・泮水〉「不吳不揚」，毛訓爲「揚」爲「傷」，則破字矣。《正義》蓋就當《詩》言之，非毛通例也。觀《正義》於無《傳》且鄭《箋》破字處，多不以之疏《傳》，則其或以爲毛若破字解《詩》，當有注解，既無注解，或不破字也。無《傳》，鄭《箋》破字解《詩》，訓詁

不同，影響所及，《詩》義往往有出入，雖有部分義可相成，終非常見，因之，凡鄭《箋》破字，而王《注》音如其字、義用常訓者，《正義》多捨鄭《箋》而取王《注》以申《傳》。

  1. 〈小雅・甫田〉：「曾孫來止，以其婦子，饁彼南畝，田畯至喜，攘其左右，嘗其旨否。」（卷十四之一，頁9）

《箋》：

> 曾孫，謂成王也。攘，讀當爲饟。饁、饟，饋也。田畯，司嗇，今
> 之嗇夫也。喜讀爲饎，饎，酒食也。成王來止，謂出觀農事也；親
> 與后世子行，使知稼穡之艱難也；爲農人之在南畝者，設饋以勸之；
> 司嗇至則又加之以酒食；饟其左右從行者，成王親爲嘗其饋之美否，
> 示親之也。

王《注》：

> 曾孫來旨，親循畎畝，勸稼穡也。農夫務事，使其婦子並饁饋也。
> 田畯之至，喜樂其事，教農以閒暇攘田之左右，除其草萊，嘗其氣
> 旨土和美與否也。（《正義》卷十四之一，頁10引）

鄭箋於「喜」、「攘」皆破字，分別謂之爲「饎」、「饟」之借字。故鄭、王釋義亦異，鄭《箋》以爲此章皆承「曾孫來止」而立，「婦子」指王后與世子，爲使知稼穡之艱難，率之視察農事；王肅則稱「婦人無閫外之事」，《孔子家語・本命》篇：「教令不出於閨門，事在供酒食而已，無閫外之儀也。」此其所本。后妃隨王往親耕，正閫外之事。鄭《箋》又謂「饁彼南畝」乃王爲農人之在南畝者設饋，用以勸農事；王肅謂：「帝王乃躬自食農人，周則力不供，不徧則爲惠不普。」，故易鄭《箋》王之婦子而謂農人之婦子、王之饋食爲婦子饋食，此婦「饁彼南畝」正合婦人事在供酒食而已之禮制。鄭《箋》既以此章皆由「曾孫來止」統攝，則加之田畯以酒食者、饟饋王之左右者、嘗饋之美否者，皆爲成王。王《注》則以爲喜樂者爲田畯；攘除左右田地草萊者爲農人；嘗土氣之美惡者，復爲田畯；爲貫串文意，於農人「攘其左右」處增文，謂田畯教之。此爲鄭、王之別。《正義》曰：

> 此經毛不爲《傳》，但毛氏於《詩》無破字者，與鄭不得同。

鄭《箋》破字，王《注》如字，故《正義》引王《注》而曰：「傳意當然」。

  2. 〈小雅・大田〉：「以我覃耜，俶載南畝。」（卷十四之一，頁13）

《箋》：

　　俶讀爲熾，載讀爲菑栗之菑。時至，民以其利耜熾菑發所受之地，
　　趨農急也。田一歲曰菑。

「俶」、「載」二字無《傳》，《正義》疏《傳》曰：

　　《傳》不解「俶」、「載」之文，以毛不破字，必不與鄭同。王肅以
　　「俶」爲「始」、「載」爲「事」，言用我之利耜始發事於南畝。（卷
　　十四之一，頁 15）

鄭謂「俶」、「熾」；「載」、「菑」通假，破字爲訓，《正義》因取王《注》申《傳》，〈周頌·載芟〉：「有略其耜，俶載南畝」、〈良耜〉：「畟畟良耜，俶載南畝」，「俶載南畝」皆置之「耜」下，《正義》因疏《箋》易字之理：

　　是「俶載」者，用耜於地之事，故知當爲「熾」；「菑」謂耜之熾而
　　入地以菑殺其草。

唯入地殺草，乃整地之事；王《注》「始發事於南畝」，雖爲籠統之說，然《詩》於「俶載南畝」下始引出「播厥百穀」，則王《注》所謂「發事」，當亦僅限於整地一事，《傳》、《箋》字意訓詁不同，句意闡釋則大致可通。

　　3.〈魯頌·泮水〉：「桓桓于征，狄彼東南。」（卷二十之一，頁 17）

《箋》：

　　征，征伐也。狄，當作剔；剔，治也。東南，斥淮夷。

「狄」字無《傳》，《正義》疏《傳》曰：

　　毛無破字之理，《瞻仰傳》以「狄」爲「遠」，則此〔註10〕「狄」亦
　　爲「遠」也。王肅云：「率其威武往征，遠服東南，謂淮夷來服也。」

鄭氏破字，謂「狄」爲「剔」之借字。《正義》因不以之申《傳》；王肅釋「狄」爲「遠」，與《瞻仰傳》同，《正義》遂以之疏《傳》。

四、無《傳》，《注》據他《傳》申之，則取《注》疏《傳》

　　王肅注《詩》於無《傳》處，往往參酌他《傳》以爲依據，如〈小雅·巷伯〉「誰適與謀」《箋》曰：「適，往也」，《釋文》曰：「王都歷反」；〈衛風·伯兮〉「誰適爲容」《傳》：「適，主也」，《釋文》曰：「適，都歷反」，〈巷伯〉王《注》「適」字與〈伯兮〉《傳》同音，則其義當同。〈小雅·鴛鴦〉「乘馬在廄」之「乘馬」無《傳》，《箋》曰：「古者明王所乘之馬繫之於廄」，《釋文》

〔註10〕「此」本作「北」，據《阮校記》改。

稱王《注》「繩證反，四馬也」；〈鄭風·大叔于田〉首章「乘乘馬」無《傳》，次章「乘乘黃」《傳》云：「四馬皆黃」，則「乘馬」指四馬，《鴛鴦注》同於《大叔于田傳》。〈小雅·南有嘉魚〉「烝然罩罩」，《箋》云：「烝，塵也」，王《注》則曰：「烝，眾也」（釋文引）與〈大雅·烝民〉「天生烝民」《傳》：「烝，眾」同。《魯頌·閟宮》「敦商之旅」，《箋》：「敦，治也」，王《注》「敦，厚也」（釋文引）與〈北門〉「王事敦我」《傳》：「敦，厚也」同。以上皆王肅據他《傳》釋《詩》而異於鄭《箋》之證，《正義》深闇此例，遇有無《傳》，而王《注》同於他處《毛傳》者，往往藉以申《傳》。如：

1. 〈衛風·考槃〉：「考槃在澗，碩人之寬，獨寐寤言，永矢弗諼。」（卷三之二，頁 14）

《傳》未釋「寬」字，亦未解「碩人」一詞。

《箋》云：

> 有窮處成樂在於此澗者，形貌大人而寬然有虛乏之色，在澗獨寐、覺而獨言，長自誓以不忘君之惡，志在窮處，故云然。

謂「寬」為虛乏之義，《正義》疏《傳》云：

> 此篇《毛傳》所說不明，但諸言「碩人」者，《傳》皆以為大德之人。
> 卒章「碩人之軸」《傳》訓「軸」為「進」，則是大德之人進於道義
> 也。推此而言，則「寬」、「薖」（按：次章「碩人之薖」）之義皆不
> 得與《箋》同矣。王肅之說皆述《毛傳》，其《注》云：「窮處山澗
> 之間而能成其樂者，以大人寬博之德，故雖在山澗獨寐，而覺獨言
> 先王之道，長自誓不敢忘也。美君子執德弘，信道篤也。歌所以詠
> 志，長以道自誓，不敢過差。」其言或得《傳》旨，今依之以為毛
> 說。（卷三之二，頁 14）

「碩人」一詞，〈邶風·簡兮〉「碩人俣俣」《傳》：「碩人，大德也」、〈碩人〉「碩人其頎」《傳》：「夫人德盛而尊」，據此二《傳》，〈小雅·白華〉「念彼碩人」雖無《傳》，王《注》曰：「碩人謂申后也」，亦謂有德之人，與鄭《箋》：「妖大之人，謂襃姒也」有別。此詩以「寬博」為言，異於鄭《箋》之「虛乏」，由是知王肅釋「碩人」一詞，係自德行言之。《正義》曰「諸言『碩人』者，《傳》皆以為大德之人」，〈白華〉「碩人」無《傳》，《正義》此言，蓋同意〈白華〉王《注》「碩人，謂申后也」之說，然其疏〈白華〉卻謂：「毛既不為之《傳》，意當與鄭同」，反以鄭《箋》之說為是，此或《正義》成於眾

人之手，前後不免稍有矛盾。「碩人」一詞，王《注》同於他《傳》，故雖《傳》意不明，《正義》逕取王《注》申之。於下文「獨寐寤言，永矢弗諼」、次章「獨寐寤歌，永矢弗過」亦一併依之疏《傳》，唯以「弗諼」爲賢者不忘先王之道，似與上文槃樂寬大之意不類。胡承珙《毛詩後箋》曰：

> 「弗諼」、「弗過」，毛皆無《傳》，「諼」之訓忘，已見《淇奧傳》，以近在前篇，可不復出。但《疏》引王肅述毛，以「弗諼」爲不忘先王之道，則不如以不忘此樂者爲近。至次章「弗過」，以末章「弗告」傳云：「無所告語也」推之，則「弗過」當是無所過從之意，《疏》引王肅云：「歌所以詠志，長以道自誓，不敢過差。」其言亦未必得毛旨也。（卷五，頁9）

其說似較王《注》得之，《正義》全持王說，似仍有可議。

2. 〈小雅·甫田〉「攸介攸止」。（卷十四之一，頁1）

《箋》云：

> 介，舍也。禮使民鋤作耘耔，閒暇則於盧舍及所止息之處以道藝相講肄。

分「介」、「止」爲二事，胡承珙《毛詩後箋》曰：

> 「介」、「止」毛雖無《傳》，然其訓「烝」爲「進」（按：「攸介攸止」下接「烝我髦士」傳曰：「烝，進；髦，俊也。」），謂俊士以進，則毛意當亦爲舍而止息。蓋必有所止舍，而後可進髦士也。（卷二十一，頁3）

胡氏謂鄭《箋》申毛，而非易《傳》。「攸介攸止」又見〈大雅·生民〉，彼《傳》曰：「介，大也。止，福祿所止也。」「介」訓爲「大」；「止」定止之謂。可證《毛傳》之意必非胡氏所言。縱觀《毛傳》，「介」字凡二訓，〈鄭風·清人〉「駟介旁旁」《傳》：「介，甲也」，此其一；〈小雅·小明〉「介爾景福」、〈大雅·生民〉「攸介攸止」《傳》：「介，大也」，此其二，除此三處，餘皆無訓。「介」字，王肅本其「大」訓，鄭《箋》則並不一致，或訓大，或訓助，即使同一「攸介攸止」亦有不同（《甫田箋》「介，舍也」，《生民箋》：「介，左右也」）。故《正義》擇王《注》以釋《傳》，曰：

> 「攸介攸止」毛雖不訓，準〈生民〉之《傳》，則不爲「舍而止息」。王肅云：「是君子治道所大，功所定止。」《傳》意當然。言太平年豐爲功成治定。（卷十四之二，頁5）

唯王《注》訓詁雖同《生民傳》，然釋義則尚有可議。

「攸介攸止」介於「黍稷薿薿」、「烝我髦士」之間，前云農事，後轉至進舉進士，「攸介攸止」當有承上起下作用。《毛傳》無訓，但謂「治田得穀，俊士以進」，「治田得穀」為「攸介攸止」之大意，則此語實謂農功大成，五穀有定之事。古者農事畢，始受學，〔註11〕「豐收」一事正上承農功，下開「烝我髦士」，此《毛傳》之意。王肅將治田得穀之單純農事說為「君子治道所大，功所定止」，且謂「黍稷薿薿」皆君子治功所致，以此說《詩》意，恐過於迂迴，《正義》從之，大有可商。

3.〈大雅・文王〉：「上帝既命，侯于周服。」（卷十六之一，頁10）
《箋》：

> 至天已命文王之後，乃為君於周之九服之中，言眾之不如德也。

訓「侯」為「君」；「周服」，「周之九服」，「侯于周服」，謂為文王之臣。上章「侯文王孫子」《傳》：「侯，維也」，此處無《傳》，王肅據以為《注》；鄭《箋》則取「諸侯」為訓，二者異義。《正義》從王《注》疏《傳》，曰：

> 德之小者猶可以眾敵之，盛德不可為眾，言德盛則難為眾，故雖多而服周。深美文王，言非眾所敵。王肅云：「商之孫子有過億之數（按：此釋上文「商之孫子，其麗不億」），天既命文王，則維服于周，盛德不可為眾。」毛於上章訓「侯」為「維」，則其意如肅言也。（卷十六之一，頁11）

「侯于周服」《傳》：「盛德不可為眾也」，《孟子・離婁》篇引此《詩》曰：「孔子曰：『仁不可為眾也，夫國君好仁，天下無敵。』」胡承珙謂《傳》即本《孟子》「仁不可為眾」語。「盛德」猶「仁」，盛德則眾難與為敵，天下無敵是也。則「服」為臣服之義。王肅謂商之孫子「維服於周」，倒文為訓，可謂達於毛意。《正義》又據以申《傳》，或是。

4.〈大雅・大明〉：「維予侯興」。（卷十六之二，頁9）
《傳》曰：

> 興，起也。言天下之望周也。

《箋》曰：

〔註11〕《公羊傳》何休《注》：「十月事訖，父老教于教室，八歲者學小學，十五者學大學，其有秀者，移于鄉學」，即謂十月農事訖，始受學。而其秀者，又得以繼續深造，何休又曰：「鄉學之秀者移于庠，庠之秀者移于國學。」

而天乃予諸侯有德者，當起為天子，言天去紂，周師勝也。

訓「予」為「給予」；「侯」為「諸侯」。《正義》曰：

> 毛氏於《詩》，「予」皆為「我」，無作「取予」之義。上篇「侯」皆
> 為「維」，言「天下之望周」解「維予侯興」之意，王肅云：「其眾
> 維叛殷，我興起而滅殷」，《傳》意當然也。（卷十六之二，頁9）

〈小雅・采菽〉「何錫予之」、「雖無予之」、「又何予之」、「天子所予」，四「予」字皆無《傳》，《正義》疏《傳》乃云：「有何物而當賜予之乎」、「於時雖為無可予之」、「又以何物予之」、「賜予車馬衣服」，實以「給予」為義，則《正義》所謂「毛氏於《詩》，『予』皆為『我』。」之語恐非。王肅從上篇《毛傳》「侯，維」為《注》（參例3），故《正義》取以疏《傳》，至鄭《箋》「諸侯」之解，觀此《詩》前後皆稱「武王」，無獨於此稱「諸侯」之理，鄭《箋》恐不可從。王《注》視「侯」為語詞，當較鄭《箋》可信。則「予」，「我」也，武王自稱之詞。《正義》據王《注》釋《傳》，或是。此《詩》上下章皆以第三人稱陳述武王之事，於此則易為第一人稱，蓋為誓師之詞。馬瑞辰《毛詩傳箋通釋》曰：

> 《爾雅・釋言》：「矢，誓也。」虞翻《易注》曰：「矢，古誓字」，「矢
> 於牧野」謂周王誓師于牧野，當連下「維予侯興」三句言（按：三
> 句者，「維于侯興，上帝臨女，無貳爾心」），三句皆誓詞也。（卷二
> 十四，頁14）

若其言屬實，則毛《傳》：「矢，陳」、鄭《箋》：「殷盛合其兵眾陳於商郊之牧野」似皆可商。

5. 〈魯頌・閟宮〉：「奄有下國」。（卷二十之二，頁1）

《箋》云：

> 奄猶覆也。以五穀終覆蓋天下。

〈商頌・玄鳥〉：「奄有九有」。（卷二十之三，頁15）

《傳》：

> 九有，九州也。

《箋》云：

> 覆有九州為之王。

《毛傳》於二「奄」字無《傳》，鄭《箋》則俱以「覆」釋之。〈閟宮〉《正義》曰：

> 〈執競〉《傳》以「奄」為同，則此「奄」亦為「同」也。王肅云：

「堯命以后稷使民知稼穡，下國同時有是大功也。」（卷二十之二，
頁 3）

〈玄鳥〉《正義》云：

《傳》於「奄」字皆訓爲「同」，王肅云：「同有九州之貢賦也。」
（卷二十之三，頁 17）

〈大雅・執競〉「奄有四方」，《毛傳》以「奄」爲「同」，王《注》從之，《正
義》因以疏《傳》。〈大雅・皇矣〉「奄有四方」，《傳》：「奄，大也」；〈大雅・
韓奕〉「奄受北國」，《傳》：「奄，撫也」，此《毛傳》「奄」不訓「同」之例，
則《正義》謂：「《傳》於『奄』字皆訓爲『同』」，或可商。

《說文》：「奄，覆也」、「弇，蓋也」，「覆」、「蓋」同義，則「奄」即「弇」
也。《爾雅・釋言》：「弇，同」，《說文》：「同，合會也」段《注》：「口皆在所覆
之下是同之意也」，則《毛傳》「奄，同」與鄭《箋》「奄，覆也」無別。〈執
競〉「奄有四方」，《傳》已言「奄，同也」，鄭玄或因「同」、「覆」同義，因以
釋義。又〈皇矣〉亦云：「奄有四方」，《傳》云：「奄，大也」，似異於《執競傳》，
實則義同。《說文》：「奄，覆也，大有餘也」，「覆」與「大有餘」義正相因。「奄
有下國」分明承上「黍稷重穋，稙穉菽麥」，顯然覆有下國者爲此五穀；王《注》
所謂「同時有是大功」即指「使民之稼穡」以致豐收之功，鄭《箋》、王《注》
義實無別。「奄有九有」二氏所解俱一統天下之義，亦無別也。

餘如〈周頌・我將〉：「伊嘏文王」、〈小雅・賓之初筵〉：「錫爾純嘏」、〈大
雅・卷阿〉：「純嘏爾常矣」，《傳》皆云：「嘏，大也」，王《注》從之以釋〈我
將〉，《正義》即據以疏《傳》。「辟公」一詞凡三見，皆無《傳》，「烈文辟公」
分見於〈周頌・烈文〉與〈載見〉，〈烈文序〉云：「成王即政，諸侯助祭也」、
〈載見序〉曰：「諸侯始見乎武王廟也」，俱僅言諸侯之事，王肅因以爲《毛
詩》之「辟公」即「諸侯」，與鄭《箋》：「辟公，百辟卿士及天下諸侯。」而
謂〈詩序〉單言諸侯，僅舉其重者總之，實則亦包括卿士之說不同，故王《注》
解〈周頌・雝〉「相維辟公」曰：「來助祭者維國君諸公」，以「辟公」爲「諸
侯」，《正義》從之疏《傳》。〈小雅・斯干〉「載弄之璋」，《傳》曰：「璋，臣
之職」，謂「璋」係臣行禮所執，王《注》據之而稱〈大雅・棫樸〉「左右奉
璋」曰：「群臣從王行禮之所奉」，異於鄭《箋》祭祀之稱，《正義》從之。諸
如此類，皆毛無《傳》，王《注》據他《傳》申之，《正義》遂取以疏《傳》
之例。

第八章　結　論

　　鄭學如湖海之匯百川，包容眾說；王學亦顯赫一時，二家之學，皆體大思精。若全面比較研究，實非筆者能力所及，故本文僅以「鄭玄王肅《詩經》學比較研究」為題，期藉此得窺鄭、王學異同之一斑。今幸草就，然於節目之安排、內容之陳述，自度未盡妥切，若謂成就，則豈敢言？然有二三事，請稱為結論，略陳於下。

一、鄭《箋》、王《注》之共相

　　前人於鄭、王《詩》學之探討，每多強調其異，罕有論及其同者。子雍立場固與康成異，惟二人同以《毛詩》為質，則其《詩》學，自應有共通處。故本文考《箋》、《注》內容，並紬繹二者於「訓詁內容」、「《詩》學觀念」、「思想表現」三方面之共相，或可補前人研究之不足，庶乎於二家《詩》學有通盤之瞭解。拙文以為鄭、王《詩》學觀念之同者，至少有：

　　（一）《詩》有美刺之功用：二人皆以為《詩三百》猶如箴諫之言，其旨在誦德譏過。此一觀點承繼春秋以來「詩教」之傳統。

　　（二）《詩序》作者：鄭玄以為大《序》，子夏作；小《序》，子夏、毛公合作。而王肅以為《詩序》，子夏所傳。二人皆以《詩序》為孔學正統，故說《詩》大抵不背《詩序》。

　　（三）「興」之理解：《毛傳》以「興」釋《詩》，鄭、王皆以為《毛傳》之「興」實為一種藉物象特徵以明隱喻之理之表現手法。此一理解，以《毛傳》標明「興」且有解說者驗之，大致無誤。

　　思想觀念之共相，至少有：

－157－

（一）重禮：鄭、王俱精通禮學，表現於《詩經》者，鄭玄有以禮箋《詩》之舉，王肅雖不若鄭玄明顯，卻一如鄭《箋》，時時透顯禮有修身、教民、治國之效用，此實孔子以來「攝禮歸仁」之基本思想。

（二）親親以及遠：鄭、王皆主張齊家、治國、平天下三事之間，有循序漸進之關係，此儒家之傳統。

（三）任賢使能：鄭、王之用人哲學，皆倡才德兼俱，此儒家傳統之延續。

二、鄭《箋》、王《注》之差異

鄭、王之差異，前人論者已多，成果亦頗可觀，本文所以復及於此，蓋因前人多僅止於逐條考辨，罕有於考辨基礎上，加以歸納分析者。其間或有分類，然大抵簡略浮泛。本文爲使鄭、王之異更加明確，故有此重新歸納之舉。今就訓詁、思想二方面考其異，始知訓詁方法上，鄭《箋》正字誤、明假借，王《注》則否；訓詁解說上，鄭、王於《序》、《經》、《傳》、表現手法解說之歧異，實不足以構成王肅難鄭玄之必要條件，則欲知王肅非難鄭玄之理念，當自思想觀念之層面探求。考二人思想觀念之異，若「史實認知」、「禮俗認知」、「對待三家《詩》態度」、「對待讖緯態度」，爲尤其顯明者。故欲明王肅非難鄭玄之因，分類比較二者差異之基本工作實不可減省也。

三、鄭《箋》、王《注》差異形成之原因

（一）所體會之孔門聖學不同：鄭玄、王肅皆以孔學正統自居，並俱欲成一家之學。鄭玄所體會之聖學，包含讖緯，故其屢引讖緯解經，體現於《詩經》者，以感生說解《詩》最爲大端；既不棄讖緯，則鄭玄所建立之《詩》學體系，即有不少與讖緯相關之神秘思想。自王肅述其志考察，其所致力者，在披荊斬棘，期使壅塞已久之孔門聖學得以復見天日，蓋王肅以爲孔門壅塞，體現於鄭《箋》者，摻雜讖緯厥爲大端，則王肅所體會之聖學，並不含讖緯之神秘思想。

（二）各自延續不同之學術流派：以史實認知、天人關係爲例。

1. 史實認知：鄭玄、王肅對周公「居東二年」所爲何事解釋不同，致〈豳風〉諸《詩》之說解有別。此一史事認知之差異，實因二人承襲之古史系統不同有以致之也。鄭玄解〈金縢〉「我之弗辟」爲「避居東都」，說與馬融同

（馬融之說見《經典釋文》），顯係出於馬融一派。王肅以爲「居東二年」乃爲伐管、蔡之叛，非避居也，此承《史記・周公世家》之說。

2. 天人關係：讖緯家所主張之五帝感生說、符應說，爲鄭《箋》所取。東漢學界雖籠罩於讖緯風氣下，然古文學者如桓譚、張衡等，承繼荀子自然天之論點，力斥天命、符應思想之不實，此一觀點與王充等思想家結合，輕天命而重人事之流派，遂日漸壯大。王肅反對五帝感生說，以爲天地間五行自然運行化生萬物，可謂延續東漢以來學術界力黜讖緯之流派。天人關係既不可依恃，王肅因轉而注重人事，遂轉鄭玄之命定說爲積德累功使然，偏重於強調人之自主性，化被動爲主動，正是「人事爲本，天道爲末」之人文精神。

（三）成一家《詩》學之根柢不同：康成、子雍箋注《毛詩》，俱不棄三家，然兼取三家，並不表示二人成一家之學之根柢相同。古文學之起，本因反讖緯之神秘思想，故其多以平實態度說經。以此檢視鄭《箋》，鄭《箋》雖自云：「注《詩》宗毛爲主」，實則，其一家《詩》學所掌握者，乃三家《詩》之神髓。王肅反對讖緯，自另一方面言之，實在於恢復古文學之眞精神，故其以《毛詩》爲根柢而建立一家《詩》學以難鄭玄。古文學之主體精神既爲王肅所掌握，其餘《詩》說遂不復斤斤計較於必從《毛傳》，故凡三家《詩》說可遂其建立一家《詩》學之願者，亦兼採並納，此王肅所以亦不棄三家之故。

四、鄭《箋》、王《注》二書之優劣

前人每就《箋》、《注》本身或《箋》、《注》留傳之情況論二家優劣，然王《注》僅存殘文，以全存之鄭《箋》與王《注》殘文比較而論其優劣，或難免有以偏蓋全之嫌。鄭《箋》留傳至今，王《注》則亡於宋代。得以存全者，經歷歷史之試鍊，其精博故不容置疑；惟殘缺之書，既不知其整體如何，恐不得遽謂其因不若存全者之深博，而致淘汰。夫一書得以留傳與否，實有複雜之因素，經學著作尤然。蓋經書自與政治結合起，與經學相關之著作得以留傳與否，學者學力是否豐厚，已非唯一之決定因素。則爲知王《注》之不傳，必爲不若鄭《箋》優乎？今拙文但就比較鄭《箋》、王《注》異同之便，逐條考量，略知二書各有長短，不敢輕下優劣之評斷。

五、鄭、王《詩》學之流衍

王肅非難鄭《箋》，引起日後二派之爭辯，形成曹魏以下《詩經》學上一

股辯難風潮。此爭辯發展至西晉，雖猶爭論不休，然已有不全然依從鄭《箋》或王《注》而主張調合二派學說者，張融已有此傾向，孫毓則可爲代表。今古文之爭而後有鄭玄，鄭、王之爭而後有孫毓，則由對立走向調合，此或學派相爭後期之必然趨勢也。自唐朝《正義》取鄭《箋》爲疏，鄭《箋》地位從此鞏固。然《正義》於王《注》非無所取，凡無《傳》及《傳》、《箋》相出入者，《正義》或據《注》釋《傳》；鄭、王可相成者，或據《注》申《箋》、又或據《注》以定版本是非；甚至陰用之以釋義。則其時王《注》雖已不克與鄭《箋》匹敵，然其影響猶及於官定之《毛詩正義》，而《毛詩正義》之取王《注》，實有其基本原則，非妄取也，本文爰一一申明之。

參考資料

一、民國以前

1. 《尚書注疏》，舊題漢・孔安國注，唐・孔穎達等疏，藝文印書館影印南昌府學本。

2. 《尚書大傳疏證》，清・皮錫瑞，新文豐出版公司影印光緒丙申師伏堂刊本。

3. 《毛詩注疏》，漢・毛公注，漢・鄭玄箋，唐・孔穎達等疏，藝文印書館影印南昌府學本。

4. 《詩本義》，宋・歐陽修，大通書局影印通志堂經解本。

5. 《詩集傳》，宋・蘇轍，臺灣商務印書館影印文淵閣四庫全書本。

6. 《毛詩李黃集解》，宋・李樗、黃櫄，大通書局影印通志堂經解本。

7. 《詩集傳》，宋・朱熹，世界書局影印摛藻堂四庫全書薈要本。

8. 《詩經稗疏》，清・王夫之，復興書局影印皇清經解續編本。

9. 《毛詩稽古編》，清・陳啟源，復興書局影印皇清經解本。

10. 《毛鄭詩考正》，清・戴震，復興書局影印皇清經解本。

11. 《毛詩注疏校勘記》，清・阮元，復興書局影印皇清經解本。

12. 《毛詩補疏》，清・焦循，復興書局影印皇清經解本。

13. 《毛詩紬義》，清・李黼平，復興書局影印皇清經解本。

14. 《毛詩後箋》，清・胡承珙，復興書局影印皇清經解續編本。

15. 《毛詩禮徵》，清・包世榮，力行書局影印光緒丁亥木犀軒叢書本。

16. 《毛詩傳箋通釋》，清・馬瑞辰，復興書局影印皇清經解續編本。

17. 《詩毛氏傳疏》，清・陳奐，復興書局影印皇清經解續編本。

18. 《毛詩鄭箋改字說》，清・陳喬樅，復興書局影印皇清經解續編本。

19. 《達齋詩說》，清·俞樾，清同治年間刊光緒五年重定春在堂全書本。

20. 《詩三家義集疏》，清·王先謙，北京中華書局點校本。

21. 《周禮注疏》，漢·鄭玄注，唐·賈公彥疏，藝文印書館影印南昌府學本。

22. 《周禮正義》，清·孫詒讓，北京中華書局點校本。

23. 《儀禮注疏》，漢·鄭玄注，唐·賈公彥疏，藝文印書館影印南昌府學本。

24. 《禮記注疏》，漢·鄭玄注，唐·孔穎達等疏，藝文印書館影印南昌府學本。

25. 《春秋左傳注疏》，晉·杜預注，唐·孔穎達等疏，藝文印書館影印南昌府學本。

26. 《四書集註》，宋·朱熹，中華書局四部備要本。

27. 《經典釋文》，唐·陸德明，上海古籍出版社影印宋元遞修本。

28. 《說文解字注》，清·段玉裁，漢京文化公司影印經韻樓刻本。

29. 《經義考》，清·朱彝尊，中文出版社影印本。

30. 《經義雜記》，清·臧琳，復興書局影印皇清經解本。

31. 《經傳釋詞》，清·王引之，復興書局影印皇清經解本。

32. 《經義述聞》，清·王引之，復興書局影印皇清經解本。

33. 《五經異義疏證》，清·陳壽祺，復興書局影印皇清經解本。

34. 《經學卮言》，清·孔廣森，復興書局影印皇清經解本。

35. 《經學通論》，清·皮錫瑞，臺灣商務印書館。

36. 《經學歷史》，清·皮錫瑞，鳴宇出版社影印。

37. 《史記》，漢·司馬遷，鼎文書局。

38. 《漢書》，漢·班固，鼎文書局。

38. 《後漢書》，劉宋·范曄，鼎文書局。

40. 《三國志》，晉·陳壽，鼎文書局。

41. 《通典》，唐·杜佑，臺灣商務印書館。

42. 《兩漢三國學案》，清·唐晏，世界書局影印龍溪精舍刊本。

43. 《荀子》，周·荀況，唐·楊倞注，清·王先謙集解，世界書局新編諸子集成本。

44. 《論衡》，漢·王充，世界書局新編諸子集成本。

45. 《孔子家語》，魏·王肅注，世界書局。

46. 《龍城札記》，清·盧文弨，復興書局影印皇清經解本。

47. 《拜經日記》，清·臧庸，復興書局影印皇清經解本。

48. 《東塾讀書記》，清·陳澧，世界書局。

49. 《玉函山房輯佚書》，清·馬國翰，文海出版社。

50. 《揅經室集》，清·阮元，復興書局影印皇清經解本。

二、民國以來專著、學位論文及單篇論文

（一）專　著

1. 《魏晉南北朝詩經著述考》，周浩治，自印本，民國 63 年 6 月出版。

2. 《三百篇演論》，蔣善國，臺灣商務印書館，民國 79 年 6 月臺二版。

3. 《澤螺居詩經新證》，于省吾，北京中華書局，1982 年 11 月一版。

4. 《詩經研究》，謝无量，臺灣商務印書館，民國 73 年 2 月臺五版。

5. 《詩經學論叢》，江磯編，崧高書社影印本，民國 74 年 6 月。

6. 《鄭箋平議》，黃焯，上海古籍出版社，1985 年 6 月一版。

7. 《詩疏平議》，黃焯，上海古籍出版社，1985 年 11 月一版。

8. 《詩經研究論集》，林慶彰編，臺灣學生書局，民國 76 年 9 月初版。

9. 《詩經學》，胡樸安，臺灣商務印書館，民國 77 年 5 月臺五版。

10. 《中國語文學論集》，張以仁，東昇出版公司，民國 70 年 9 月初版。

11. 《王肅之經學》，李振興，嘉新文化叢書，民國 69 年 6 月出版。

12. 《三國時代之經學研究》，汪惠敏，漢京文化公司，民國 70 年 4 月初版。

13. 《經典釋文序錄疏證》，吳承仕，崧高書社，民國 74 年 6 月出版。

14. 《三國兩晉經學遺籍考》，簡博賢，三民書局，民國 75 年 2 月初板。

15. 《鄭玄之讖緯學》，呂凱，臺灣商務印書館，民國 71 年 5 月臺初版。

16. 《漢代學術史略》，顧頡剛，啓業書局，民國 61 年臺北初版。

17. 《漢晉學術編年》，劉汝霖，長安出版社，民國 68 年 10 月一版。

18. 《漢初學術及王充論衡述論稿》，李偉泰，長安出版社，民國 74 年 5 月初版。

19. 《中國經學史》，馬宗霍，臺灣商務印書館，民國 75 年 2 月臺五版。

20. 《中國經學史》，本田成之，廣文書局影印本，民國 75 年 10 月二版。

21. 《中國經學發展史》，李威熊，文史哲出版社，民國 77 年 12 月初版。

22. 《中國上古史研究講義》，顧頡剛，北京中華書局，1988 年 11 月一版。

23. 《新編中國哲學史》，勞思光，三民書局，民國 73 年 1 月增訂初版。

（二）學位論文

1. 《王肅之詩經學》，康義勇，師範大學國文研究所集刊第十八號。

2. 《毛詩釋文正義比較研究》，張寶三，臺灣大學中文所，民國 75 年碩士論文。

3. 《五經正義研究》,張寶三,臺灣大學中文所,民國81年博士論文。

4. 《鄭玄毛詩箋以禮說詩研究》,彭美玲,臺灣大學中文所,民國81年碩士論文。

(三)單篇論文

1. 〈詩經毛傳評介〉,趙制陽,《中華文化復興月刊》第十三卷第二期。

2. 〈詩序與詩經〉,龍宇純,收入《文史論文集》,臺灣商務印書館,民國84年初版。

3. 〈毛詩序傳違異考〉,魏佩蘭,《大陸雜誌》,第三十三卷第八期。

4. 〈也談詩經的興〉,龍宇純,《中國文哲研究集刊創刊號》。

5. 〈論漢儒以興說詩〉,周剛,《文史哲》1990年第二期。

6. 〈漢儒以美刺說詩的新檢討〉,張伯偉,《南京大學學報》,1989年第五期。

7. 〈漢魯、齊、韓、毛四家詩學考〉,黃振民,《中華文化復興月刊》第五卷第七、九期。

8. 〈詩三家說之輯佚與鑒別〉,葉國良,《國立編譯館館刊》第九卷第一期。

9. 〈鄭玄學案〉,高明,收入《禮學新探》,學生書局,民國66年臺一版。

10. 〈鄭玄注箋中詩說矛盾原因考析〉,楊天宇,《河南大學學報》,1985年第四期。

11. 〈鄭玄通學產生的歷史原因〉,楊廣偉,《復旦學報》,1982年第五期。

12. 〈神統與聖統──鄭玄王肅「感生說」異解探義〉,楊晉龍,《中國文哲研究集刊》第三期。

13. 〈兩漢讖緯神學與反讖緯神學的鬥爭〉,王友三,《學術月刊》,1981年第九期。

14. 〈兩漢經學思想的變遷──詩經部分〉,戴君仁,收入《戴君仁先生全集》,民國69年初版。

15. 〈論漢代和宋代的詩經研究及其在清代的繼承和發展〉,胡念貽,收入《古代文學研究集》,中國文聯出版公司,1985年2月一版。

16. 〈歷代詩經研究評述〉,程俊英,《華東師範大學學報》,1982年第三期。